SARAH MACDONALD

Hör mich rufen

Roman

Aus dem Englischen von Traudl Weiser

Knaur

Die englische Originalausgabe erschien 1986 unter dem Titel
»Listening to Voices« bei Headline Book Publishing, London

Besuchen Sie uns im Internet:
www.droemer-weltbild.de

Deutsche Erstausgabe September 2000

Redaktion: Ilse Wagner
Umschlaggestaltung: Agentur Zero, München
Satz: Brigitte Apel, Hannover
Umbruch: Ventura Publisher im Verlag
Druck und Bindung: Clausen & Bosse Leck
Printed in Germany
ISBN 3-426-61247-X

2 4 5 3 1

In Erinnerung an meine Freundin Julie,
und meine Mutter Margaret
an Sommer ohne Regen.

Denn Liebe ist stark wie der Tod
und Leidenschaft unwiderstehlich wie das Totenreich.
Ihre Glut ist feurig und eine Flamme des Herrn …

HOHELIED SALOMONS 8,6

1

HESTER

ICH LIEGE ZUSAMMENGEROLLT auf meinem Bett, das Gesicht dem offenen Fenster zugewandt. Die Vorhänge bauschen sich im Wind, und die Sonne scheint auf eine Schale mit Blumen, die auf dem Fensterbrett steht, und malt einen Lichtbogen auf die gebohnerten Dielen.

Ich liege ganz ruhig, in der Hoffnung, daß sie mich vergessen, daß sie nicht die Treppe hochrufen, ich soll zum Frühstück runterkommen. Die Vorhänge sind überall mit dicken rosa Rosen bedruckt. Wendy und ich durften den Stoff aussuchen. Wendy ist zum Frühstück runtergegangen. Sie ist aufgeregt, weil sie uns verläßt, weil sie wieder bei ihren Eltern in Putney leben wird.

Sie sagt, daß sie mich vermissen werde, aber sie wird jetzt ihre Eltern zum Reden haben. Ich schließe die Augen, damit ich die Sonne und die dicken Rosen nicht sehe. Hinter meinen geschlossenen Lidern sehe ich die Wohnung, in die ich ziehe. Sie liegt im Parterre und ist nagelneu, viel schöner als meine alte Wohnung. Ich habe es nie gemocht, so hoch oben zu wohnen, und an den Geruch in den Fahrstühlen konnte ich mich auch nicht gewöhnen.

Melanie behauptet, es sei ein neuer Anfang für mich,

eine Chance, die Vergangenheit hinter mir zu lassen, mich auf meine Zukunft zu konzentrieren. Sie behauptet, ich sei nicht allein und daß ich sie und die Sozialarbeiterin, die mich psychisch betreut, regelmäßig sehe.

Aber ich werde allein sein. Niemand sonst wird in der Wohnung leben. Wendy wird nicht dasein, um mit mir zu lachen. Ich fühle die Tränen in meinen Augen, dann fängt mein Körper an zu zittern, und ich kann nicht mehr aufhören. Ich habe Angst. Ich habe Angst, allein zu sein. Ich habe Angst, daran zu denken, daß sie zusammensein werden. Ich habe Angst vor diesen Stimmen, die ständig in mir flüstern.

Ich verstehe das nicht. Warum muß ich gehen? Mir geht es hier gut, und ich bin noch nicht einmal mit meiner Töpferarbeit fertig. Melanie sagt, das Programm heißt »Gemeindefürsorge«. Sie sagt, es sei viel besser für mich, eine eigene Wohnung zu haben und unabhängig zu sein. Sie sagt, wenn die Leute zu lange hier seien, werden sie abhängig und von der Anstalt geschädigt, und das sei nicht gut. Ich weiß nur, daß es mir hier gefällt. Ich fühle mich sicher.

Irgend etwas wird mich da draußen packen, das weiß ich. Es ist finster und schrecklich, und es wartet. Hier muß ich mit diesem Ding nicht kämpfen, es geht weg und läßt mich in Ruhe. Ich versuche, ihnen das klarzumachen, ich versuche, Melanie zu erklären, daß dieses finstere Ding wieder in mich schlüpft, aber sie antwortet nur: »Natürlich hast du Angst, Hester. Das ist völlig normal. Mit Unterbrechungen warst du fast drei Jahre hier. Natürlich hast du Angst vor dem Gefühl, wieder allein zu leben.«

Sie spielt mit den Bleistiften auf ihrem Schreibtisch. »Du brauchst Zeit zum Eingewöhnen, doch wir sind da und helfen dir. Aber du hast bewiesen, daß du dazu imstande bist. Du bist mit dem betreuten Wohnen gut zurechtgekommen, Hester, und hast dabei Wendy und anderen noch geholfen. Du solltest sehr stolz auf dich sein.«

Plötzlich weiß ich, daß es egal ist, was ich sage oder was ich tue. Eine Tür wird vor meiner Nase zugeschlagen, und ich stehe auf der anderen Seite. Ich hielt Melanie für eine Freundin. »Du bist nicht unfähig, Hester, du bist nur krank gewesen. Du hast an einer schweren postnatalen Psychose gelitten, die unbehandelt blieb. Eine exakte Diagnose ist schwierig, aber wir haben herausgefunden, daß deine Erkrankung wahrscheinlich auf einer hormonellen oder chemischen Störung beruht und deshalb erfolgreich mit Psychopharmaka behandelt werden kann. Solange du regelmäßig deine Medikamente nimmst, spricht nichts dagegen, daß du kein normales Leben in einer von dir gewählten Umgebung führst. Du wirst keinen Rückfall erleiden, Hester, es sei denn, du nimmst deine Medikamente nicht. Hast du das begriffen?«

»Warum löschen diese Medikamente nicht meine Erinnerungen?« frage ich.

Melanie seufzt. »Wir haben das doch alles während der Therapie besprochen, Hester. Du mußt die Vergangenheit und die damit verbundenen Erinnerungen hinter dir lassen, sie akzeptieren. Du mußt aufhören, deinem Exmann die ganze Schuld zu geben, und akzeptieren, daß deine Krankheit – die nun behandelt wurde und für die du nichts kannst – schuld am Scheitern deiner Ehe war. Nicht du, Hester. Deine Krankheit.«

Ich habe sie nie zu der Einsicht bringen können, daß mein Mann mich zu dem machte, was ich heute bin.

Ich rolle mich vom Bett und gehe zum Fenster. In der Sonne ist mir wärmer, und ich habe weniger Angst. Plötzlich wird mir klar, daß es niemanden kümmert, was aus mir wird, wenn ich einmal nicht mehr hier bin. Nicht einmal Melanie mit ihrem müden Gesicht.

Von morgen an kann ich tun, was ich will. Von morgen an brauche ich nichts mehr zu tun, was ich nicht tun möchte. Ich schüttele den Kopf, in dem immer Verwirrung herrscht. Wenn ich einen klaren Kopf haben will, darf ich die Pillen nicht mehr nehmen. Wer merkt das schon? Dann nehme ich morgen einfach mehr und bleibe im Bett und schlafe.

Unten ist der Garten. Ich habe dort Kapuzinerkresse und Wicken großgezogen. Jetzt wird jemand anderer sie pflükken.

2

Anna

Amaranthus caudatus. Hängender Fuchsschwanz. Eine Pflanze mit hellgrünen Blättern und im Sommer wie Winter blühenden, purpurroten hängenden Blüten. Amaranth, poet. unverwelkliche Blume.

Der Brief liegt auf meinem Tisch. Die Worte auf dem linierten Papier sind ebenso schräg und mißgestaltet wie der Inhalt. Ich starre auf die wirren, unvollendeten Sätze, die voller Unordnung und Bitterkeit sind, und werfe einen flüchtigen Blick auf den glitzernden Wahn in Hesters Scheinwelt, die mich erschaudern läßt.

Ich bin fasziniert, als hätte ich zwischen diesem ungebildeten Geschwafel etwas Hypnotisches entdeckt. Das Gefühl ist ebenso erschreckend wie ihre Worte auf dem billigen Papier. Das Gefühl nimmt eine ungeahnte Dimension an, und ich weiß, daß von diesem Augenblick an ein unbarmherziger Feldzug gegen Ian, Jessie und mich angefangen hat.

Mein Büro ist das Sommerhäuschen hinten im Garten und steht vor den Gewächshäusern und den mit Folientunneln bedeckten Beeten. Hinter den Gewächshäusern ist eine kleine Bucht. Ich starre auf die Spinnweben am Fenster und die silberne Kriechspur einer Schnecke auf dem staubigen Holzfußboden. Draußen singt eine Amsel zum Herzerweichen. Ich gehe zur Tür und schaue hinaus in den Garten, den ich einen Abschnitt nach dem anderen gestalte, wie Zimmer in einem Haus. Er ist intim und abgelegen und zufällig schön. Für mich ist er ebenso wichtig wie die Einrichtung meines Hauses.

Während ich da stehe und schaue, stößt eine Seemöwe in meinen Teich und kommt mit Jaws im Schnabel wieder hoch, dem größten der goldenen Karpfen. Entsetzt schreie ich und renne händeklatschend los, und der Vogel läßt den schönen Fisch auf den Rasen fallen. Er blutet und schnappt nach Luft, ein klaffendes Loch in der Flanke. Ich renne zum Wasserhahn draußen, fülle einen Eimer, laufe zurück und hebe den blutenden glitschigen Fisch auf und lasse ihn ins Wasser fallen. Umsonst. Jaws ist tot.

Erschüttert gehe ich zurück ins Sommerhaus. Hesters Brief ist zu Boden gefallen. Ich nehme ihn und lege ihn in eine Schublade und gehe zu den Gewächshäusern. Nirgendwo ist ab jetzt Sicherheit. Nie mehr.

Ich beobachte meine Stieftochter, Jessie, die Einfahrt heraufmarschieren. Sie kommt von der Schule. Sie hat den geschlechtslosen Gang eines linkischen Teenagers, der noch durch die unförmigen Doc Martens am Ende ihrer langen, staksigen Beine betont wird. Ihr Hemd hängt aus dem Bund ihres Schulrocks, und ihr drahtiges, ungebändigtes Haar umrahmt ihr kleines, heißes, mürrisches Gesicht, als sie sich dem Haus nähert. Ich gieße kochendes Wasser in die Teekanne und lege ein großes Weißbrot samt Marmelade plus Erdnußbutter auf den Küchentisch. Jessie kommt vielleicht zum Imbiß in die Küche, vielleicht geht sie aber auch direkt in ihr Zimmer und bleibt dort, bis Ian nach Hause kommt.

»Hi!« rufe ich, als sie durch die Hintertür ins Haus kommt. »Wie war dein Tag?«

Sie schnieft und sieht mich an. »Schrecklich. Zwei Stunden Sport.«

Jessie haßt Sport oder jede Tätigkeit, die längeres Stehen verlangt. Sie knallt ihren Ranzen in eine Ecke und sackt am Tisch in sich zusammen.

»Ist das für mich?«

»Natürlich. Willst du Tee oder was Kaltes?«

»Tee, bitte.« Sie wird fröhlicher. »Hm, dieses Brot ist so schön saftig.«

Ihr ganze Mahlzeiten hinzustellen, habe ich längst aufgegeben. Für Mädchen kurz vor der mittleren Reife ist das Leben mit einer Stiefmutter schon schwierig genug, deshalb halte ich mich bei Ernährungsfragen zurück. Sie ißt und wir schweigen. Ich habe gelernt, dieses Schweigen nicht zu zerreden, und nach einer Weile erzählt sie freiwillig.

»Du kennst doch Lily aus meiner Klasse, die auf einer Farm lebt? Sie hat mich übers Wochenende eingeladen. Sie kriegen Besuch von Verwandten und wollen ein großes Grillfest veranstalten.«

»Das hört sich nach viel Spaß an. Gehst du hin?«

Jessie schleckt ihre Finger ab und schaut mir direkt mit Ians blaßblauen Augen ins Gesicht. »Ich rede mit Dad darüber, wenn er zu Hause ist.« Folglich bin ich entlassen, und sie steht auf, nimmt ihren Ranzen und poltert die Treppe hinauf, zu ihrem Zimmer. Ich stelle ein Huhn in den Ofen und gehe zu den Beeten zurück. Montags ist es immer anstrengend, denn zwei Blumengeschäfte schicken früh am Dienstag morgen einen Angestellten, um ihren Bedarf zu decken.

Als ich Ian heiratete, hatte ich die törichte Vorstellung, daß Jessie und ich nach der Schule kameradschaftlich Seite an Seite im Garten arbeiten würden. Wie Freundinnen, natürlich für ein Taschengeld. Damals wußte ich noch nicht, daß jede Stiefmutter böse sein muß, damit sie die Schmerzen der Vergangenheit heilen kann. So wie Löschpapier ist eine Stiefmutter nützlich, weil sie alle die Vorwürfe und die Bitterkeit, die die leibliche Mutter hinterlassen hat, aufsaugt.

Ganz plötzlich, die Hände in der feuchten Erde, vermisse ich die Zwillinge sehr. Wenn ich auf mein anderes Leben zurückschaue, scheint es mir, daß die Jungen nicht so kompliziert waren. Ich schalte Radio Three ein. Hinter den Bäumen glitzert das Wasser in der Bucht – es ist Flut –, und mich überfällt ein seltsames und trauriges Gefühl der Heimatlosigkeit.

Ich sehne mich nach der Vergangenheit, als die Jungen klein waren und mich ganz ausfüllten. Ich war so oft auf mich selbst gestellt, daß es mir vorkommt, als wäre ich nur mit ihnen erwachsen geworden. Als achtzehnjährige Frau eines Marineoffiziers, der ständig versetzt wurde, war ich damals zu schüchtern in der fremden Umgebung, deshalb stand ich mit den Kindern auf und ging mit ihnen zu Bett. Sie füllten mein junges Leben aus, und der Verlust dieser Menschen, die ein Teil von mir geworden waren, schmerzt auf erschreckende Weise.

Wenn ich mit Ian und Jessie esse, schaue ich sie manchmal an und sehe zwei Fremde. Dann frage ich mich, wer ich bin. Jetzt lebe ich ein anderes Leben, mit einem anderen Mann und einem Kind, und für einen Moment bin ich verwirrt.

Was, um Himmels willen, tue ich hier? Ich höre Mozart und rieche den vertrauten Duft grüner Pflanzen. Eine Antwort auf meine Frage habe ich nicht.

Ian kommt nach Hause. Ich kann den alten Saab auf der Straße, die um die Bucht führt, bereits eine Weile hören, ehe er die Auffahrt hochfährt. Schon seit geraumer Zeit hätte ich ins Haus gehen und Kartoffeln schälen sollen, statt dessen stehe ich im Gewächshaus und betrachte das Glitzern der Sonnenstrahlen auf dem Wasser hinter den Bäumen.

Nach einer Weile kommt Ian zwischen den Bäumen hindurch mit zwei Gläsern zu mir. »Hallo!« ruft er. »Ich habe mir gedacht, du könntest vielleicht einen Drink gebrauchen. Deshalb habe ich eine Flasche Gin gekauft.«

Ich lache, und wir küssen uns. »Gute Idee!«

»Hast du viel zu tun?«

»Ich bin fast fertig. Die Bestellung für morgen ist ziemlich groß, aber das ist gut so.«

Ian schaut auf meine schmutzigen Hände. »Ist Alice heute gekommen?«

»Ja, Gott sei Dank. Aber sie mußte wegen einer ihrer Demos früher gehen.«

Wir beide wissen, daß ich eigentlich jeden Tag eine Hilfskraft bräuchte, aber die können wir uns nicht leisten, deshalb muß ich mich mit der unzuverlässigen Alice zweimal die Woche begnügen.

»Alice kümmert sich um das Gemüse«, sagt Ian, als ob ich dankbar sein müßte. Ich bin verärgert. Tut sie nur mir einen Gefallen? Wir alle essen doch davon, oder?

Ich trinke einen großen Schluck Gin Tonic. Wir beide wissen, daß er Jessie aus ihrem Zimmer zerren mußte und daß sie jetzt höchst ungnädig das Gemüse putzt.

Plötzlich bin ich müde und den Tränen nahe. Wie ein Schatten überfällt mich ein Gefühl wie bei der untergehenden Sonne. Ian muß irgend etwas in meinem Gesicht gelesen haben, denn er stellt sein Glas zwischen die Setzlinge und zieht mich an sich, in einer einzigen Bewegung. Er ist ein großer Mann, und ich entspanne mich einen Moment, erleichtert in seinen Armen. Ich schließe die Augen, um nicht zu weinen. Was er nicht sagen kann, ich fühle es alles. Ich fühle seine Vergangenheit in seinen Händen und in seinen Fingern, die fest auf meinem schmalen Rücken zwischen meinen Schulterblättern liegen.

Ich spüre seine Zukunftsangst in seinem Kopf, der schräg auf meinem ruht, als er mich sanft wiegt. Und ich versuche, ihn mit meinem Körper zu beruhigen. Dieser Augenblick ist kostbar, wir wissen es, ohne zu reden, denn wir sind selten allein, oder zu müde oder zu beschäftigt, um viele Worte zu machen.

Der Bann wird gebrochen, als Jessie in den Garten rennt und ruft: »Wo seid ihr denn? Die Kartoffeln kochen, und ich habe das Hühnchen gewendet. Ich sterbe vor Hunger ...«

Ian schreckt vor mir zurück, als wären wir heimlich Liebende. »Wir kommen.« Er geht zu ihr und in den Abend hinaus. Ich überprüfe die Temperatur im Gewächshaus, schließe die Tür und folge ihm.

Ehe ich ins Haus zu den beiden gehe, überprüfe ich alle Gewächshäuser und Frühbeete, dann gehe ich zum Sommerhaus, um es abzuschließen. Aus irgendeinem Grund nehme ich den Brief aus der Schublade und lese ihn noch einmal.

Hure. Kein Geld und krank. Nach Bösem ohne alles zurückgelassen. Keine Hilfe zum Leben in den Händen. Mein Mann sollte mich ernähren. Jessie haßt dich nicht glücklich braucht gutes Essen viel Leben. Jessie gehört mir du ein Dieb. Ich bin allein betrunkene Männer kommen und ich habe kein Geld um meinen Mann und mein Kind zu holen. Hasse dich Hure du hast genommen mir ist nichts übriggeblieben.

Arme Hester. Ich stecke den Brief in seinen billigen weißen Umschlag zurück und den in den größeren braunen vom Sozialamt, das uns den Brief geschickt hat. Das Sozialamt wurde von Ian angewiesen, Hester niemals unsere Adresse zu geben. Dann lege ich den braunen Umschlag wieder in die Schublade und schließe sie.

Das Licht aus dem Haus fällt in den Garten. Durch die erleuchteten Fenster kann ich zwischen den Bäumen zwei gesenkte Köpfe erkennen. Zwei Gestalten, die den Tisch decken. Zwei Menschen, die Hester verloren hat. Ich bin draußen. Ich bin die Fremde. Die anderen sind durch Blutsbande miteinander verbunden.

3

Ian

Mein neues Büro liegt gegenüber der Kathedrale. Aus einem winzigen, zweigeteilten Bogenfenster kann ich einen Teil sehen, sie wirft Schatten ihrer gelben, weichen Steine und gesichtslosen Wasserspeier in den Raum. Die weiße Farbe trocknet noch, und die einzigen Möbel bisher sind mein alter schwarzer Drehstuhl aus College-Tagen und ein altes Reißbrett aus Eiche, das ich auf einer Auktion ersteigert habe.

Er gefällt mir, dieser Raum, er ist still und das Licht kühl.

Ein zweites kleines quadratisches Fenster führt nach unten auf die Straße hinaus, und eine schmiedeeiserne Treppe in der Mitte verbindet alle drei Etagen miteinander. Ich bin im zweiten Stock. Nick ist im ersten, und zwei Sekretärinnen und ein dickes junges Mädchen – eine ABM-Hilfskraft, die ziemlich schlecht tippt – arbeiten im Parterre, wo auch der Flur und das Wartezimmer sind.

Wir hatten Glück, unser Büro in so zentraler und bevorzugter Lage einrichten zu können, vor allem in unserer finanziellen Situation. Vorher war ein Teeladen in den Räumen, aber Nick kannte die Besitzer, die gern einen dreijährigen Mietvertrag unterschrieben, weil sie während dieser Zeit nach Neuseeland reisen und ihre Familie besuchen wollten. Zu dem Vertrag gehörte auch, daß Nick und seine Frau sich solange um ihre beiden schwarzen Labradors kümmern.

Die Kirchturmuhr schlägt sechs. Ich habe Anna versprochen, früh zu Hause zu sein, aber ich komme spät. Dafür gibt es keine Entschuldigung. Warum fahre ich nicht gern nach Hause? Alles läuft gut. Ich bin glücklich.

Vielleicht ist es eine Art geistige Rückblende in mein Leben mit Hester. Das tägliche Entsetzen, weil ich nie wußte, was mich bei meiner Rückkehr erwartete.

Ich werfe einen letzten Blick in die Runde und stelle mir haargenau vor, wo ich welches Möbelstück hinstelle. Anna muß mir eine große Grünpflanze besorgen – etwas Palmenartiges –, die ich zwischen die Fenster stelle.

Kurz bin ich aufgeregt. Ich hatte fast vergessen, wieviel Spaß ich am Einrichten hatte oder einfach daran, die Dinge ins Rollen zu bringen.

Ich erinnere mich an das frühere moderne Großraumbüro, voller Leute und Lärm. Viele dieser Büros. Und ich erinnere mich schaudernd an die ständige Angst, daß Hester wütend reinmarschiert und kreischend irgendeine arme Sekretärin mit wüsten Beschimpfungen überschüttet. Noch jetzt, nach all den Jahren, läuft mir ein Schauder über den Rücken. Ich mußte meine Stellungen aufgeben; Arbeit, die ich liebte und die ich gut machte, weil meine Position in der Firma unhaltbar geworden war. Ständig umziehen.

Der arme Kerl mit der verrückten Frau, das war ich. Ich lernte noch andere Leidensgenosen mit psychisch labilen

Frauen kennen, die die Karrieren ihrer Männer ruinierten. Ich bin nicht der einzige.

Ein letzter Blick, ehe ich nach unten gehe und abschließe. Es ist ein Wunder, hier endlich in Sicherheit zu sein, sich etablieren zu können. Ja, endlich, verdammt noch mal. Ein normales Leben führen zu können. Jessie und ich. Und trotzdem ... Ich bin enttäuscht. Ungerechterweise.

Ich hatte in Anna im Hinblick auf Jessie große Hoffnungen gesetzt. Anna scheint für Jessie nicht genug Zeit zu haben. Jessie muß nur etwas bemuttert werden, und dazu müßte sich Anna mehr Zeit nehmen. Das ist alles, was Jess braucht.

Ich will, daß unser Leben normal verläuft, wie es in einer normalen Familie mit Vater und Mutter und Kind üblich ist. Das kann natürlich nicht sein, denn Anna ist nicht Jessies Mutter. Aber ich hatte einfach so viele Hoffnungen. Ich wußte, daß sich Jess verzweifelt nach einer weiblichen Bezugsperson sehnte, nach einer Ersatzmutter. Ich wußte, daß sie in die Pubertät kommen und ich damit nicht fertig werden würde.

Wie immer hat sich Jess in die Geborgenheit ihres Zimmers zurückgezogen, es zu einem Zufluchtsort gemacht. Weiß der Himmel, was sie da treibt. Anna gibt sich nicht genug Mühe. Das weiß ich. Die Jungen sind nicht mehr im Haus, es gibt keine Kinder mehr, die eifersüchtig sein könnten. Jess leidet unsäglich. Ich verstehe Anna nicht, ich dachte, eine Frau würde instinktiv die Hand ausstrecken und dem Kind die nötige Wärme geben, aber jetzt habe ich den Eindruck, daß sie glaubt, ich müsse Jessies Bedürfnisse befriedigen, und das kann ich natürlich nicht. Schließlich bin ich ein Mann, und ich habe meine Arbeit.

Plötzlich schäme ich mich meiner Gedanken. Momentan ist es Anna, die uns alle trägt. Und sie arbeitet Tag und Nacht, damit ich mich bei Nick als Partner einkaufen kann. Ich halte vor einem Laden und kaufe eine Flasche Gin. Was selten geschieht. Ein Friedensangebot, eine Einladung, um meine Hoffnung zu feiern. Manchmal weiß ich nicht, warum Anna mich geheiratet hat.

Als ich wieder ins Auto steige, sehe ich plötzlich das Bündel Geschäftspost auf dem Beifahrersitz liegen, das ich noch nicht geöffnet habe. Darunter ist ein brauner Umschlag vom Sozialamt.

Eine Weile sitze ich wie versteinert da und starre ihn an, unfähig, ihn zu nehmen und zu öffnen. Der Verkehrslärm umbrandet mich, doch in dem heißen, stickigen Wagen überkommt mich dieses vertraute Gefühl stummer verzweifelter Einsamkeit.

Hester. Es geht um Hester. Wie konnte ich, um Himmels willen, nur eine Sekunde glauben, daß ich von ihrer alles erstickenden Unendlichkeit befreit sein würde?

Mit ihrem untrüglichen instinktiven Sinn für den richtigen Zeitpunkt – den sie besitzt, auch wenn sie verrückt ist – wird sie mir wieder mein ganzes Leben versauen.

4

Hester

Die Wohnung riecht noch nach Farbe. Die Wände sind irgendwie gelb, und die Türen und Fenster sind weiß lackiert. Es sieht hübsch aus. Ich durfte auch Vorhänge aussuchen. Ich bekam Geld, und Wendy und ich und eine der Beschäftigungstherapeutinnen namens Linda kauften sie bei British Home Stores. Rosa-kariert für die Küche und hellgelb für das Wohnzimmer. Im Schlafzimmer hingen bereits Vorhänge mit Blumenmuster, deshalb konnte ich die nicht aussuchen.

Linda ging weg, um irgendwas zu besorgen, und Wendy und ich frühstückten im Kaufhaus. Es war sehr gut, Würstchen, Speck und alles andere. Wendy sagt, daß ich zu beneiden bin, weil ich eine Wohnung ganz für mich allein bekomme.

»Ich will sie ja gar nicht allein bewohnen«, erzähle ich ihr. »Warum kommst du nicht und wohnst mit mir zusammen?«

»Die lassen das nicht zu. Und es gibt nur ein Schlafzimmer, Hester. Ich möchte ein eigenes Schlafzimmer haben.«

»Dann könnte ich doch eine Schlafcouch anschaffen, und du kriegst das Schlafzimmer.«

»Das erlauben die nicht, Hester. Ich muß nach Hause, meine Eltern erwarten mich.«

Wendy sagt immer »die«, das macht mich böse.

Wir gehen zu meiner neuen Wohnung zurück und trinken alle eine Tasse Tee. Meine Sozialarbeiterin wartet vor der Tür. Sie ist neu. Ich glaube, sie heißt Jane oder Janet. Sie ist groß und dünn und hat krauses Haar.

»Wir müssen noch ein paar Tassen und andere Sachen organisieren, Hester«, sagt sie. »Ich stoße auf dich, deine neue Wohnung und auf viele schöne Dinge an.« Sie hebt ihre weiße Tasse, und ich sehe kleine abgeplatzte Stellen am Rand, die wie kleine Zähne aussehen.

»Ich wünschte, da wäre Gin drin«, sage ich, und alle lachen. Dann hängen wir die Vorhänge auf, und die sehen hübsch aus. Linda und diese Jane, Janet sagen dauernd, wie toll alles aussieht und wie gemütlich es bald aussehen wird, wenn ich meine Sachen hier habe, Fotos und Bilder und all das Zeug.

»Ich habe keine Sachen«, sage ich. »Ich weiß nicht, was aus meinen Sachen geworden ist.«

Plötzlich müssen alle gehen. Auch Wendy kehrt heute nach Hause zurück, aber sie müssen zuerst in die Klinik zurückgehen, um ihre Sachen zu holen. Linda hakt Wendy unter, und ich winke ihr zu, bis sie um die Ecke verschwunden ist. Es schnürt mit die Brust ab, als ob ich nicht mehr atmen könnte. Am liebsten würde ich hinter ihnen herlaufen und rufen: »Kommt zurück! Geht nicht weg. Kommt zurück!«

Die Sozialarbeiterin beobachtet mich. Ich glaube, ich

mag sie nicht. Sie geht zum Spülbecken und läßt Wasser in ein Glas fließen und schraubt mein Pillenfläschchen auf.

»Ich habe dir einen Zettel an die Schranktür geklebt, damit du nicht vergißt, sie zu nehmen, Hester. Das ist sehr wichtig. Das weißt du doch, oder?«

Ich antworte nicht. Ich nehme die Pille.

»Ich komme morgen wieder, um zu sehen, wie du zurechtkommst.«

Aber sie geht nicht. Sie steht da und schaut mich an, so wie die Leute mich immer anschauen.

»Natürlich ist das für dich zuerst ein komisches Gefühl, nicht mehr in der Klinik, sondern allein zu leben, aber du bekommst von allen Seiten Unterstützung. Ich habe dir eine Reihe Telefonnummern dagelassen, damit du uns jederzeit erreichen kannst.«

Ich sehe sie an, sie dreht sich zur Tür um. »Ich könnte uns noch eine Tasse Tee aufbrühen.«

Sie lächelt mich an. »Danke, Hester. Aber ich muß jetzt wirklich gehen.«

Plötzlich kommt sie ins Zimmer zurück und stellt ihre Tasche wieder hin.

»Mir fällt gerade ein, wir sollten mal prüfen, ob dein Fernseher geht. Der hier ist nur provisorisch, du bekommst später einen besseren.«

Das Bild ist sofort da. *Emmerdale Farm* läuft gerade. Die Serie gefällt mir. Ich und Wendy haben sie immer angeschaut, wenn wir unsere Teemahlzeit einnahmen. Ich rükke mir einen Stuhl zurecht. Das ist gut. Jetzt kann ich mein Programm wählen, ohne daß mich jemand anschnauzt. Und das jeden Tag.

Jane, Janet sagt irgendwas. »Ich weiß, es ist schwer ... Neue Wohnung ... Neue Sozialarbeiterin, die dich betreut ... Aber ich bin zum Helfen hier ...«

Ich drehe den Ton lauter. Ich höre nicht, was passiert. »Bis morgen. Auf Wiedersehen, Hester.«

Ich höre ihre Schritte – klop, klop, klop – über den Weg. Ich kann sie sogar durch den Lärm von *Emmerdale Farm* hören.

5

Anna

Chamaemelum nobile. Kamille. Die Blätter strömen beim Zerreiben oder Zertreten einen würzigen Duft aus. Wächst verbreitet an Pfaden oder trockenen Wiesen. Die Blüten sind klein und weiß. Als Tee wirken sie, abends getrunken, beruhigend und schlaffördernd.

Im Bett sagt Ian plötzlich: »Hester wurde aus der Klinik entlassen. Das Sozialamt hat ihr eine Wohnung zugewiesen. Das gehört zum Fürsorgeprogramm der Gemeinde. Der Rechtsanwalt vom Sozialamt hat mir geschrieben, daß Hester mit dem ihr zustehenden Geld nicht auskommt und sie mich wegen Unterhaltszahlungen verklagen wollen.«

Ich brauche eine Weile, um das zu verdauen, aber ich sage nichts. Da gibt es nichts zu sagen.

Plötzlich schlägt Ian mit der Faust aufs Kopfkissen. »Mein Gott, Anna! Wann wird das enden? Sie hat alles bekommen, was ich besaß. Das geht so noch Jahre und Jahre weiter, wie ein nie endender Alptraum.«

Seine Stimme bricht, und ich drehe mich um und berühre

seinen Arm. »Ich habe heute von Hester einen Brief bekommen. Er steckte in einem Umschlag vom Sozialamt und ist völlig wirr.«

Ian setzt sich auf, er wirkt entsetzt. »Ich habe sie angerufen und sie aufgefordert, unter keinen Umständen unsere Adresse und Telefonnummer preiszugeben. Ich will nicht mehr von ihr verfolgt werden, Anna. Ich will weder umziehen müssen, noch meine Telefonnummer ändern.«

Er fährt mit der Hand durch sein ergrauendes, helles Haar, stützt sich auf den Ellbogen und schaut mich an. »Jetzt, da ich dich habe, wird sie noch viel schlimmer werden.« Seufzend läßt er sich aufs Kissen sinken. »Hesters Betreuerin glaubt, daß Hester es mit den neuen Medikamenten schafft, daß sie in der Lage sein wird, ein fast normales Leben zu führen. Was wahrscheinlich bedeutet, daß Hester, wenn sie allein lebt, ihre Medikamente nicht einnimmt.«

Er sieht mich an. »Das Sozialamt will einen Teil des Geldes, das es für ihre Behandlung ausgegeben hat, von mir wiederhaben. Das vermute ich jedenfalls. Morgen früh habe ich einen Termin bei meinem Anwalt, Anthony. Ich glaube nicht, daß ich vom Gericht noch zu Unterhaltszahlungen gezwungen werden kann. Dazu bin ich schon zu lange von ihr geschieden.«

Aber mich erfüllt Furcht. Mein Haus, mein Garten, mein kleines Unternehmen könnten in Gefahr sein. Meine Schwester hat geweint, als ich Ian heiratete. »Ach, Annie, gerade bist du wieder auf die Beine gekommen, und jetzt läßt du dich mit verstörten Menschen ein. Du könntest alles verlieren. Warum? Warum?« Wer weiß das schon.

Ian greift nach mir, und wir lieben uns mit einer Leidenschaft und Intensität, die irgendwie einsam machen. Fast sofort darauf schläft er ein, aber ich kann nicht schlafen. Sanft lege ich seinen Arm, der über mir liegt, zur Seite, und stehe auf. Ich ziehe seinen verwaschenen blauen Bademantel aus Frottee an, der tröstend ist, und gehe in das kleine Ankleidezimmer neben dem Schlafzimmer.

Darin steht ein schmales Bett und eine Kommode; ein großes Fenster führt auf den Garten hinaus. Leise schließe ich die Tür und knipse die Lampe an, eine Porzellanlampe mit zwei ineinander verschlungenen, viktorianischen Figuren. Ben entdeckte sie in einem Trödelladen. Ich liebe sie.

Der alte quadratische Spiegel meiner Mutter mit dem Mahagonirahmen hängt über dem kleinen Kamin. Rechts und links neben diesem Spiegel und über ihm hängen Fotos von den Menschen, die ich am meisten liebe. Alle sind tot, aber ich fühle mich ihnen nahe, hier scheint der Schmerz über ihren Verlust geringer.

Fotos meiner Mutter in ihrem Garten mit einem Enkelkind im Arm. Mein Vater, der schon lange tot ist, in der Uniform der Royal Air Force, beim Rasenmähen. June, lächelnd, auf jedem Bild hält sie ein Glas in der Hand. Wenn ich mich ihren Fotos zuneige, höre ich manchmal ein Echo ihres Lachens.

Da ist Ben, er sieht jung aus. Ben in Marineuniform. Ben, wie er zum Oberstleutnant der Luftwaffe befördert wird. Ben mit seiner Hubschrauberbesatzung. Ben im Garten eines anderen Hauses, eines anderen Lebens.

Über dem Spiegel hängt ein Foto der Zwillinge in der Universität; Gott sei Dank grinsen sie mich sehr lebendig mit dem Lächeln ihres Vaters an. Auf einem Bild trampen sie mit dem Rucksack durch Indien, auf einem anderen sind sie im Garten jenes anderen Hauses in jenem anderen Leben, das mir so abrupt genommen wurde.

Ich berühre die Gesichter meiner Söhne mit dem Finger und lächele. Dann lege ich mich in das schmale Schulmädchenbett und knipse die Lampe aus und liege im Dunkeln auf dem Rücken. Frieden überkommt mich, wie er hier immer kommt. Hinter der Wand höre ich Ian leise schnarchen. Es ist ein tröstlicher Laut, und plötzlich fühle ich Zuneigung für ihn in mir aufwallen. Draußen, auf einem der Torpfosten aus Granit hinter dem Fenster, unter den großen Zedern sitzt eine Eule und schreit.

Wie ich dieses alte Pförtnerhaus unter Bäumen und hinter Bäumen liebe und meinen abgelegenen Garten an der Bucht!

Das Haus ächzt und stöhnt und schmiegt sich wie ein vertrauter Lieblingsschal um mich, und ich fühle, wie ich in den Schlaf gleite.

6

Ian

Ich rolle mich auf den Rücken. Die Eule hat mich geweckt. Ich würde gern aufstehen und sie auf dem Torpfosten aus Granit beobachten, aber ich bin zu träge. Das Haus knarzt wie alle alten Häuser, und die Stille ist meßbar.

Warum tut Anna das, wenn sie glaubt, ich sei eingeschlafen? Stiehlt sich in dieses beschissene kleine Zimmer, in den Schrein ihres so perfekten, mickrigen, ehemaligen Lebens?

Die Tür ist geschlossen. Weint sie da drin um ihren verstorbenen Mann? Sehnt sie sich danach, daß ihre Jungen nach Hause kommen? Diese arroganten, verwöhnten Zwillinge, die, soweit ich das beurteilen kann, alles von ihr haben wollten. Bin ich eifersüchtig? Vielleicht. Heute abend komme ich mir besiegt vor.

Im mittleren Lebensalter baue ich eine Existenz auf, wo ich eigentlich schon etabliert sein sollte, um bequem leben zu können. Ich habe noch einmal geheiratet und hätte es vielleicht besser wissen müssen. Und ich mache mir um meine Tochter Sorgen. Macht sie noch ins Bett? Ich wage es nicht, das herauszufinden. Wahrscheinlich nicht mehr, denn Anna hat nichts gesagt.

Und was ist, wenn diese Krankheit vererbt wird und Jessie später einmal so wie Hester wird?

Ich hätte gern einen Sohn gehabt.

Frauen sind so stark in ihren Bedürfnissen, in ihrer Weiblichkeit, in ihrem Wunsch nach ständiger Liebe und Aufmerksamkeit. Ihren Enttäuschungen. Ihrer Enttäuschung über mich. Dieser beschissene Ausdruck in ihren Augen, wie ein getretener Spaniel. Das macht mich grausam. Das bewirkt, daß ich mich zurückziehe. Das ödet mich an.

Ich schlage auf das Kopfkissen und versuche, mich zu beruhigen. Warum wollen Frauen immer mehr und noch mehr haben, als man ihnen geben kann? Sie saugen einen aus mit ihren entsetzlichen Bedürfnissen.

Ein Sohn würde nicht bluten. Würde keine Hormone haben, die sein Leben bestimmen.

Bin ich deshalb voller Groll auf Annas Zwillinge und ihr anmaßendes Glück? Auf ihr Selbstvertrauen und ihre Lebenslust? Auf ihre Freiheit und ihre Privilegien, ihr Gefühl der Sicherheit und das, geliebt zu werden? Auf ein Leben, das ich nie mit einem Sohn haben werde?

Ich drehe mich um und versuche, diese vertrauten Dämonen zu verscheuchen, doch sie bleiben im Hintergrund. Das Leben um vier Uhr früh kann sehr grausam sein.

Als ich Anna heiratete, wurde mir bewußt, wie das Leben hätte sein können, und ich sehne mich nach einem normalen Familienleben.

Und trotzdem. Und trotzdem muß ich mir zu dieser nächtlichen Stunde – wenn ich im Dunkeln mit den Tatsachen konfrontiert werde und nur noch ehrlich sein kann – etwas eingestehen: die Wahrheit über mich und die Zwänge meines Lebens.

Ich erinnere mich an meinen Vater, wie kalt er meiner Mutter gegenüber war. Ich weiß nicht, ob er schon immer so war oder ob der Krieg ihn dazu gemacht hat. Ich erinnere mich, wie er sie lange mit einem undefinierbaren Ausdruck in den Augen ansah, den man als Abneigung hätte bezeichnen können; doch er war nie grob, sie hatten nie Streit.

Ich sehe sie noch immer deutlich vor mir, wie nervös sie in seiner Gegenwart war, wie ängstlich sie sich räusperte. Ich verachtete sie, weil sie ständig versuchte, ihm zu gefallen, und bei dem Bemühen, geliebt zu werden, jede Individualität einbüßte.

In geheimem Einverständnis begingen wir viele kleine Grausamkeiten. Denn ich war sein Sohn, jemand, der zählte. Selbst ihre Schönheit schien ihn zu irritieren, denn daraus leitete sie ihre Bedürfnisse ab, sie war eine Bestätigung ihrer Weiblichkeit, Bedürfnisse, die er nicht erfüllen konnte und wollte.

Er starb, als ich sechzehn war. Und erst dann liebte und bewunderte ich all das, was meine Mutter war. Ohne ihn blühte sie auf und wuchs und wurde stärker, sowohl psychisch als auch physisch.

»Dein Vater gehörte zu jenen Männern«, sagte sie einmal zu mir, »die Frauen lieben, sie aber nicht mögen.« Ein sonderbarer Satz. Ich begriff ihn nicht.

Liebe ich Anna? Ja ... ich liebe sie.

Habe ich sie aus den richtigen Beweggründen geheiratet?

Ich weiß es nicht. Ich weiß es nicht.

Ich dachte, wir könnten es schaffen.

Aber sie hat Bedürfnisse. Jessie hat Bedürfnisse. Ich habe weibliche Bedürfnisse satt. Ich will mich auf meine Arbeit als Architekt und auf mein eigenes Leben konzentrieren. Ich dachte, daß ich Jess Anna anvertrauen könnte, daß Anna alles in Ordnung bringen würde und daß sie mich mein Leben leben lassen würde.

Aber ich glaube nicht mehr, daß Anna das tut.

Oder Hester.

7

Anna

Nigella damascena. Jungfer im Grünen.
Tiefgrüne, dünne Blätter und rosa, weiße
oder blaue Blüten.

Seit sechs Uhr bin ich auf den Beinen, und als der Fahrer alle Pflanzen für die Läden in Truro eingeladen hat, rufe ich Hebe, meinen kleinen geretteten Jack-Russell-Terrier, und marschiere mit der Hündin über die Auffahrt zum Wald. Ian und ich kauften die Trevillian Lodge, als wir heirateten. Sie gehörte zum Trevillian-Grundbesitz. Doch das Herrenhaus am Ende der Auffahrt ist zerfallen; es wurde durch einen unter verdächtigen Umständen entstandenen Brand zu Beginn des Jahrhunderts zerstört.

Das Haus wurde im Stil des italienischen Baumeisters aus dem 16. Jahrhundert, Palladio, errichtet – noch immer wirken die sich über zwei Stockwerke erstreckenden Säulen auch als Ruinen seltsam schön. Ich stehe gern vor dem Tor und schaue die von Rhododendren gesäumte Auffahrt entlang, in denen sich Eichhörnchen tummeln und Vögel die Büsche bevölkern.

Die Fenster sind leere Höhlen. Die Brüstungen sind mit

Kletterpflanzen und rotblühenden Blumen überwuchert, deren Blätter in der leichten Brise rascheln. Die weißen zerbröckelnden Säulen verleihen dem Gebäude Würde, aber es sieht trotzdem aus, als würde es sehnsüchtig auf seine Restaurierung warten.

Ich schaue es an und stelle mir die einstigen Blumenrabatten inmitten gepflegter Rasenflächen vor, und wenn ich so dastehe, passiert etwas, das häufig geschieht. Ein vom Wind herbeigetragener, nicht definierbarer Duft streicht über die Beete, als ob eine stark parfümierte Person vorbeiginge. Das Geheimnis dieses niedergebrannten Hauses erregt mich und nährt dunkle Phantasien in mir.

Als ich vor vielen, vielen Jahren hier ins Dorf zu Freunden fuhr, wollten die Jungen auf Geisterjagd gehen, jedenfalls behaupteten sie das. Einmal zelteten sie hier nachts mit Schulfreunden auf einem nahegelegenen Feld, brachen aber überstürzt ihr Zeltlager ab, weil sie behaupteten, ein Gespenst gesehen zu haben.

Ich zweifele nicht daran, daß es in diesem Haus spukt, aber die Atmosphäre darin ist nicht bedrohlich, nur unendlich traurig.

Der Wald hinter dem Herrenhaus ist etwas ganz anderes. Er reicht bis an die eine Seite der Bucht, umringt einen mit Pflanzen überwucherten Weiher, an dem viele Reiher leben, und erstreckt sich bis zum hinteren Teil meines Gartens. Dieser Wald strahlt nichts Gutes aus, so als würde im Unterholz etwas Böses lauern. Wenn ich mit Hebe darin rumlaufe, bekomme ich manchmal eine Gänsehaut und gehe schnell zurück; mein Herz schlägt wie wild, wenn ich hinter mir Äste knacken höre. Dann kommt die kleine Jagdhündin mit gesträubtem Nackenhaar zu mir gelaufen.

Trotzdem finde ich den Wald attraktiv, denn er ist voller Leben, voller Sträucher und Büsche, von denen ich Ableger mitnehme. Wenn ich an Spätnachmittagen leise bin, kann ich manchmal Füchse oder Dachse sehen. Seltene Vögel überwintern am See oder legen auf ihrem Flug in den Süden eine Rast ein. Doch im tiefen Schatten dieses Waldes kann man sich fürchten, denn er ist so alt, daß in ihm Zeit keine Rolle mehr zu spielen scheint.

Ich umrunde den See, und Hebe rennt fröhlich im Unterholz hin und her. Ian spricht heute mit seinem Anwalt. Ich unterdrücke mein Unbehagen. Tief innen weiß ich, daß wir von einer Seite, an die wir bisher noch nicht gedacht haben, wieder attackiert werden, auch wenn Hester diese Runde nicht gewinnt. Ian hat mich davon überzeugt, daß psychisch Gestörte eine angeborene Schläue besitzen.

Während ich weitermarschiere, kommt mir der Gedanke, daß Hester trotz ihrer Abwesenheit eine beherrschende Stellung in unserer Ehe einnahm – trotzdem bin ich nicht unglücklich, denn der Tag ist so schön –, und wie sehr sie die beiden Menschen beeinflußt, mit denen ich jetzt lebe. Beider Leben gleicht einem Puzzlespiel, dessen Stücke ich seit Jahren zusammensetze. Die beiden möchten vergessen. Ich möchte verstehen.

Ich umrunde den See und sehe einen Kormoran auf einem abgestorbenen Ast sitzen: er trocknet mit ausgebreiteten Flügeln sein Gefieder in der Sonne. Nichts als das leise Rascheln der Vögel im Unterholz, das Knacken trockener Äste und das Wehen des Windes sind zu hören. Das Sonnenlicht fällt schräg durch Stämme und Geäst. Ich gehe vorsichtig weiter, um nicht die wilden Veilchen und die letzten gelben Schlüsselblumen zu zertreten.

Zu Beginn unserer Ehe mit Ian wollte Jessie über Hester nichts als reden, reden. Sie schien nicht aufhören zu können; ihr Reden glich einem nie versiegenden Fluß. Damals fing sie mich vor dem Bad oder vor der Schlafzimmer ab, wenn Ian zur Arbeit gegangen war. Wochenlang hörte ich mir ihre bizarren Geschichten an, bis ich glaubte, mein Kopf würde platzen.

Geschichten darüber, wie sie in Geschäften und an Bushaltestellen vergessen worden war. Geschichten, wie Hester Mengen eingefrorener Schweinekoteletts in einem Muster auf dem Sofa anordnete. Geschichten über ihre plötzlichen Wutausbrüche und Obsessionen. Wie Jessie und Ian nach ihr suchten und sie schlafend in der Garage oder unter einem Baum fanden. Und später, viel später, als Hester und Ian getrennt lebten, tauchte sie plötzlich aus der Nacht auf und preßte ihr Gesicht ans Fenster, so daß Jessie zu Tode erschrak.

Ich tröstete sie, versuchte, Gründe für Hesters Verhalten zu finden, zu erklären, was ich nicht verstand. Ich schenkte Jessie meine ganze Zuneigung und umarmte sie ständig. Ich bekundete Entsetzen vor dem, was Jessie hatte erdulden müssen, und zeigte Bewunderung vor ihrer Geduld. Nicht Ians Bedürfnisse, sondern Jessies standen an erster Stelle. Mein Leben glich Flitterwochen, die ich mit meiner Stieftochter verbrachte.

Doch dann wurde mir ganz plötzlich klar, daß Jessie von mir keine Antwort erwartete, mit der sie leben könnte und die sie voranbringen würde. Ich begriff die Grundwahrheit, daß eine schlechte Mutter besser ist als gar keine Mutter. Jessie fing an, über Ians Ärger und Frustrationen über Hester zu sprechen. Jessie wollte, daß ich – Anna, die

Stiefmutter – laut sagte, vielleicht habe Ian dazu beigetragen, daß sich ihre Mutter so absonderlich benehme. Vielleicht sei das einer der Gründe für ihren geistigen Verfall, für ihr Versagen als Mutter.

Mit der Zeit wurde Jessies Bedürfnis, etwas Derartiges zu glauben, stärker, denn als sie älter wurde, merkte sie, daß ihr Vater für Geisteskranke wenig übrig hatte und daß er kalt und gleichgültig sein konnte; unfähig, ihre unersättlichen emotionalen Bedürfnisse zu befriedigen.

Eines Nachmittags verschwand Hester plötzlich aus dem Leben der beiden; sie ließ Jessie allein auf einem Bahnhof, inmitten eines Einkaufszentrums zurück. Die Polizei mußte Ian aus einer Konferenz holen, damit er seine verstörte Tochter nach Hause brachte. Hester war einfach ohne ein Wort gegangen und hatte ihre sechsjährige Tochter allein gelassen.

Neun Monate später war sie unerwartet an der Hintertür aufgetaucht und hatte erklärt, sie habe Würstchen zum Teeimbiß mitgebracht – so als wäre nichts geschehen. Und vielleicht war für Hester ja nichts geschehen.

Während Ian noch mit Hester verheiratet war, hatte er über die Krankheit seiner Frau nie eine formelle Diagnose von den Ärzten bekommen. Wie viele Geisteskranke verstellte sie sich und machte während der Untersuchungen einen völlig normalen Eindruck. Deshalb sagte man ihm, sie leide unter einer Persönlichkeitsstörung, und er müsse sich eben damit abfinden.

Doch ich konnte es nicht mehr ertragen zuzuhören. Allmählich fühlte ich mich selbst traumatisiert. Ich befand mich auf unbekanntem Territorium, in einer fremdartigen Landschaft, die mir zuwider war. Ein solches Abkommen hatte ich nicht getroffen. Ich fing an, mich einzuschließen. Ich mied Jessie, versteckte mich vor ihr. Einmal versteckte ich mich sogar unter dem Bett, derart groß war meine Sehnsucht nach Ruhe und Frieden. Jedenfalls konnte ich ihre aufdringliche dünne Stimme, die beharrlich rief: »Anna, Anna. Wo bist du?« nicht mehr hören.

Unvermittelt verlor ich Jessies Freundschaft, weil ich sie im Stich ließ, sie vergeblich in der Wildnis nach mir rufen ließ. Ich versteckte mich vor ihr und vor meinen Gefühlen. Ich versuchte, im Freien in der frischen Luft zu atmen, und mußte plötzlich erkennen, wie meine Ehe mit Ian wirklich aussah. Es gibt für mein Benehmen keine Entschuldigung, denn Jessie ist nur ein Kind, und ich bin erwachsen.

Plötzlich fühlte ich mich, als hätte ich Jessie und nicht Ian geheiratet. Am Anfang unserer Ehe ließ Ian mich die Hauptlast tragen. Vor Erleichterung wurde er egoistisch. »Gott sei Dank habe ich jemanden, der mir Jessie abnimmt«, atmete er auf. Er hatte mich geopfert, was mich wütend machte und mein Herz verhärtete. Um während der ersten Wochen unserer Ehe überleben zu können, verweigerte ich Jessie mein Mitgefühl.

Nach und nach erlosch in ihr jede Hoffnung auf einen berechtigten Anspruch. Eines Morgens wachte ich auf, und sie hatte das Feld geräumt. Wir waren keine Freundinnen mehr. Ich war nur erleichtert. Ian hatte mich geopfert. Ich hatte Jessie geopfert. Jetzt bin ich über meine Kälte entsetzt, über meine Gleichgültigkeit, mit der ich es zuließ, daß diese brennende Hoffnung, die sie in mich hatte, ich könnte vielleicht die Vergangenheit durch eine fantastische Erklärung ungeschehen machen, zum Erlöschen kam. Und natürlich hätte ich Jessie lieben müssen, mehr als alles andere.

Nie werde ich die Erwartungen, die Jessie in mich oder diese Ehe hatte oder noch hat, erfüllen können. Sie betrachtete die Wiederverheiratung ihres Vaters als nur für sie gedacht, als eine Chance, bemuttert zu werden. Doch ich bin nicht in der Lage, mit den Problemen fertig zu werden, die Hester zurückgelassen hat. Ich habe meine eigenen Alpträume. Was Hester betrifft, war ich immer ratlos und bin es noch.

Ich wußte, daß Jessie die Hilfe eines Psychiaters brauchte, aber Ian war strikt dagegen. Wenn man sich nicht eingesteht, daß ein Schaden entstanden ist, braucht man auch nicht zu handeln.

Deshalb hatte ich keine Wahl. Entweder ich versuchte, die komplizierte Ehe mit Ian zu retten, oder ich konzentrierte alle meine Bemühungen auf ein traumatisiertes Kind. Beides konnte ich nicht. Ich wählte Ian, weil ich ihn voller Hoffnung geheiratet hatte. Ian, von dem ich geglaubt hatte, er würde mir über Bens plötzlichen Tod hinweghelfen, den Schatten dieses Todes verjagen. Doch Ian hat seine eigenen Schatten mitgebracht.

Als ich zum Haus komme, läutet das Telefon. Ich laufe und nehme ab, aber als ich außer Atem »Hallo« sage, herrscht Schweigen. Ich warte, denn einer der Jungen könnte im Ausland von einem unzuverlässigen Apparat aus anrufen, doch als ich warte, wird der Hörer am anderen Ende mit einem Klick aufgelegt.

8

HESTER

MEINE SOZIALARBEITERIN HEISST JANICE. Janice sowieso Brown. Hardy-Brown, so heißt sie. Heute sieht sie sogar noch größer aus, ihr Haar hängt runter, sie hat eine sehr schlechte Dauerwelle. Sie will mir nicht die Adresse meines Mannes geben. Sie sagt, erst müsse sie mir vertrauen können, daß ich nicht mehr zerstörerisch sei.

Blöde Kuh.

Sie erklärt, sie habe einen Termin für die Verhandlung. Heute ist der 17. Juli, und ich müsse mit meinem Rechtsanwalt nach Truro fahren. Janice sagt, sie könne nicht mitkommen, weil sie zu einer Gerichtsverhandlung in Birmingham müsse.

Sie sieht mich an. »Soll ich deinem Exmann schreiben, damit du deine Tochter sehen kannst, wenn du in Cornwall bist?«

»*Sie* wird nicht erlauben, daß ich Jessie sehe«, sage ich zu Janice.

»Das weißt du nicht, Hester, oder?«

Ich sehe sie an. Ich hasse sie, dieses lockige Haar und diese dämliche Kleinmädchenstimme.

»Hast du den Brief abgeschickt, den ich dir gegeben habe?« frage ich.

»Ja, Hester. Hast du in dem Brief darum gebeten, Jessie treffen zu dürfen, wenn du in Cornwall bist?«

»Nein.«

Janice steht auf und will gehen. An der Tür sagt sie: »Willst du deine Tochter sehen oder nicht, Hester?«

»Was glaubst du denn?« frage ich wütend. Sie ist eine dämliche, blöde, herablassende Kuh.

Sie starrt mich an. »Ich will nur sicher sein, daß du wirklich deine Tochter sehen willst und nicht nach einer Möglichkeit Ausschau hältst, dich wieder deinem Ex-Mann zu nähern.«

Ich bin so wütend, daß ich nicht reden kann. Ich kann sie nicht anschauen. Sie kommt zurück ins Zimmer. »Hester. Du hast in der Klinik gute Fortschritte gemacht, und ich habe Angst vor einem Rückfall. Du nimmst doch deine Tabletten, nicht wahr? Sollte die Einnahme nur ein Problem der Vergeßlichkeit sein, kannst du einmal im Monat vorbeikommen. Dann geben wir dir eine Spritze. Das ist vielleicht einfacher für dich.«

Ich stehe auf und lächele sie an. »Natürlich nehme ich meine Pillen. Ich weiß doch, wie wichtig das ist. Klar nehme ich sie.«

Janice erwidert mein Lächeln. »Gut. Ich weiß, es kommt dir so vor, als wollte ich mich einmischen und als würde ich deine Rechte verletzen, weil ich dich überprüfe. Doch das geschieht nur in der Übergangszeit, während du dich wieder an ein selbständiges Leben gewöhnst, Hester. Aber du mußt deine Medikamente streng nach Vorschrift einnehmen. Das verstehst du doch, oder?«

Ich verstehe sehr gut. Sie wollen mich kontrollieren, allein lassen, aber kontrollieren.

Wieder geht sie zur Tür. »Ich setze mich mit deinem Exmann in Verbindung und schlage ein Treffen mit deiner Tochter vor. Dann also bis Donnerstag. Wir sehen uns im Tageszentrum.«

Sie trippelt auf die Straße und steigt in einen kirschroten Fiesta, wobei sie ihren langen Rock rafft, damit er nicht von der Tür eingeklemmt wird. Sie sieht wie ein Hippie aus.

Ich will nicht in der Wohnung bleiben. Ich hasse die Stille. Es ist niemand da, mit dem ich reden kann. Ich sehe meine Tabletten neben der Teekanne. Sie sind hellgelb und grün. Sie trocknen mir die Kehle aus, und morgens kann ich nicht aufwachen. Ich bin sicher, daß es nicht dieselben wie in der Klinik sind, dort habe ich mich wohl gefühlt. Sicher werde ich diese Pillen nicht jeden Tag nehmen.

Ich schraube das Fläschchen auf und nehme die Pille, die ich zur Teezeit schlucken soll, raus und spüle sie mit Wasser in den Ausguß, falls Janice sie nachzählen sollte, wenn sie das nächste Mal kommt. Vielleicht nehme ich morgen die doppelte Dosis und schlafe den ganzen Tag, wenn es regnet. Jetzt will ich rausgehen.

Ich gehe zur Bushaltestelle und warte auf den Bus Nummer 7. Ich warte eine Ewigkeit, und als er kommt, habe ich vergessen, wohin ich will. Ich muß nachdenken, und der Fahrer seufzt und fertigt den nächsten ab und sagt zu mir, ich solle zur Seite treten. In meinen Achselhöhlen sammelt sich der Schweiß. Als alle bezahlt haben, wendet er sich wieder an mich. »Wo soll's denn hingehen, Schätzchen?«

fragt er, und plötzlich fällt es mir wieder ein, und ich lächele ihn an.

»Shrub Road«, sage ich.

Als ich zum Haus komme, ist sie nicht da. Zum Bingo gegangen, vermute ich. Sie weiß nicht, daß ich noch immer einen Schlüssel habe, den ich gut verstecke. Ich gehe ins Haus und stelle den Kessel auf. Ich sehe mich um. Es ist alles noch wie früher. Komisch, daß es noch genauso ist, wo ich doch so lange weg war. Ich öffne Schubladen, weil ich sehen will, ob ich herausfinden kann, was sie plant. Was ich finden kann.

Sie ist schlau, aber ich finde, was ich suche. Es klebt im Innern einer Schublade, oben, ganz hinten, wo niemand danach suchen würde, wenn er nicht wüßte, wo es ist. Ein kleiner zusammengefalteter Zettel. Als ich das, was draufsteht, auf die Rückseite eines Umschlags geschrieben habe, klebe ich den Zettel sorgfältig wieder dahin, wo er war.

Ich kenne ihre Verstecke. Als ich klein war, sah ich, wie sie dort einen Brief versteckte. Er war von einem Soldaten, der in der Nähe stationiert war. Es war ein Liebesbrief. Ich gab ihn meinem Vater. Er war ein guter Mann, er hätte eine bessere Frau verdient. Er sagte mir, ich dürfe nie wieder Leute ausspionieren oder ihre Briefe lesen. Er sagte, jeder Mensch auf dieser Welt habe ein Recht auf seine Privatsphäre. Er zwang mich, den Brief dahin zurückzulegen, wo ich ihn gefunden hatte.

Nie hat er meiner Mutter etwas davon gesagt. Nie schrie er sie an oder bestrafte sie. Das war ein Fehler. Sie hat nie erfahren, daß er davon wußte. Er wurde nur noch sanfter und immer trauriger. Ich wurde sehr wütend.

Eines Tages beging er Selbstmord. Sie allein war schuld

daran. Meine Mutter war daran schuld. Niemals werde ich ihr verzeihen. Nie. Aber ich habe es ihr zurückgezahlt. Das Wasser im Kessel kocht, und ich brühe mir Tee auf. Dann stelle ich die Tasse genau wieder dorthin, wo sie gewesen war.

Oben im Badezimmer finde ich eine kleine Flasche Kölnisch Wasser 4711. Das war die Lieblingsmarke meines Vaters. Ich tupfe mir etwas davon hinter die Ohren und lasse dann die Flasche in meine Tasche gleiten. Ich gehe die Treppe hinunter und aus dem Haus. Meine Mutter wird nie erfahren, daß ich hiergewesen bin.

9

Anna

Myosotis. Vergißmeinnicht. Liebt die Sonne oder Halbschatten. Wächst in Büscheln und bildet kleine blaue Blüten, die sich selbst aussäen.

Ich fahre über die Strasse, die an der Bucht entlangführt, nach Truro. Es ist Flut, und es wird ein heißer Tag. Dunst hängt wie ein Theatervorhang über dem Wasser.

Noch immer habe ich mich nicht daran gewöhnt, mit June nicht mehr Kaffee zu trinken, zu Mittag zu essen oder einen Einkaufbummel zu machen. Der Schmerz, sie verloren zu haben, wird nicht geringer. Warum sollte er auch abnehmen? Als ob sie ersetzt oder das Loch, das sie in meinem Leben hinterlassen hat, gestopft werden könnte.

Plötzlich merke ich, daß ich abgebogen bin, die Bucht hinter mir gelassen habe und über Land in die Truro entgegengesetzte Richtung fahre. Das Band unserer Freundschaft war immer eng, auch wenn ich auf irgendeinem Marinestützpunkt am anderen Ende Englands oder in Übersee lebte. Unser Leben lang tauschten wir wöchentlich hübsche Ansichtskarten aus, ganz gleich, wo wir waren. Ich habe Tausende davon. Sie erzählen von unser beider Leben über Jahre hinweg.

Viele dieser Karten bedecken ganze Wandflächen meines Sommerhauses oder hängen in kleinen Wechselrahmen an den Wänden. Die Jungen waren fünfzehn, als wir Freundinnen wurden. Damals zogen wir in ihr Dorf und kauften das Haus, das hinten an ihren Garten grenzte.

Die Sonne steigt höher, während ich über diese vertrauten, schmalen Landstraßen fahre, und mich überkommt dieses quälend traurige Gefühl, damals nicht gewußt zu haben, wie reich ich zu jener Zeit war. Ich kenne diese Wege und Sträßchen so gut, weil ich June half, ihre Pflanzen auszuliefern. Sie hatte sich auf seltene exotische Gewächse spezialisiert, und ich kenne einige herrliche Gärten hinter scheinbar heruntergekommenen Cottages.

Ich biege in die alte Helston Road nach Penzance ein und merke, daß ich unbewußt von Anfang an diese Strecke fahren wollte.

Ben war von der Marine zur U-Boot-Abwehr Culdrose versetzt worden, und wir kauften das hinter Junes Grundstück gelegene Haus. Unser erstes und einziges. Bis dahin hatten wir immer auf verschiedenen Marinestützpunkten gelebt. Doch ich wollte Wurzeln. Ich brauchte das Gefühl, irgendwohin zurückkehren zu können.

Kurz vor dem Dorf fahre ich über die zweispurige Hauptstraße. Zu meiner Rechten glänzt das Meer. Die Flut ist auf ihrem höchsten Stand und die den Gezeiten ausgesetzte Meeresbucht voller Wasser, und in meinem Herzen erwacht die alte Freude heimzukehren. Kurz habe ich das Gefühl, noch immer die Frau von früher zu sein, die in einer zeitlosen Epoche wie in einem Schwebezustand lebte.

Die Vergangenheit ist nie geschehen. Wenn ich es nur sehnlich genug wünsche, kann ich wieder hiersein. Wieder Anna sein. Wieder so sein, wie ich war, als die Kinder klein waren. Als Ben noch lebte. Als June noch ein Teil meines Lebens war. Als meine Mutter noch am Telefon antwortete. Als mein Leben noch klein, überschaubar und sicher war.

Ich fahre durchs Dorf und bin froh, daß ich kürzere Haare und eine Sonnenbrille habe, froh, daß ich dünner geworden bin. Ich will niemanden treffen, den ich von früher kenne, obwohl sich wahrscheinlich nur Isobel und Bill von der Post an mich erinnern.

Ich parke in der Nähe der Kirche und gehe den schmalen Pfad zum Strand hinunter. Die roten Flaggen an der Treppe, die zum Strand führt, sind gehißt. Eine steife Brise weht vom Meer her und peitscht die Wellen auf. Ich kann die Landspitze nicht umrunden, deshalb nehme ich den Küstenpfad über die Dünen zu dem langgestreckten weißen Sandstrand.

Wie oft bin ich hier mit den Jungen und dem Golden Retriever spazierengegangen? In den Schatten, die die Wolken auf den Sand zeichnen, sehe ich die geisterhaften Umrisse zweier kleiner Jungen und eines hechelnden Hundes, die auf die Wellen zurennen und im schimmernden Licht des Meeres verschwinden. Sie tauchen in den Schatten des Kliffs mit dem rosa Dunstschleier über St. Ives ein und werden zu den jungen Männern, die sie heute sind.

Hochgewachsene, selbstbewußte Männer, die jetzt mit einer Gruppe Freunde durch Indien reisen. Nach dem Studium haben sie sich ein Jahr Pause gegönnt. Vielleicht liegen sie in diesem Augenblick an irgendeinem Strand einer

Insel. Oder sie unterrichten in Nepal Englisch an der tibetischen Schule. Vielleicht sitzen sie auch in einem Café und schreiben mir eine Postkarte. Ich muß über mein Wunschdenken lachen.

Seit kurzem denke ich mehr und mehr an die Vergangenheit, an Dinge, die wir taten, als wir noch eine Familie waren. An Orte, die wir besuchten. An die Freude, mit der wir Cornwall entdeckten und es als Heimat betrachteten.

June war immer da und wachte über unser Eigentum, wenn wir von einer Versetzung zurückkehrten. Sie war glücklich, uns wieder bei sich zu haben. Da sie nie geheiratet oder Kinder gehabt hatte, wurden meine Kinder auch ihre, und die Jungen liebten sie ohne Vorbehalt.

Als Ben starb und unsere warme, behütete Welt abrupt zerstört wurde, versteckten sich die Jungen und ich tagelang hinter verschlossenen Türen und zugezogenen Vorhängen und klammerten uns aneinander. Weder meiner Mutter noch meiner Schwester erlaubte ich zu kommen. Ich ließ es nicht zu, daß sich jemand um die Jungen kümmerte, ich konnte ihre Abwesenheit nicht ertragen. Sie waren fünfzehn, aber wir schliefen alle zusammen, zogen uns schockiert für eine Weile in das überdimensionale Bett zurück – wie in eine Muschelschale –, das Ben nach den unzähligen Nächten in Schlafsäcken so geliebt hatte. Wir lagen da und weinten und klammerten uns aneinander in hoffnungslosem Dunkel, wie betäubt, weil wir das Unfaßbare nicht glauben konnten.

Eines Morgens, leise, aber entschlossen, öffnete June die Tür mit ihrem Schlüssel und kam ins Haus. Sie zog alle Vorhänge auf und öffnete alle Fenster, damit die Sonne in die Zimmer schien. Sie befahl den Jungen, sich zu duschen und anzuziehen. Dann nahm sie sie mit in ihr Haus und servierte ihnen ein üppiges Frühstück. Danach schickte sie sie mit ihren Hunden an den Strand. Sie kam zurück und ließ mir ein Bad ein und brachte mir starken Kaffee mit gebutterten Croissants. Sie saß auf dem Hocker neben der Wanne und sagte, ich müsse mich wieder fassen, wenn nicht um meinetwillen, dann wegen der Jungen.

Ich hörte, wie sie unten alle Alkoholvorräte im Haus in den Mülleimer warf. Ich mußte darüber lächeln, denn ich wußte, wie weh ihr das tat. Sie kam wieder hoch und grinste mich an. »Jetzt bleiben wir eine Weile trocken, Anna. Bis wir klargekommen sind. Wir tun das gemeinsam.«

Dann fiel sie in sich zusammen; ihr Gesicht zerfiel, und ihr Körper zitterte, und ich streckte meine nassen Arme aus, und wir umklammerten einander und weinten uns das Herz aus dem Leib. Auch sie hatte die Liebe ihres Lebens verloren. Ben hatte sie angebetet, sie seine liebste Freundin genannt, hatte ihr Geschenke und Parfüm aus aller Welt mitgebracht und mit ihr endlos Scrabble gespielt, ein Spiel, das ich hasse. June war ein Teil von uns allen, und ich liebte sie fast so sehr wie meine Mutter und mehr als jeden anderen Menschen, außer Ben und den Jungen.

Ich gehe nach St. Ives, der Wind zerzaust mein Haar. Ein Fischkutter komme aus Hayle und nimmt Kurs aufs offene Meer; er ist hell gestrichen, die Fischer tragen gelbe Südwester. Das Ganze sieht aus wie das mit Wasserfarben gemalte Bild eines Kindes.

Vier Wochen nach Bens Beerdigung wurde meine Mutter wegen schwerer Blutungen in die Notaufnahme eingeliefert. Nachdem ihr ein Tumor entfernt worden war, wurde sie wieder nach Hause entlassen. Trotz der Konfrontation mit ihrem baldigen Tod war sie überraschenderweise sehr tapfer und gelassen.

Ich holte sie für drei Monate nach Cornwall, und nach ihrer anfänglichen Zurückhaltung June gegenüber – sie war eifersüchtig, weil June eine so große Rolle in unserem Leben spielte – wurden die beiden gute Freundinnen. Als Mutter wieder heimfuhr, schrieben sich die beiden regelmäßig. »Ach, ich wünschte, ich hätte auch eine June«, pflegte sie sehnsüchtig zu sagen. Und ich wünschte es ihr ebenso.

Nach Bens Tod fing ich an, Stunden in Junes Gewächshäusern und bei den Frühbeeten auf dem Feld neben ihrem Haus zu verbringen. Ich hatte schon immer ein Händchen für Pflanzen gehabt, war aber nie planvoll vorgegangen. Jetzt lehrte mich June die lateinischen Namen der Pflanzen und wie man sie korrekt aufzieht.

Sie lehrte mich, Pflanzen zu vermehren, zu veredeln, zu düngen und zu züchten. Sie lehrte mich alles, was ich über Pflanzen weiß. Sie ermutigte mich, mehr und mehr zu tun, bis ich nach ein paar Monaten mehr oder weniger ihr Geschäft betrieb. Erst sehr viel später wurde mir klar, wie schlecht es ihr damals gegangen sein mußte. Ich war derart in meinem Schmerz gefangen, daß ich ihren nicht bemerkte. Bis es zu spät war.

Drei Jahre später, als meine Mutter in der Sterbeklinik lag, kümmerte sich June um die Jungen, das Haus und fand jemanden, der sich um mein gerade erblühendes Geschäft kümmerte. Sie rief mich jeden Abend an und schickte meiner Mutter während der zehn Wochen, die sie zum Sterben brauchte, wunderschöne Ansichtskarten.

Als alles vorbei war, nach der Beerdigung und nachdem

das Haus ausgeräumt war und zum Verkauf angeboten wurde, war ich derart erleichtert und sehnte mich so nach meinem Zuhause, daß mir Tränen über die Wangen liefen, als ich über die Brücke nach Cornwall zurückfuhr.

June hatte nach mir Ausschau gehalten und eilte zur Begrüßung nach draußen. Sie nahm mein Gesicht in beide Hände und sagte: »Und jetzt mußt du dir Ruhe gönnen und wieder gesund werden. Wir werden zusammen etwas Besonderes machen. Ich habe dich so sehr vermißt, mein Liebling.« Und sie drängte mich ins Haus, wo eine Flasche Gin auf uns wartete.

Da bemerkte ich, daß sie abgenommen hatte. »Ach, mach dir keine Sorgen, Liebling. Kürzlich habe ich irgendeinen Virus erwischt.« Aber als sie uns noch einen Gin einschenkte, sah ich, daß ihre Hände zitterten.

Da sie sich weigerte, zu ihrem Arzt zu gehen, rief ich ihn eines Tages an. Er kannte June und seufzte. »Ich kann die Visite natürlich als Freundschaftsbesuch tarnen, Anna. Aber ich kann sie nicht bitten, in meine Praxis zu kommen, das geht nicht.«

Als er vorbeischaute, sah er sie an und sagte ihr, sie solle mehr essen und weniger trinken und in seine Sprechstunde zu einer Blutabnahme kommen. Sie sagte ihm, er solle abhauen.

Plötzlich rief sie mich eines Nachts an. Sie klang ängstlich, und ihre Stimme zitterte. Ich eilte zu ihr. Sie war desorientiert und benahm sich seltsam. Sofort ließ ich den Notarzt kommen. Auf der Fahrt ins Krankenhaus fing sie vor Schmerzen an zu schreien. Sie wurde in die Intensivstation gebracht, während ich auf dem Flur wartete. Als sie mich endlich zu ihr ließen, war sie an Kabel und Kanülen angeschlossen und hatte eine Maske über dem Gesicht. Nur selten tauchte sie aus ihrer Bewußtlosigkeit auf.

Eine entsetzliche, egoistische Panik ergriff mich. Hektisch flüsterte ich: »June, das darfst du mir nicht antun. Das darfst du nicht. Du kannst mich doch nicht verlassen. Du darfst nicht sterben. Hörst du mich? Du mußt kämpfen ... Kämpfe! Wir brauchen dich. Bitte, June. Bitte. Ich flehe dich an.«

Sie öffnete kurz die Augen und sah mich an. Ich beugte mich über sie. »Ich liebe dich, June. Ich liebe dich.« Sie hob die Hand und schob die Maske etwas zur Seite. Sie lächelte mich an und hauchte: »Liebe dich auch.« Und starb. Die Farbe wich so schnell auf ihrem Gesicht, ich war fassungslos.

Ich hörte jemanden, der fürchterliche, leise, wimmernde Laute ausstieß, und Schwestern drängten sich um mich und berührten mich. »Ist das Ihre Mutter, Liebes? Es tut mir ja so leid ... Es ist sehr schnell gegangen, nicht wahr?« Ich starrte die Schwestern fassungslos an und merkte, daß die Laute von mir kamen.

Ich drehte mich um und lief nach draußen. Die Jungen waren in ihrem alten zerbeulten Volkswagen gekommen, um mich abzuholen. Die Laute waren verstummt. Ich sagte ihnen nichts, sondern bat sie nur, mich hier in der Stadt an den Strand zu fahren. Dann lief ich von ihnen weg, weil ich die Schreie nicht länger unterdrücken konnte.

Ich schrie und schrie und schluchzte und brüllte das Meer und den anbrechenden Morgen an. Ich rannte und schrie wie eine Verrückte, und als die Jungen mich einfangen wollten, trat ich nach ihnen. »Ich hasse dich, Gott!«

schrie ich. »Ich hasse dich. Ich hasse dich. Wen nimmst du mir als nächstes? Komm schon, nimm alles, was ich liebe. Nimm mir alles.«

Ich boxte in die Luft und drehte mich um mich selbst; meine Füße wurden naß, und Wut stieg in mir hoch. »Wie kannst du es wagen, June? Wie kannst du es wagen, zu sterben und mich allein zurückzulassen? Du hattest kein Recht zu sterben. Hörst du mich? Verdammt noch mal, hörst du mich? Du hattest kein Recht zu sterben!«

Dann drehte ich mich um und sah meine Söhne am Wasser stehen, in abgetragenen Jeans und mit Pferdeschwänzen, zwei schlaksige Jungs, die stumm weinen und nicht wissen, was sie tun sollen. Da hörte ich auf zu weinen und ging zu ihnen. Ich schämte mich.

Meine Hände sind schweißnaß. Während ich mich erinnerte, ist mir kalt geworden. Ich sitze im Schutz der Sanddüne, und es kommt mir seltsam vor, daß die Bilder des Todes schneller in mir aufsteigen, als ich sie unterdrücken kann.

Wenn ich hierherkomme, habe ich dasselbe Gefühl, das ich kurz vor dem Verlassen meines Hauses habe. Dann gehe ich durch die Räume und berühre alle meine kostbaren Dinge, falls ich sie nie wieder sehen sollte. Berühre ich meine Söhne auf dieselbe Weise? Hier ist meine Vergangenheit, wo ich glücklich war, ehe der Tod in unser Leben trat. Berühre ich diese Augenblicke, bevor sie verschwinden?

Ist Hester daran schuld? Wirft sie einen Schatten über mich, der mich frösteln macht?

Ich seufze. Das ist dumm. Ich gehe zum Auto zurück. Ich fahre an unserem Cottage vorbei, wo die Wäsche anderer

Leute auf der Leine hängt und andersfarbene Rosen sich um den Türrahmen ranken. Ich fahre zu Junes großem Haus und halte in der Einfahrt. Ich betrachte das Haus. Es braucht einen Anstrich. Es sieht genauso wie früher aus, aber die Gewächshäuser und Folientunnel sind verschwunden. Auf dem Feld grast ein Pony.

Ich beschwöre Junes winzige Gestalt herauf, in ihren unvermeidlichen Gummistiefeln, die sie immer trug. Ich beschwöre ihr heiseres Lachen und das Bild herauf, wie sie mir durch die Hecke einen Gin Tonic reicht. Ich fahre schnell in Richtung der Salzwiesen, wende und fahre auf Truro zu.

Ich lernte Ian kennen, als Junes Haus schließlich zum Verkauf stand. Ein großer Mann mit traurigen Augen. Architekt. Ein interessanter Mann. Er sah sich Junes Haus an, konnte es sich aber – wie ich – nicht leisten. Die beiden Jungen hatten sich gerade immatrikuliert. Das Haus war sehr leer, und er füllte diese große Leere aus.

Aber tief in meinem Herzen weiß ich, daß ich Ian nie geheiratet hätte, wäre June nicht gestorben. Sie war ein großer, wichtiger Teil meines Lebens. Ich konnte weder akzeptieren noch damit zurechtkommen, daß ich die wichtigsten Menschen in meinem Leben verloren hatte.

June hatte das Haus den Jungen hinterlassen wollen. Das dazugehörende Land hatte sie mir hinterlassen, aber die letzte Verfügung hinsichtlich des Hauses hatte sie vergessen, deshalb erbte ein entfernter Verwandter in Australien das Haus, das nun ohne Land war. Als der Grundstücksmakler mir einen guten Preis anbot, verkaufte ich es.

Heute frage ich mich, warum ich mich damals nicht mit aller Kraft in meine Gärtnerarbeit stürzte, mir eine kleine

Existenz aufbaute, und den Schmerz und die Trauer mit meinen Händen in der Erde begrub. Statt dessen stürzte ich mich in das Leben von Menschen, die mich zutiefst verstören.

Ich reiße mich zusammen, sortiere entschlossen meine Gedanken. Wer hat behauptet, eine zweite Ehe sei einfacher? Ich wußte über Hester Bescheid, ehe ich Ian heiratete. Irgendwie muß ich damals gedacht haben, sie würde immer und ewig an einem sicheren Ort leben, und daß mein Leben von ihrer Existenz nicht betroffen sein würde.

Ich biege nach links ab, und plötzlich liegt ein Feld voller Anemonen vor mir, eine Fläche aus Rot und Blautönen, die sich hügelwärts bis in den Himmel erstreckt. Meine Stimmung steigt. Sofort hege ich hochfliegende Pläne. Wenn ich die beiden Felder auf der anderen Seite der Bucht kaufen kann, habe ich nächstes Jahr um diese Zeit auch Anemonenfelder.

10

Ian

Ich habe Nick mal nachts von Hester erzählt. Ich weiß, ich hätte es längst tun müssen, er ist ein so guter, langjähriger Freund. Ich weiß auch, wie ich mich fühlen würde, wäre es umgekehrt. Ich hätte schreckliche Angst davor, daß Hester herausfindet, wo wir arbeiten.

Es geht auch um meine Integrität. Ich möchte nicht, daß er bedauert, mir die Teilhaberschaft angeboten zu haben, oder daß er glaubt, der anstehende Prozeß könnte meine Arbeit beeinträchtigen.

In der Nähe der Umgehungsstraße will Sainsbury bauen, und wir haben uns an der Ausschreibung beteiligt. Natürlich haben wir Konkurrenz, aber sollten wir den Auftrag bekommen, hätten wir uns einen Namen gemacht und wären etabliert.

Wir sind zu viert. Nick und ich, als Partner, und zwei junge Architekten, die wir von dem alten Architekturbüro übernommen haben. Nick hatte fast fünfzehn Jahre für diese Firma gearbeitet, und als einer der Seniorpartner starb und der andere sich zurückziehen wollte, fragte er mich, ob ich sie auszahlen und mit ihm assoziieren wolle.

Die beiden alten Architekten hatten ziemlich ineffizient gearbeitet, und Nick und ich waren die letzten beiden Jahre damit beschäftigt, im wahrsten Sinne des Wortes unsere Firma aufzubauen; wir änderten den Namen, den Stil und arbeiten mit jungen Leuten zusammen.

Nun hat Nick uns drei heute mittag zu einem Arbeitsessen eingeladen, aber ich kann mich nicht richtig konzentrieren.

»Wie geht es deiner reizenden Frau?« fragt Nick, während wir essen. Für Nick sind alle Wesen reizend. »Was für ein reizender Mann, Klient, Junge, Hund«, pflegt er ständig zu sagen.

Seit wir in Oxford zusammen Architektur studiert haben, beneide ich ihn um sein fröhliches Gemüt.

»Sie hat wahnsinnig viel zu tun. Nächstes Jahr möchte sie sich gern vergrößern, zwei Felder dazukaufen und vielleicht einen Laden mieten, in dem Alice dann ein paar Tage pro Woche ihre eigenen Pflanzen verkauft. Aber das hängt davon ab, wie gut das Geschäft dieses Jahr läuft.«

Nick grinst. »Ein reizendes Mädchen, diese Alice. Ich habe sie getroffen, als ich für Pud Pflanzen holte.«

Pud ist Nicks Frau, und selbst wenn es um mein Leben ginge, ich weiß nicht mehr, wie sie eigentlich heißt. Die beiden führen ein etwas chaotisches, aber glückliches Leben in relativer Armut, da sie in Cornwall wohnen und ihre beiden Söhne im Internat, einer teuren Privatschule, erziehen lassen.

Plötzlich fragt Nick: »Ist alles in Ordnung, Ian?«

Ich sehe ihn verblüfft an. »Natürlich. Warum?«

»Du wirkst heute so nervös, etwas geistesabwesend.«

»Entschuldige.« Ich muß es ihm sagen, das weiß ich.

»Mir hat mal jemand gesagt, daß eine zweite Ehe schwierig sein kann …«

»Nick«, sage ich ruhig und vergewissere mich, daß die beiden anderen in ihre Unterhaltung vertieft sind. »Das ist es nicht. Es geht um Hester. Sie ist wieder draußen …«

»Ach, du liebe Güte, Ian. Nach all dem, was passiert ist?«

»Sie wird medikamentös behandelt und ist angeblich geheilt. Du weißt schon, die Fürsorge kümmert sich um sie …«

»Scheiße! Die Fürsorge kümmert sich um gar nichts. Weiß Hester, daß du und Jess hier seid?«

»Nein. Aber das Sozialamt will mich verklagen, damit ich mehr Unterhalt zahle. Dann findet sie es vielleicht heraus. Doch ich habe darauf bestanden, daß ihr niemals unsere Adresse oder Telefonnummer mitgeteilt wird. Sie wird nicht herausfinden, wo wir leben, Nick.«

Er starrt mich an. »Das hat sie immer getan, Ian.«

»Ich weiß. Ihr psychischer Zustand soll jetzt stabil sein, Nick. Sie wurde therapiert. Und das Sozialamt ist verpflichtet, Stillschweigen über unseren Aufenthaltsort zu bewahren.«

Nick ist wütend. »Sie sollten diese Frau dort behalten, wo sie, verdammt noch mal, hingehört: in eine geschlossene Anstalt.«

Political Correctness war noch nie Nicks Stärke. Ganz plötzlich bin ich traurig. »Das ist zu hart, Nick. Es gibt auch Leute, die wieder gesund werden.«

Nick beugt sich vor und senkt die Stimme. »Schau mal, nicht daß du mich falsch verstehst. Ich habe keine Angst vor ihr, Ian. Du arbeitest jetzt nicht für eine große Firma, und wir alle sind in der Lage, mit dem Ärger fertig zu werden, den Hester uns machen könnte. Ich mache mir nur verdammt viele Sorgen um dich. Der Himmel weiß, was du schon durchgemacht hast. Und im Moment schaffst du dir eine neue Existenz. Du mußt auch an deine Frau denken und, verdammt noch mal, aufpassen, daß Hester dir nicht wieder das Leben versaut.«

»Ich habe nicht vor, sie in unsere Nähe zu lassen, Nick. Leider haben wir ein Kind, und ich kann sie nicht daran hindern, darauf zu bestehen, Jessie zu treffen. Ganz bestimmt will sie Jessie sehen ...«

»Damit sie in deine Nähe kommt?«

»Genau.«

»Weiß Jess, daß ihre Mutter draußen ist?«

»Nein, noch nicht. Ich muß es ihr bald sagen.«

Wir müssen uns einem anderen Thema zuwenden, denn die beiden anderen hören jetzt zu. »Halt mich auf dem laufenden, Ian. Ich kenne dich. Du wirst dich wieder in dein Schneckenhaus verkriechen und willst allein damit fertig werden. Aber schließlich kennen Pud und ich dich schon seit einer Ewigkeit ...«

Das stimmt. Seit einer Ewigkeit, und warum diese Freundschaft Hester überlebt hat, werde ich nie begreifen. Hester konnte es nicht ertragen, wenn ich jemand anderen mochte, und hatte die beiden die wenigen Male, wo wir uns getroffen hatten, unverschämt behandelt.

Hester wußte auch, daß Nick absolut gegen die Ehe gewesen war. Hester war eine Person, die Nick nie reizend gefunden hatte. Als ich sie kennenlernte, arbeitete sie in Oxford abends als Kellnerin und tagsüber für das Fremdenverkehrsamt. Sie war sehr, sehr hübsch. Eine so zarte

Pfirsichhaut, daß man die Adern darunter sehen konnte. Irischer Teint. Und irgendwie auf eine Weise verwundbar, die ich nicht ergründen konnte.

Ich wußte nur, daß sie mich zutiefst berührte, und ich liebte sie vom ersten Augenblick an und hatte das Gefühl, sie beschützen zu müssen. Sie weinte bitterlich, als sie vom Tod ihres Vaters sprach und von der unglücklichen Beziehung zu ihrer Mutter, die sie nicht mochte. Als ich Hesters Mutter kennenlernte, glaubte ich Hester alles, was sie mir erzählte, denn ich spürte sofort die Antipathie, die Hesters Mutter gegenüber ihrer Tochter hegte.

Hester schien keine Freunde zu haben, was ich nicht begriff, denn sie war attraktiv und temperamentvoll.

Und Nick konnte mir nicht erklären, warum er sie nicht mochte. »Ich traue ihr nicht«, war alles, was er sagte. Oder: »Ian, hast du nicht bemerkt, wie besitzergreifend Hester ist? Du kennst sie erst seit ein paar Wochen, und schon hat sie dich völlig vereinnahmt.«

Ich glaubte damals, er sei eifersüchtig, denn er hatte im Moment keine feste Freundin, und ich hatte weniger Zeit, ihn ins Pub oder zum Cricket zu begleiten.

Kurz bevor ich heiratete, versuchte er, mich betrunken zu machen. Das war das einzige Mal, daß wir gestritten haben. »Bitte, warte noch damit, Ian. Da stimmt etwas nicht. Ist dir nicht aufgefallen, daß sie großen Stimmungsschwankungen unterliegt? Das mußt du doch gemerkt haben.«

»Das ist nur, weil sie noch zu Hause wohnt. Sie kann es nicht ertragen, und das kann ich ihr nicht verübeln.«

»Nein! Ian, verdammt noch mal, hör mir doch endlich einmal zu!«

»Was soll ich hören?« Ich wußte, daß meine Freunde nicht scharf auf Hester waren, und ich glaubte, der Grund liege im Klassenunterschied; sie paßte nicht in meine Clique, aber deshalb wollte ich sie noch mehr beschützen.

»Bitte, werde jetzt nicht wütend. Bitte versuche, das zu glauben, was wir dir seit Wochen sagen wollen. Hester hat mit der halben Universität und den meisten Leuten vom College geschlafen.«

Ich kann mich noch gut erinnern, daß ich mir große Mühe geben mußte, ihn nicht zu verprügeln. »Ihr seid nur beschissen eifersüchtig! Verpißt euch alle. Ihr braucht auch nicht zur Hochzeit zu kommen. Ich finde schon einen anderen Trauzeugen.«

Den fand ich. Und meine Freunde kamen nicht.

Ich fragte Hester direkt.

»Wahrscheinlich ist das die übelste Nachrede, die man jemandem anhängen kann, wenn man zwei Menschen auseinanderbringen will«, antwortete sie sanft.

Doch nachdem wir ein paar Monate verheiratet waren – lange vor der Geburt des Kindes und ihrer postnatalen Depression, die der Auslöser für die in ihr schlummernde Geisteskrankheit war –, erfuhr ich, daß Hester mit Nachbarn, Handwerkern, mit jedem schlief. Einmal versuchte sie es sogar mit dem Arzt und mußte dann den Arzt wechseln.

Wir zahlen und gehen. Ich verabschiede mich von meinen Kollegen und gehe über den Platz, als die Kirchturmuhr zwei schlägt. Ich habe noch eine Stunde bis zum Termin mit meinem Anwalt.

Ich lächle bitter. Einmal brachte ich sie zum Psychiater. Einer Frau.

»Sie leidet unter einer Krankheit, die wir Persönlichkeitsstörung nennen«, sagte die Frau kalt. »Wie andere Menschen in Ihrer Situation müssen Sie einfach lernen, damit zu leben, fürchte ich.«

Und das tat ich.

11

Hester

Gestern haben sie mir einen neuen Fernseher gebracht. »Leider hat er keine Fernbedienung«, sagt der Mann. »Sie müssen aufstehen, wenn Sie einen anderen Sender einstellen wollen.« Er lacht, er hat große gelbe Zähne. »Ist sonst alles okay?«

»Wollen Sie eine Tasse Tee?« frage ich.

»Nein, danke, mein Liebe. Ich muß noch andere Leute beliefern.«

Als er gegangen ist, frage ich mich, an wen er mich erinnert. Dann denke ich an meinen Vater. Er sieht meinem Vater ein wenig ähnlich. Er hat die Antenne montiert, und ich schalte den Fernseher ein. Es läuft ein Schwarzweißfilm über ein kleines taubstummes Mädchen, und damit es sprechen lernt, muß es seinen Mund an Luftballons pressen und Laute ausstoßen, und es schreit.

Das ist sehr traurig, und ich muß an Jessie denken, und plötzlich weiß ich, daß das eine Botschaft ist. Der Fernseher kam heute, damit ich diesen Film sehen kann. Er ist ein Signal. Ich muß rausgehen und Jessie anrufen. Ich gehe zur nächsten Telefonzelle, aber ich muß eine Ewigkeit warten, bis jemand zu Ende gesprochen hat, dann stecke ich eine Pfund-Münze in den Schlitz und wähle die Nummer, die auf meinem Zettel steht.

Die Frau antwortet, nicht Jessie. Ich lausche, denn ich will wissen, wie sie sich anhört. »Hallo?« sagt sie. Sie hört sich an, als wäre sie gerannt. »Hallo? Hallo?«

Ich lausche und höre sie warten. Ich höre ihren Atem, dann lege ich den Hörer sehr sorgfältig auf. »Warte nur, Mrs. Snob-Stimme, warte nur.«

Ich verlasse die stinkende Telefonzelle und fühle mich elend, weil es da drin so heiß war wegen der geschlossenen Tür. Nirgendwo ein Fleck Grün. Ich denke an die Klinik und den Garten und wie ich mit Wendy Blumen säte, und der Schmerz in mir fängt wieder an. Wenn ich noch dort wäre, würden Wendy und ich zusammen Tee trinken. Ich denke an den Park, aber es ist zu heiß, um zu Fuß dorthin zu gehen.

Ich schaue in mein Portemonnaie und habe zehn Pfund, also gehe ich zu Spar an der Ecke. Ich kaufe Hackfleisch und Eis. Dann fällt mir Maggi ein, und ich muß zurückgehen und es holen, dann fällt mir ein, daß ich noch Kartoffeln und Gemüse brauche. Die Leute hinter mir fangen an zu schimpfen, deshalb sage ich ihnen, sie sollen abhauen, und das Mädchen an der Kasse lacht, und ich sage ihr, daß ich es ihrem Vorgesetzten melde, sollte sie es noch mal tun.

Ich gehe in meine Wohnung zurück und stelle den Fernseher so laut, daß ich ihn hören kann, während ich Tee mache. Als ich das tue, sehe ich meine Pillen, also nehme ich eine. Ob ich gestern eine genommen habe, weiß ich nicht mehr.

Ich kann mich erinnern, daß Ians Mutter auch eine

Snob-Stimme hatte. Einmal nahm er mich nach Durham mit, damit ich sie kennenlernte. Die beiden dachten, ich sei nach oben gegangen, aber ich lauschte an der Tür.

»Ach, Ian«, sagte sie. »Ich sehe ja, daß sie hübsch ist, aber mein Lieber, du kannst doch viel besser heiraten.«

Mit der Erinnerung an den Klang ihrer Stimme fängt das Summen in meinem Kopf wieder an. Ich höre ihre Stimme ganz klar und weiß, was für ein Gefühl sie in mir auslöste.

Ich hörte Ian sein mürrisches Lachen lachen. »Mütter glauben immer, daß für ihre Söhne kein Mädchen gut genug ist. Gib ihr eine Chance, Mutter!«

Und seine Mutter sagte mit dieser hochnäsigen Stimme: »Die Herkunft ist wichtig, Ian. Du mißt ihr keine Bedeutung bei, aber ich versichere dir, sie ist wichtig.«

»Sie zählt überhaupt nicht, Mutter. Verdammt noch mal!« zischte Ian leise, für den Fall, daß ich zurückkäme. Ich stieß die Tür auf und ging ins Zimmer, und Ian legte den Arm um mich und küßte mich auf den Scheitel. »Hallo, Liebling«, sagte er. »Hast du schon alles ausgepackt?«

Ich sah seine Mutter an und ich lächelte – Ian gehörte jetzt mir. Sie lächelte nicht zurück, sondern ging einfach aus dem Zimmer.

Ian liebte mich. Er drückte mich an sich, bis ich dachte, ich würde zerbrechen.

Jetzt mache ich den Schrank in meinem Kopf zu, damit die Gedanken nicht mehr rausfallen können. Ich will nicht, daß sie überall in der Küche rumliegen. Ich will auch nicht mehr denken, davon bekomme ich Kopfschmerzen.

Das Hackfleisch sieht etwas grau aus, aber es schmeckt. Vielleicht kaufe ich ein Kochbuch. Ich esse vor dem Fernseher. Ehe die Pubs schließen, ziehe ich die Vorhänge zu, damit niemand in meine Wohnung schauen kann, so bin ich in Sicherheit.

12

ANNA

Thunbergia alata. Thunbergie. Schwarze Susanne. Ein bis zwei Meter hoch werdendes Kraut mit eiförmigen Blättern. Blüten braungelb, trichterförmig. Pflanze der Tropen und Subtropen (Gattung der Akanthusgewächse).

ALICE IST EIN HÜBSCHES, unzuverlässiges, unkonventionelles Mädchen mit einem ansteckenden Lachen. Es ist völlig unvorhersehbar, wann sie zur Arbeit kommt, doch dann bewegt sie ihre Hände flink und gefühlvoll zu New-Age-Musik. Ein langer schwarzer Haarzopf fällt ihr auf den Rücken, und ihr exquisiter olivefarbener Teint läßt auf spanische Vorfahren schließen.

Vor zwei Jahren tauchte sie eines Nachmittags mit ihren beiden Kindern namens Oak und Elm – Eiche und Ulme – bei mir auf und kaufte Kräuter. Wir sprachen zwei Stunden über Pflanzen. Sie war mit einer Gruppe Landfahrer gekommen, die weiterziehen würde, aber sie mußte in Cornwall bleiben, weil ihre Eltern krank waren und sie in ihrer Nähe sein wollte.

Ich bot ihr im Scherz einen Job bei mir an, denn während wir redeten, zupfte sie automatisch Unkraut aus den Töpfen in den Folientunneln. Sie nahm mein Angebot sofort an, warnte mich jedoch, weil sie einer Gruppe Grüner, die Bäume retteten, angehöre, die irgendwo bei St. Austell gegen eine geplante Rodung protestieren wollten.

Ian hielt mich für verrückt, aber ich konnte sehen, daß auch er ihrem Charme verfallen war. Mit ihrem Nasenring, ihren Hippiekleidern aus Baumwolle und ihrer hellseherischen, verträumten Art – zweifelsohne auf die Wirkung von Hasch zurückzuführen –, sieht sie ein bißchen wie eine indische Prinzessin aus. Die Pflanzen haben sie gern um sich und ich auch.

Manchmal kommt abends ein blonder junger Mann mit Dreadlocks namens Jake und holt sie in seinem pinkfarbenen Campingbus ab. Er hat Oak und Elm im Schlepptau, und die vier fahren zu irgendeinem Surfstrand. An den Tagen, wo Alice kommt, fühle ich mich jünger und sorgloser. Ich beneide sie. Teilweise ist sie so, wie ich gern sein möchte.

Heute will sie mir in der Kaffeepause die Karten legen. Bisher habe ich abgelehnt. Sie nimmt die Wahrsagerei sehr ernst, obwohl ich nicht wirklich daran glaube und weiß, daß sie damit Geld verdient. Ich lache. »Na gut. Mach schon.«

Wir sitzen mit gekreuzten Beinen im Gras. Alice mischt die Karten lange und läßt mich immer wieder den Stapel abheben. Schließlich dreht sie – völlig versunken, die Zungenspitze zwischen den Lippen – eine Karte nach der anderen um. Ich lächele über ihre Konzentration. Von meiner Vergangenheit weiß sie sehr wenig.

»Ich sehe einen Mann in Uniform«, sagt sie. »Von Bedeutung für dich?«

»Ja«, sage ich leise.

»Noch zwei Uniformen. Zwei junge Männer. Soldaten. Jünger als der erste Mann.«

Alice dreht, sich wiegend und summend, die Karten um.

»Diese Karten bedeuten Reisen. Weit weg. Deine Söhne?«

Natürlich weiß Alice, daß ich Zwillinge habe, die dauernd irgendwo unterwegs sind, das ganze Dorf weiß es. Aber sie sind sicherlich nicht in Uniform.

Alice dreht noch eine Karte um und noch eine. »Zwei Frauen, die dich lieben. Beide gestorben. Diese Karte hier bedeutet Reichtum. Du wirst nie reich werden, aber auch nie hungern. Diese Karte deutet auf ein bevorstehendes Ereignis hin. Ein Gerichtsurteil oder ein unverhoffter Glücksfall. Diese bedeutet Zwietracht oder Ärger.«

Alice summt leise weiter und deckt die Karten auf. Die Sonne geht unter, und mich friert. Ich greife nach meinem Pullover. »Und diese Karte hier ...« Das Summen verstummt abrupt. Alice legt schnell ihre Hand auf die Karte, und ich sehe, wie sie unter ihrem dunklen Teint blaß wird.

»Oh«, sagt sie atemlos, schiebt die Karten zusammen, damit ich die eine, die sie in der Hand hat, nicht sehen kann. »Die ... die ist eine ... eine Warnung.« Ihre Stimme verliert sich.

Plötzlich ist mir sehr kalt. Ich schlüpfe in den Pullover und stehe aus dem Gras auf. »Mach dir keine Sorgen, Alice. Wahrscheinlich bedeutet die Warnung, daß wir weiterarbeiten sollen.«

Alice greift nach mir und zieht mich mit erstaunlicher

Kraft wieder ins Gras. Sie ist sehr ernst. »Bleib ganz still sitzen, Anna. Das ist sehr wichtig.«

Aus einem Samttuch wickelt sie eine Kristallkugel aus. »Hör, Liebes«, sage ich sanft. »Ich glaube nicht daran und muß weiterarbeiten.«

Alice ist sehr still, starrt in die Glaskugel. Als sie aufschaut, sehe ich die Sorge in ihren Augen.

»Anna, ich muß weitermachen, obwohl ich es nicht will. Es gibt etwas, das du wissen mußt. Bitte, bleib sitzen.«

Ich hocke mich widerstrebend auf meine Fersen und warte. »Ich sehe zwei junge Männer mit langen Haaren in der Nähe eines Tempels oder Palastes. Es ist heiß ... flimmernd. Sie sind glücklich. Der ältere Mann in Uniform ist gestorben. Er lächelt, Frieden umgibt ihn ... Jetzt haben die beiden jungen Männer kurze Haare und tragen wieder Uniform. Andere Uniformen. Sie marschieren über einen kalten, windigen Platz in Blau und Gold, und dort läuft ein weißes Pferd eine Treppe hoch.«

Alice schließt die Augen und schweigt. Dann sagt sie: »Jetzt sind sie an einem seltsamen Ort voller Gewalt, der von Bergen umgeben ist. Der eine junge Mann weint, aber ich kann nicht sehen, warum. Der andere junge Mann sitzt in einem Hubschrauber, und sie attackieren etwas auf dem Boden.«

Alice blickt auf. Ich habe jetzt Angst und bin von ihrer Stimme hypnotisiert. »Dieser Ort ist sehr böse. Die jungen Männer sind in Gefahr, aber der alte Mann läßt dich wissen, daß ihnen nichts geschehen wird. Deine Söhne werden wohlbehalten nach Hause kommen. Sie werden heiraten, Kinder haben und alt werden. Die Tragödie in deinem Leben wird sich nicht wiederholen. Nein.«

Während ich in dem ruhigen Garten sitze, sehe ich die Visionen, die Alice heraufbeschwört, so klar wie auf einem Fernsehschirm. Und ich zweifle nicht an der Echtheit der visuellen Bilder von meinen Söhnen, denn ich fühle voll freudiger Erregung überall Bens Gegenwart.

Alice schweigt und starrt in die Glaskugel. Dann spricht sie weiter, diesmal mit heiserer, erschöpfter Stimme: »Da sind drei Menschen, die Gefahr für dich bedeuten, Anna. Der Mann liebt dich, ist aber unachtsam. Das Mädchen ist beunruhigt und unbedacht. Die ältere Frau ...« Alice schaut mich an. »Die ältere Frau will dir alles wegnehmen, Anna. Sie ist von grellen Farben umgeben, die Unausgeglichenheit symbolisieren, und wenn es ihr gelingt, wird sie dir deinen Mann und das Kind wegnehmen. Das wird sie tun, Anna. Du mußt kämpfen und aufpassen, daß dir niemand in den Rücken fällt. Für eine lange Zeit. Versprich mir, vorsichtig zu sein.«

Alice umklammert meine Hände. Zwei rote Flecken leuchten auf ihren Wangenknochen, und sie sieht erschöpft und verängstigt aus. Unsere Blicke begegnen sich. Wie sehen einander lange an.

Irgend etwas ist heute morgen hier geschehen, und ich weiß plötzlich, daß meine lange verdrängte Angst einen Namen hat. »Ich verspreche dir, vorsichtig zu sein.« Wir lächeln uns an, dann fällt Alice um und schläft eine halbe Stunde lang tief und fest im Gras.

Ich bezweifle nicht mehr, daß Alice übersinnliche Kräfte besitzt, denn ihre Visionen von meinen Söhnen sind lebendig und stark. Beunruhigt gehe ich zum Haus. Seltsamerweise habe ich keine Angst. Alice ist ein sanfter Mensch. Vibrationen, die Hester ausstrahlt, hätten mich zutiefst verstört. Wenn Alice in ihrer Kristallkugel eine Katastrophe gesehen hat, so war das Bens Tod, der mit Vierzig sterben mußte.

Unter den Bäumen bleibe ich stehen und schaue zum Haus hinauf. Es steht auf einer Lichtung. In der schräg einfallenden Mittagssonne leuchtet die Fassade, und ich erkenne den rosa Schimmer der Geranien auf dem Sims des Wohnzimmerfensters, die das kleine getigerte Gesicht einer meiner Katzen umrahmen.

Die Originalfenster sind weiß gestrichen, und die rotblättrige Virginia-Kletterpflanze gibt dem dunkelgrauen Granit Farbe. Mein Haus, in dem ich lebe. Von knospenden Rosen und späten Kamelien umgeben, sieht es wie ein Märchenhaus aus. Hänsel und Gretels Pfefferkuchenhaus auf einer bewaldeten Lichtung, vor der Welt verborgen.

Ich stehe unter der Schuppentanne, die vor fünfzig Jahren aus den Gärten in Tresco hierher verpflanzt wurde, und betrachte das Haus. Ich komme mir wie in einen Bilderbuch für Kinder vor, das ich mit einer Perfektion gestaltet habe, die unwirklich ist. Als hätte ich eine Geschichte erfunden, die kein glückliches Ende haben kann. Und ich stecke mittendrin, bin in einer trügerischen Vollkommenheit gefangen, die ich aber nicht erhalten kann.

Werde ich das alles verlieren? Hat Alice das gesehen? Sind die Würfel auf so grausame Weise gefallen, daß ich alles, was ich besitze, für den Unterhalt einer Verrückten verlieren werde?

Doch im Geist und im Herzen sehe ich nicht Bilder von Ian, Jessie oder Hester. Es sind Bilder von meinen Söhnen, die mein Herz beflügeln und es mit einer seltsam strahlenden Freude erfüllen. Wieder sehe ich sie klar und deutlich vor mir.

Es ist, als hätte ich einen langen Brief bekommen, in dem sie mir von ihren Plänen erzählen. Ein Gefühl des Glücks, das ein Brief vermittelt, wenn man weiß, daß es den Kindern gutgeht und daß sie in Sicherheit sind.

Vor ihrer Abreise nach Indien haben wir drei lange über ihr Leben geredet. Beide wußten, daß trotz guter Examen ihre Chancen begrenzt sind, Karriere zu machen. Vielleicht haben sich beide schon entschlossen, zum Militär zu gehen. Oder vielleicht wurde mir ein flüchtiger Blick in eine ihnen noch ungekannte Zukunft gewährt. Liam wird fliegen – wie Ben. Dan, der farbenblind ist, wird auf der Erde bleiben.

Ich weiß, daß dieses schreckliche und gewalttätige Land Bosnien ist. Aber die beiden werden nicht verletzt. Sie werden nicht sterben. Wie kann ich mir dessen so sicher sein? Wegen Ben. Weil er hier bei mir im Garten ist, in dieser Aufwallung des Glücks, bei diesem seltsamen, flüchtigen Blick in eine Kristallkugel, eine Vision, die ich nicht verstehe.

Unsere Söhne werden ein glückliches, nützliches Leben führen. Mir kommt es vor, als würde ich in einem irrealen Zustand über dem Boden schweben, nachdem ich einen privilegierten und wundervollen flüchtigen Blick in die Zukunft habe werfen dürfen. Als hätte ich eine private Botschaft von den Menschen erhalten, die ich am meisten liebe, die mir etwas mitteilen, was ich sonst nicht erfahren hätte.

Dieses Ereignis läßt alles andere, was in meinem Leben passiert, nebensächlich und unwichtig erscheinen.

Alice wacht auf und ist wieder ganz sie selbst. Wir zupfen zu ihrer Pinkel-Ponkel-Musik fröhlich Unkraut in den Folientunnels. Am Abend fährt sie zufrieden in ihrem Bonbon-Camper davon, rafft ihren wallenden Baumwollrock über die schmutzigen Knöchel und winkt mir beim Einsteigen fröhlich zu.

Abends frage ich mich, ob mir Alice etwas in den Kaffee getan hat. Das Telefon läutet, als ich zum Haus komme. Ich laufe hinein und greife nach dem Hörer. Wieder nur Schweigen. Aber dieses Mal höre ich Hester atmen.

Als ich Ians Auto in der Zufahrt höre, gehe ich nach draußen, um ihn zu begrüßen.

Als er mich sieht, lächelt er. Ich werde ihm jetzt nichts von Hester erzählen, er hat genug mit dem Umzug zu tun.

»Was! Du bist nicht im Garten?« Er grinst mich an.

Ich klimpere mit den Wimpern und wedele wie ein Huhn mit den Armen. »Ich bin die liebe kleine Hausfrau und begrüße dich sehnsüchtig an der Tür.«

Ian lacht und küßt mich. »Wie mir das auf die Nerven geht!«

13

IAN

UNSER ARCHITEKTENBÜRO ist eingerichtet und funktionsfähig. Wir haben uns niedergelassen und verzeichnen erste Erfolge. Ich leide nicht mehr unter beengten Verhältnissen wie in meinem letzten Büro und kann tausendmal effizienter arbeiten. Die Geschäftsführer von Sainsbury haben wieder Kontakt zu uns aufgenommen. Wir bemühen uns, nur gedämpfte Freude und keine allzu großen Hoffnungen aufkommen zu lassen, aber die Firma zeigt echtes Interesse an unserem Angebot.

Von der Verwaltung des County haben wir eine Anfrage bekommen. Es soll ein neues College für Abschlußklassen gebaut werden. Nick und ich arbeiten gemeinsam an diesem Objekt, weil er mit den hiesigen Bauvorschriften besser vertraut ist.

Ich komme jetzt früher ins Büro und bleibe länger. Die morgendlichen Fahrten haben mir bewußt gemacht, warum Anna diese Stunden so liebt. Und außerdem stört mich niemand bei der Arbeit. Ehe die anderen um neun im Büro aufkreuzen, kann ich schon viel erledigen.

Ich sollte Schuldgefühle haben, weil ich Anna nicht mehr

helfe. Bei dieser Hitze muß stundenlang gewässert werden, und Anna sieht erschöpft aus. Während ich an der Bucht entlangfahre, schaue ich nach rechts, als könnte ich sie unten am Gewächshaus sehen, aber ich erhasche nur einen flüchtigen Blick auf die Fenster des Hauses. Die Sonne hat noch nicht den Dunst über dem Wasser aufgesogen. Die Wirkung ist so unheimlich, als wäre ich in eine dicke Decke eingehüllt.

Interessant ist, daß Anna und Jess besser miteinander auszukommen scheinen. Mir ist aufgefallen, daß Jess im Augenblick weniger Zeit in ihrem Zimmer verbringt. Vielleicht wirkt sich meine längere Abwesenheit von zu Hause günstig auf die Beziehung der beiden aus.

Ich arbeite auch deshalb bis zum Umfallen, weil ich dann nicht an diesen verdammten Prozeß denken muß, der wie ein Damoklesschwert über mir hängt. Ich mußte auf dem Speicher aus Kartons die Scheidungsunterlagen hervorsuchen und habe es gehaßt, mit dem Anwalt diese alten Geschichten durchsprechen zu müssen.

Es gibt Dinge, die ich vergessen will, so viele Dinge, an die ich mich nicht erinnern will, und nur mit äußerster Willensanstrengung ist es mir gelungen, mich nicht abzukapseln, bis alles vorbei ist. Ich tue, was ich kann, und ärgere mich über Annas und Jessies verschlossene, mißtrauische Gesichter, wenn ich aus dem Arbeitszimmer komme.

Können sie, verdammt noch mal, nicht einfach weitermachen wie bisher und mich in Ruhe lassen? Ich will nicht reden. Ich will bei den Mahlzeiten nicht freundlich plaudern. Ich will mich nur mit mir beschäftigen.

Hester wiederzusehen wird alles wieder aufwühlen. Die Vergeudung, diese schreckliche Vergeudung meines Lebens. Das Scheitern. Nicht nur Hester. Ich. Die Schuld, die mich seit Jahren verfolgt und die nie nachlassen wird, denn ich bin schuldig geworden.

Diese ersten Monate unserer Ehe – die einzige glückliche Zeit. Sie freute sich wie ein Kind in dem kleinen gemieteten Haus am Stadtrand, weit weg von ihrer Mutter. Sie kochte mir köstliche kleine Mahlzeiten. Erstaunlicherweise kochte sie gern. Natürlich geriet schließlich alles außer Kontrolle, und sie gab mehr Geld aus, als ich verdiente. Später raubten ihr Lethargie und Medikamente die Lust am Kochen.

Sie hatte noch immer einen Teilzeitjob beim örtlichen Fremdenverkehrsamt, und meine Erinnerung an diese ersten Wochen besteht nur aus Essen und Sex. Wir lebten wie auf einer Insel. Hester und ich gegen eine feindselige Welt, denn sie besaß die Gabe, sich Feinde zu schaffen. Eine Kunstfertigkeit, die ich nicht begriff. Alles passierte so schnell.

Ich kann mich nur noch daran erinnern, daß ich von ihrem Körper nicht genug bekommen konnte. Je seltsamer sie wurde, um so aufregender fand ich sie. Nach dem Sex strahlte sie wie ein Kind, ihr dünner Körper hing wie eine Klette an mir, sie erregte mich auf eine schockierende und unnatürliche Weise.

Ich wußte damals während der ersten Tage nicht, daß Sex für Hester nicht mehr als eine Tasse Kaffee bedeutete. Mehr maß sie diesem Akt nicht bei. Ihr fehlte jedes Bewußtsein dafür, daß Promiskuität moralisch verwerflich ist, als käme sie von einem anderen Stern. Wie ein Tier kratzte sie sich; und wenn es sie juckte, tat sie es, egal, mit wem.

Bei meinem ersten Job in einem Architekturbüro war ich der sprichwörtliche Wasserträger und mußte lange und hart arbeiten. Ständig rief sie mich an und fragte, wann ich nach Hause käme. Sie war einsam, sie war krank, sie sehnte sich nach mir. Zuerst fand ich es schmeichelhaft und amüsant, diese hübsche kleine Frau, die ohne meine ständige Aufmerksamkeit nicht leben konnte. Sehr bald merkte ich jedoch, daß ihr Verhalten obsessiv und manisch war, doch da war sie schon mit Jessie schwanger.

Es folgte eine kurze Ruhepause. Hester hörte auf zu arbeiten und blühte auf, wirkte zufrieden und aufgeregt wegen des Babys. In diesen frühen Tagen redete ich mir ein, sie habe mich nie betrogen. Ich glaube nicht, daß sie es während der Schwangerschaft getan hat, kann mir aber natürlich nicht sicher sein. Ich übertünchte Risse, übertünchte verzweifelt Risse, um mir einbilden zu können, alles sei in Ordnung. Weil ich eine Scheißangst vor der Realität hatte.

Ich beobachtete, wie das Kind in ihr wuchs. Ich stellte mir den winzigen Schädel und die zarten Knochen vor, die zu einem menschlichen Wesen heranwuchsen. Ich dachte, diese seltsame Frau, die ich geheiratet hatte, ist verantwortlich für das winzige Leben, das in ihr heranwächst. Mein Kind.

Willkürliche menschliche Verantwortungslosigkeit kam mir schon damals falsch vor. Du schläfst mit einer Frau. Du fickst. Der biologische Rhythmus stimmt, und ein Kind wird gezeugt, nach deinen eigenen Vorstellungen geformt. Kein Gedanke wird an die nächsten prägenden zwanzig Jahre verschwendet, in denen dieses Kind seine eigene Vorstellung vom Leben entwickelt und die nächste Generation zeugt. Wieder wird ein Kind gezeugt – in Liebe, Haß, Volltrunkenheit oder aus Gleichgültigkeit.

Ein entsetzlicher Gedanke.

Vier Jahre lang habe ich Hester nicht gesehen. Nicht, seit sie in die Klinik eingeliefert wurde und aufgehört hat, aus der Dunkelheit aufzutauchen, um unsere gemieteten Häuser herumzuschleichen und durch Fenster zu spähen, um mich und Jessie zu beobachten. Ich bezweifle nicht, daß mich Hester auf ihre Weise liebte. Natürlich war das eine obsessive Liebe. Vielleicht muß ich mir ehrlicherweise eingestehen, daß mich nie jemand so ausschließlich gebraucht und geliebt hat wie Hester in diesen ersten Monaten unserer Ehe.

Ich parke das Auto, schalte die Alarmanlage ein und gehe durch die am frühen Morgen noch menschenleere Stadt. Vor der Kathedralen überkommt mich ein spontaner Impuls. Ich steige langsam die Treppe hoch und betrete das schattige Innere. Der Gottesdienst mit Chorgesang geht zu Ende. Leise setze ich mich in eine der hinteren Bänke und lausche mit geschlossenen Augen der Musik.

Ich kann nicht beten. Wie könnte ich zu Jemandem oder Etwas beten, an das ich nicht glaube? Für alle Fälle bitte ich jedoch um Hilfe und Kraft für das Wiedersehen mit Hester und die erneute Auseinandersetzung mit den Scherben meiner Vergangenheit.

Plötzlich taucht Annas blasses Gesicht vor meinem geistigen Auge auf – ruhig, sanft und intelligent. Sie führt ihr Leben weiter, erträgt meine Stimmungen, erträgt die mißmutige, launische Jessie. Steht jeden Morgen lange vor mir auf, geht in den Garten, ist immer in ihrem Garten. Schafft etwas. Bittet um nichts.

Ich bin überwältigt. Plötzlich begreife ich, wie sehr ich sie bewundere, alles, was sie ist und was sie tut. Ich kann ein solches Arschloch sein. Der Gedanke, sie zu verlieren, läßt Panik in mir aufsteigen und meine Haut prickeln. Unsere Ehe muß funktionieren. Unbedingt.

Stimmen. Könnte ich nur diese verdammten Stimmen in meinem Kopf zum Verstummen bringen.

14

Hester

Mr. Casey sitzt mir im Zug nach Cornwall gegenüber. Er ist noch ziemlich jung und starrt mich dauernd an. Er hat blaue Glotzaugen und stellt eine Menge Fragen. Ich mag ihn nicht. Wenn ich seine Fragen satt habe, schaue ich zum Fenster hinaus und tue, als würde ich ihn nicht hören. Er sagte, es sei bedauerlich, daß Miss Hardy-Brown uns nicht begleiten könne. Er hat Angst vor Frauen.

Ich gehe immer wieder durch den Zug, hole Kaffee und bemühe mich, mit Leuten ins Gespräch zu kommen, aber alle wollen nur ihre Zeitung lesen. Mr. Casey stellt mir Fragen wie: »Wie lange waren Sie und Mr. Roberts verheiratet?« und: »Soviel ich weiß, waren Sie während Ihrer Ehe immer wieder krank. War er ein mitfühlender und verständnisvoller Ehemann?«

Natürlich erzählte ich ihm, wie sehr ich gelitten habe. Wie Ian mich vernachlässigt, mich Tage und Wochen mit meinem Baby allein gelassen hat, während er eine Affäre mit einer anderen Frau hatte. Die Erinnerung daran treibt mir Tränen in die Augen, und Mr. Casey beugt sich vor und sieht traurig aus. Er sagt: »Regen Sie sich bitte nicht auf, Mrs. Roberts. Morgen werde ich mein Bestes tun, um Ihnen zu helfen, damit Ihr Leben angenehmer wird.«

Manche Fragen machen mir nichts aus, aber es ist dumm von ihm, mich nach Daten und Geld zu fragen, wo ich doch so krank gewesen bin. Ich schaue zum Fenster hinaus und ignoriere ihn.

Plötzlich ist das Meer da. Wir kommen aus einem Tunnel, und der Zug fährt an einem Deich entlang. Die Sonne scheint auf kleine Boote, und Menschen gehen im Wind spazieren, der über einen kleinen Strand bläst. Ich drücke mein Gesicht ans Fenster, und mir tut der Magen weh.

Ich erinnere mich. Ich erinnere mich, wie ich mit meinem Vater da draußen auf dem Deich war. Wenn wir den Zug kommen hörten, liefen wir über den Strand. »Winke«, rief er lachend. »Winke diesen armen Menschen zu, Hester, die im Zug sitzen, während wir uns am Meer vergnügen.«

Ich winkte und winkte und sah kleine Gesichter im Zug und dachte, ich werde nie wissen, wer sie sind. Ich könnte einem von diesen Menschen auf einer Straße begegnen, und er würde nicht wissen, daß ich es gewesen war, die mit ihrem Vater auf dem Deich stand und winkte und winkte. Wenn der Zug vorbeigefahren war, hob mich mein Vater vom Deich, und ich liebte ihn so sehr, daß ich meine Arme um seine Beine schlang und mein Gesicht an seine rauhe Hose preßte. Er schaute auf mich herunter. »Na, was ist denn?« fragte er lachend.

»Stirb nicht«, flüsterte ich an seinen Beinen. »Stirb nie, und laß mich nie allein. Versprich mir, daß du nicht stirbst und mich allein läßt.«

Er bückte sich und löste sanft meine Arme von seinen Beinen. »Du weißt, daß ich dir das nicht versprechen kann,

Liebes. Ich bin dein Dad und werde vor dir sterben. Aber bis dahin wirst du dein eigenes Leben führen, erwachsen sein und nicht mehr so fühlen wie heute. Komm jetzt. Wir laufen um die Wette, bis zu diesem roten Segelboot.«

Aber ich fühlte wie damals am Strand, als er starb. Ich war sechzehn. Er verließ mich. Er ließ mich mit ihr allein. Das hätte er nicht tun dürfen. Hätte er mich mehr geliebt als sie, hätte er mir das nicht angetan. Ich dachte wirklich, er würde mich mehr als alles andere auf der Welt lieben.

Wir fahren durch den nächsten Tunnel, und der Schmerz ist wieder da, und ich stöhne, weil die Geräusche kommen, Stimmengemurmel in meinem Kopf. Tageslicht, und das Meer liegt hinter mir. Mr. Casey beugt sich zu mir. »Geht es Ihnen nicht gut, Mrs. Roberts?«

Ich starre ihn an. Sein Gesicht wächst und wächst. Ich starre und starre darauf. Er wird rot. »Ich gehe Kaffee holen, Mrs. Roberts«, sagt er.

Er steht auf und geht. Ich schließe die Augen, ich bin müde.

Warum sitze ich in diesem Zug und fahre nach Cornwall? Ich versuche, mich zu erinnern.

Bin ich auf dem Weg zu Jessie?

Nein, ich weiß nicht, wo sie ist.

Plötzlich lache ich, erinnere mich, und die Frau neben mir steht auf, rafft ihre Sachen zusammen und verläßt das Abteil. Ich rufe ihr hinterher, versuche zu erklären, aber sie verschwindet durch die Schiebetür.

Ich wollte ihr nur sagen, daß ich glücklich bin, weil ich mit meinem Rechtsanwalt nach Cornwall fahre. Daß mir mein Mann meine Tochter weggenommen hat und sie mir jetzt zurückgeben muß und auch Geld, damit ich für sie sorgen kann.

Es wäre nett gewesen, mit einer anderen Frau über meinen Mann und mein Kind zu reden.

Denn ich finde Jessie immer. Ich finde immer heraus, wo Ian sie versteckt hat.

15

Anna

Althaea rosea. Stockrose.
Alyssum maritimum. Strandsteinkraut.
Impatiens balsamina. Kleines Springkraut.
Brachycome iberidifolia. Gänseblümchen.
Gerastium tomentosum. Tausendschön, Maßliebchen.

Rings um mich herum, nichts als Setzlinge, die letzten. Die Luft ist trocken, kratzt mich im Hals. Die Sonne schafft es nicht, durch die dicke Wolkendecke zu dringen, aber sie erhitzt den Tag auf geheimnisvolle Weise. Ich lasse den Sprinkler den ganzen Morgen an, da die Feuchtigkeit in der Erde versickert und mein Garten allmählich einem Garten in der Toskana ähnelt.

Der Verhandlungstermin wegen der Erhöhung der Unterhaltszahlungen für Hester ist für heute im Gericht von Truro angesetzt. Ians Rechtsanwalt wollte den Fall in Cornwall verhandeln, weil er glaubt, ein hiesiger Richter könne Ian wohlgesonnener sein. Hester nimmt an der Verhandlung teil, und wir alle wünschten uns, sie wäre in London geblieben.

Während ich die Setzlinge wässere, bin ich in Gedanken

bei Ian. Ich hätte Ian zur moralischen Unterstützung zum Gericht begleiten sollen, habe jedoch die Jungpflanzen als Vorwand benutzt, um nicht mitzugehen, denn ich habe nicht die geringste Lust, Hester in Fleisch und Blut vor mir zu sehen.

»Ich muß sie doch nicht treffen, oder?« hat Jessie während der letzten Wochen immer wieder gefragt. »Sie will mich doch sicher sehen, nicht wahr?«

»Du mußt überhaupt nichts tun, was du nicht tun willst«, erklärte Ian ihr. »Aber deine Mutter ist zur Zeit angeblich bei klarem Verstand. Vielleicht täte es dir gut, sie wiederzusehen, Jessie.«

»Nein«, entgegnete Jess entschieden. »Ich will sie nicht sehen.«

Erstaunlicherweise hatte sie sich an mich gewandt. »Meinst du nicht auch, Anna? Wenn sie mich einmal sieht, wird sie mich immer wieder sehen wollen. Sie wird nicht aufgeben. Sie wird herausfinden, wo wir wohnen, aus der Dunkelheit auftauchen und durchs Fenster reinschauen. Das wird passieren.« Jessies Stimme war schrill geworden, und mich hatte ihre Angst erschüttert. Jessies Gefühle für ihre Mutter sind sehr widersprüchlich.

Ich dachte an den Brief und die ominösen Anrufe, von denen ich weder Ian noch Jessie erzählt habe. Beides paßt nicht zu Hesters wundersamer Heilung. Wenn die bevorstehende Ankunft von Hester in Cornwall Jess derart aus der Fassung bringt, ist es besser, sie hält sich von ihrer Mutter fern. Und das habe ich gesagt.

Ian hat nachdenklich gemeint: »Falls Hester sich geändert hat, wäre es gut, denn ihr beide könntet wieder eine Art Beziehung aufbauen, Jess.«

»Träum ruhig weiter«, hat Jess gesagt. »Glaubst du denn etwa, du könntest zu ihr jemals wieder eine normale Beziehung haben, Dad?«

»Nein«, hat Ian leise geantwortet. »Das glaube ich nicht mal eine Sekunde lang. Ich habe Angst davor, sie wiederzusehen.«

»Ich auch.« Und dann haben Vater und Tochter sich schuldbewußt angelächelt. Zum ersten Mal hatte ich das Gefühl, die beiden beschützen zu wollen. Sie müssen sich in dem Trümmerhaufen, den Hester aus ihrem Leben gemacht hat, aneinanderklammern.

Als die Lieferwagen die meisten Jungpflanzen abgeholt haben, gehe ich zum Sommerhaus. Im Garten ist es sehr still, und ich frage mich, ob ein Sturm aufzieht. Ich fülle Überweisungsformulare aus, schreibe ein paar Rechnungen, aber meine Gedanken schweifen ständig ab. Wie werden wir zurechtkommen, wenn Ian für Hester mehr Unterhalt bezahlen muß?

Ich blicke auf und betrachte Junes Ansichtskarten, die in der Sonne verblassen.

Cottages und Gärten. Fenster. Blumen. Menschen. Ein Paar. Zwei dicke Menschen – ein Mann und eine Frau – liegen seitlich einander zugewandt in einer Wiese voller Glockenblumen unter einem dunstig-blauen Himmel. Ihr Kleid hat die verwaschene Farbe von Vergißmeinnicht wie seine Hose. Sein Hemd ist weiß.

Die beiden haben die Arme ausgestreckt und berühren sich mit den Fingerspitzen. Nur mit den Fingerspitzen, unfähig, die Hand des Partners zu umschließen. Die Haltung ihrer Köpfe, die auf den angewinkelten Armen ruhen, drückt Traurigkeit aus, gleich einem Klagelied.

Jedesmal, wenn ich diese Karte betrachte, schnürt sich mir vor Schmerz die Kehle zu. *Stiller Mittag*, steht auf der Karte. Wer sind diese Menschen, die sich nur berühren? Die Pose der so ruhig daliegenden, einander zugewandten Gestalten ist derart ergreifend, daß ich meine eigene Einsamkeit in diese blaugrünen Farben projiziere.

Ich gehe zum Haus, um Kaffee aufzubrühen. Ian war während der vergangenen Wochen sehr distanziert und hat sich an einen Ort zurückgezogen, wo ich nicht willkommen bin. Höflich und unnahbar hat er sich in seine Arbeit vergraben. Er hat mich erstaunt angesehen, wenn ich mich bemerkbar gemacht habe. Dann kommt er irgendwo aus der Vergangenheit zurück. Er kommt als Fremder zurück. Er sieht mich kurz mit diesen kalten blauen Augen an, als würde er sich nicht mehr erinnern, wer ich bin.

Ich stelle den Kessel auf den Herd und stecke eine Scheibe Weißbrot in den Toaster und drehe mich um und schaue zum Küchenfenster hinaus. Das alte Spalier, das die Hintertür umgibt, bricht fast unter dem Gewicht der süß duftenden Rosen zusammen. Bald muß ich das Spalier durch ein neues ersetzen, aber da es anders aussehen wird, schiebe ich diese Arbeit vor mir her.

Wenn die Sonne scheint, fallen die Strahlen durch die Bäume auf dieses kleine geschützte Rosenbeet, und die Blütenblätter schweben wie Konfetti auf die verblaßten Pflastersteine. Hinter dem Beet beginnt der dichte, dunkle Wald. Von der schmalen Straße, die von der Bucht heraufführt, kann ich gerade noch entferntes Motorengeräusch hören.

Auf dieser Seite des Hauses kann die Sonne nicht in die Zimmer scheinen, sie erreicht jedoch die Granitmauer, an der sich ein Birnbaum bis zu Jessies Schlafzimmerfenster hochrankt. Dieser Birnbaum wirkt fehl am Platz, und ich frage mich oft, wer ihn gepflanzt hat.

Jessie liebt ihn und hat wegen des Baums das ziemlich dunkle kleine Zimmer gewählt. Sie sagt, die anderen Räume seien nicht gemütlich, und sie liebe kleine Zimmer. Ich wende mich vom Fenster ab, brühe Kaffee auf und buttere meinen Toast und gehe nach oben in das große Vorderzimmer, das wir als Wohnzimmer eingerichtet haben, weil es sonnig und licht ist und man von hier aus die Bucht sehen kann. Der Mahagonitisch meiner Mutter steht in der Ecke. Ian und ich arbeiten hier, weil wir das Wasser sehen können.

Jessie und ich sind uns in den vergangenen paar Wochen nähergekommen, wahrscheinlich, weil sich Ian von uns zurückgezogen hat. Wir plaudern wieder miteinander, machen zusammen mit Hebe Spaziergänge, und Jessie hat mir bei der Arbeit in den Gewächshäusern geholfen. Ich weiß, das könnte sich ändern. Sobald von Hester keine Gefahr mehr droht und sie wieder in London ist, kehrt Jessie wohl zu ihrer einsilbigen Art zurück.

Aber es ist ein schönes Gefühl, in ihr eine Freundin zu haben.

Ich trinke meinen Kaffee aus, und ehe ich nach unten gehe, mache ich unvermittelt einen Abstecher in ihr Zimmer, was ich sonst nie tue. Das Fenster ist geschlossen und die Luft abgestanden. Ich reiße das Fenster auf und sehe, daß sie ihr Bett abgezogen hat. Ich gehe ins Bad, aber im Wäschekorb liegen keine schmutzigen Laken. Seltsam. Im Wäscheschrank im Flur sind kaum noch saubere Laken. Ich öffne den Schrank in ihrem Zimmer, und sechs schmutzige Laken, die nach Urin riechen, fallen heraus. Ich möchte weinen. Oh, Jessie.

Sie hat eine Plastiktüte unter die Matratzenauflage gelegt, damit die Matratze nicht naß wird. Ich schleudere die Auflage in eine Ecke und drehe die Matratze um. Aus einer Ecke des Wäscheschranks krame ich ein altes Gummilaken und beziehe das Bett mit den hübschesten Bezügen, die wir haben.

Ich stecke alles in die Waschmaschine, gehe nach draußen und pflücke Kletterrosen. Üppige rote Rosen, deren Blütenblätter beim Entfalten einen helleren, durchsichtigen purpurnen Farbton annehmen, wenn sie sich der Sonne darbieten. Ich stecke noch eine weiße, kaum erblühte und eine cremefarbene Kletterrose hinzu, stelle den Strauß in eine Vase und trage sie nach oben.

Ich weiß, daß Jessie nur einen flüchtigen Blick darauf werfen wird, aber die Blumen sind mit Liebe gepflückt und verbreiten vielleicht ein Gefühl der Sicherheit in ihrem Zimmer und bringen Ruhe in ihren Schlaf. Als ich die Vase auf ihren Nachttisch stelle, blicke ich auf und sehe eine Bewegung am Waldrand, die flüchtig auftauchende, verschwommene Andeutung eines Gesichts, das sofort wieder verschwindet. Mir sträuben sich die Nackenhaare. Zitternd schaue ich zum dunklen Wald hinüber und habe plötzlich Angst. Die Wälder gehören zum Areal des nichtverkauften Trevillian-Besitzes, aber Wilderer durchstreifen sie oft auf der Jagd nach Kaninchen.

Ich gehe nach unten und schließe die Hintertür ab. Ich nehme das schnurlose Telefon mit, was ich normalerweise nicht tue, denn meine Freunde rufen abends an, weil ich tagsüber im Garten arbeite. Aber ich habe das Gefühl, daß

Ian mich anrufen wird. Ich gehe in den Garten zu den Folientunneln, und jetzt bricht plötzlich die Sonne durch und löst den dichten Dunst auf. Da werde ich ruhig und jäte fröhlich in der Sonne Unkraut beim Klang gregorianischer Gesänge.

Nach einer Stunde oder so piept das schnurlose Telefon. Ich zucke zusammen. »Hallo«, sagt Ian. »Bist du im Haus? Hab gar nicht damit gerechnet, dich zu erreichen.«

»Nein, ich bin im Garten, habe aber das schnurlose Telefon für den Fall mitgenommen, daß du anrufst. Warum bist du nicht im Gericht?«

»Hester ist nicht erschienen, und da ohne sie die Verhandlung nicht stattfinden kann, wurde unser Termin auf den Nachmittag verlegt. Damit hätte ich rechnen müssen. Ihr Anwalt rennt rum wie ein kopfloser Hahn und versucht, sie bis zwei Uhr aufzutreiben.«

»Wie hat er sie denn verloren? Er muß doch wissen, daß sie unberechenbar ist.«

»Na, er kann schließlich nicht mit ihr schlafen, oder? Als er sie heute morgen von der Frühstückspension abholen wollte, war sie verschwunden. Er hat angeblich bei Freunden übernachtet.«

»Wie ist er denn?«

Ian lachte humorlos. »Wie ein Frettchen. Benimmt sich wie ein Sechzehnjähriger, hat angeklatschte Haare und den scharfen Blick eines Terriers, der auf eigene Faust das gesamte ungerechte Klassensystem ändern will. Vor allem ein System, in dem berufstätige Männer hilflose, benachteiligte Frauen verlassen dürfen.«

»Ach, du meine Güte«, sage ich. Und dann: »Aber du hast doch Hester nicht verlassen, sondern sie dich.«

Ian lacht wieder. »Für Männer wie Mr. Casey zählen solche Detailfragen nicht. Er würde mir wahrscheinlich psychische Grausamkeit oder etwas Ähnliches als Grund für ihr Weggehen vorwerfen. Anthony hält ihn sowieso für einen Wichser, weil er eine derart unberechtigte Forderung vor Gericht durchsetzen will. Er riskiert, seine Klientin zu verlieren, und vergeudet unser aller Zeit.«

»Ian«, frage ich. »Hester kann doch nicht wissen, wo wir wohnen, oder?«

»Nein, Anna. Das habe ich als erstes gefragt. Casey hat Anthony versichert, daß niemand im Sozialamt so unverantwortlich handeln und Hester unsere Adresse geben würde, weil Jessie bei uns ist. Mach dir keine Sorgen.«

Ich knie auf dem Rasen inmitten der jungen Pflanzen, die ich noch in mein Randbeet umsetzen will, und rieche den süßen starken Duft des Geißblatts. Ich habe Ian nicht erzählt, daß Hester unsere Telefonnummer hat – wovon ich überzeugt bin. Ian sagt: »Hester wird sich an den verschiedenen Schulen nach Jessie umsehen.«

»Das dürfen wir Jess nicht sagen, Ian«, warne ich ihn schnell. »Auf den Gedanken, daß Jess eine Privatschule besucht, wird Hester doch wohl nicht kommen, oder?«

»Ich glaube nicht. Trotzdem habe ich in Jessies Schule angerufen. Nur um sicherzugehen.«

Armer Ian. Wie viele Jahre lebt er schon mit dieser Bedrohung?

»Rufst du vom Büro aus an?« frage ich.

»Ja. Ich muß jetzt gehen, Anna.«

»Hoffentlich wird es heute nachmittag nicht allzu schlimm, Ian.«

»Ich liebe dich, weißt du«, sagt er plötzlich.

Ich lächle. »Und ich dich. Bestimmt wird alles gut.« Könnte ich mir da nur so sicher sein.

»Hoffentlich. Bis heute abend, Liebling.«

Ian gebraucht selten zärtliche Worte. Ich fühle mich besser.

Da höre ich das unverkennbare Motorengeräusch des pinkfarbenen Campingbusses, mit dem Alice gekommen ist. Ich bin froh, daß sie da ist. Das Telefon läutet wieder. »Hallo«, melde ich mich. »Ian?«

Die Stimme klingt ruhig und freundlich. »Hallo, Anna. Wie geht es dir? Hier spricht Hester. Ich möchte Jessie sprechen.«

Mein Mund ist trocken, und meine Handflächen sind plötzlich schweißnaß. Erschreckt antworte ich tonlos: »Jessie ist in der Schule. Wo sind Sie, Hester?«

»Das würdest du wohl gern wissen, wie?« entgegnet die freundliche Stimme.

»Hester, sollten Sie nicht im Gericht sein?«

»Das kann warten. Ich möchte mit meiner Tochter sprechen.«

»Um diese Tageszeit ist sie in der Schule. Sie wissen doch, daß sie nicht zu Hause sein kann.«

In der Leitung herrscht Schweigen, und ich frage mich, ob ich die Verbindung unterbrechen soll. Irgendwie paßt diese Stimme nicht zu der Person, die den Brief geschrieben hat. Sie klingt völlig vernünftig. Ich will gerade etwas sagen, als Hester weiterspricht: »Tja, da muß ich wohl mit dir reden, Anna, nicht wahr? Bist du glücklich? Bist du mit meinem launischen, schweigsamen Mann glücklich?«

Ihr Ton ist sanft und interessiert. »Es ist schwer zu ertragen, wenn er einen tagelang aus seinem Leben ausschließt und einen dann mit diesen eisigen blauen Augen ansieht, als wäre man unsichtbar, nicht wahr? Empfindest du das genauso, Anna?«

Ich bekomme eine Gänsehaut auf den Armen, und mich friert trotz der Sonne. Ich will mich von ihr verabschieden, aber Hester hebt ihre Stimme. »Zieht mein Mann Jessie immer noch auf seinen Schoß, oder ist sie dafür jetzt zu groß? Lacht er dir über ihren Kopf hinweg zu, wiegt sie auf dem Schoß und singt: ›Mein kleines Mädchen, du bist doch mein Liebling? Nicht Mummys. Dumme alte Mummy. Du bist Daddys kleiner Schatz, nicht wahr, Liebling?‹ Macht er das noch immer, Anna?«

Alice ruft: »Ich bin da.« Und sie läuft durch den Garten zu mir. Heute ist ihre Kleidung so bunt, daß sie wie eine tanzende Patchwork-Decke aussieht. Ich muß das Telefon abschalten. Ich muß die hinterhältige, zerstörerische Stimme mit der schrecklichen, näselnden Londoner Aussprache abschalten. Aber ich bin wie hypnotisiert, und sie redet weiter, überzieht mich mit ihrem Gift wie Harz, das von Bäumen tropft.

»Eines Tages, bald, Anna, wirst du den Schrei nicht mehr unterdrücken können. Du wirst ihn anschreien. Einen sehr langen Schrei ausstoßen. Dann wird er dich anlächeln, mit den Lippen, nicht mit seinen Augen, und er wird flüstern: ›Anna, du bist wirklich sehr, sehr verrückt.‹«

Ich zittere so sehr, daß ich das Handy mit beiden Händen festhalten muß. »Ich unterbreche jetzt die Verbindung, Hester. Bitte, verschwinden Sie. Gehen Sie zum Gericht, wo Sie sein sollten, denn Sie haben diesen Prozeß angestrengt. Gehen Sie dorthin und hören Sie auf, mich zu belästigen.«

Ein explosionsartiger Ton. »Hure!« Ihre Stimme ist heiser und scharf. »Du bist nichts als eine gewöhnliche Hure! Ich kenne dein Spiel. Jessie haßt dich. Sie will bei mir sein. Du bist grausam zu ihr und gibst ihr nicht genug zu essen. Ich habe das Sozialamt auf dich gehetzt. Die beobachten dich, Madam. Die wissen, was du bist. Die wissen, daß du die Straßen auf und ab stolzierst und deine Möse herzeigst. So hast du dir meinen Mann geschnappt. Hast mit dem Arsch vor ihm rumgewackelt, wie? Aber es ist meine Möse, die er wirklich haben will.«

»He, he, Anna, was ist denn los? Was hast du?« Alice plumpst neben mir ins Gras und berührt meinen Arm. »Du bist weiß wie ein Laken. Und du zitterst.«

»Ein obszöner Anruf.« Ich schneide eine Grimasse, aber Alice ist besorgt.

»Ich brühe dir einen Kräutertee auf.«

»So schlecht geht es mir nun auch wieder nicht. Aber ich hätte gern eine Tasse Kaffee. Und gieß einen Schuß Brandy rein, Ali, bitte.« Ich gebe ihr die Hausschlüssel.

Sie mustert mich besorgt. »Ich habe was Besseres für dich«, bietet sie mir an.

Ich schüttele den Kopf und versuche zu lächeln. »Obwohl dein Vorschlag verlockend klingt.«

Alice sieht mich weiter an. »Du weißt, wer es war, nicht wahr?«

»Ja.«

Alice rührt sich noch immer nicht. »Anna, du vergißt doch nicht, was ich dir gesagt habe? Du hast eine Warnung bekommen.«

»Ich vergesse es nicht, Ali.«

»Leg dich in die Sonne. Ich komme gleich wieder.« Sie

wirbelt mit ihren psychedelischen Farben wie ein Irrwisch durch den Garten.

Ich will nicht ruhen. Ich will etwas tun und mache mich wieder an die Arbeit. Ich bin wie betäubt. Noch nie habe ich Hesters Stimme gehört. Ich zittere innerlich vor Angst, daß Hesters verschleierte Halbwahrheiten stimmen könnten, daß ihre Stimme nichts als das dunkle Echo meiner eigenen Befürchtungen ist, die mit unheimlicher Treffsicherheit ihr Ziel erreicht hat.

Könnte Ian einer verwundbaren Hester gegenüber jemals grausam gewesen sein? Hatte er mit dieser Kälte Hesters Verwundbarkeit so gesteigert, daß die latente Geisteskrankheit in ihr ausbrach?

Kleine Töpfe voller Wicken, Petunien, Reseden, Levkojen, Lupinen, Löwenmäulchen, Geranien und Alpenveilchen.

Mit den Fingerspitzen berühre ich eine *Pelargonium hortorum*, eine Geranie namens »Glückliche Gedanken«.

Ich lächele und wässere alle Jungpflanzen gründlich, dann werden sie groß und stark.

16

Ian

Der Tag verläuft genauso miserabel, wie ich ihn mir vorgestellt habe. Am Morgen der Gerichtsverhandlung ist die Luft schwer und drückend. Ich fahre direkt zu meinem Anwalt. Er ist verärgert. Wie es scheint, ist Hester verschwunden. Ich entdecke ihren Anwalt. Er sieht sehr jung und ernsthaft aus, trägt eine Nickelbrille und hat blankpolierte Schuhe an und ist aufgeregt. »Du lieber Himmel«, sagt Anthony, mein Anwalt, »der blöde Kerl hat seine Klientin verloren.«

»Und was passiert jetzt?« frage ich.

»Die Verhandlung muß verschoben werden, bis sie auftaucht. Und das wird frühestens nach dem Lunch sein. Nichts als Zeit- und Geldverschwendung.«

Er ist stocksauer, und das kann ich ihm nicht übelnehmen, denn er muß alle seine Gerichtstermine absagen.

Der Fall wird auf vierzehn Uhr verschoben, und ich fahre ins Büro zurück. Zum Glück habe ich heute keine Termine vereinbart.

Als ich in Nicks Büro marschiere, fällt ihm die Kinnlade runter. Ich lasse mich in seinen Besuchersessel fallen. »Hester ist verschwunden. Der Fall wird erst heute nachmittag verhandelt.«

»Ich kann's nicht fassen! Diese Frau stiftet nur Chaos.«

»Wie wahr.«

»Willst du Kaffee?«

»Bitte.«

Er reicht mir eine Tasse aus seiner Kaffeemaschine und hockt sich auf seinen Schreibtisch.

»Werden sie sie finden? Wird sie heute nachmittag aufkreuzen?«

»Ich habe keine Ahnung, Nick.«

»Was wird sie tun? Wird sie sich erinnern, wohin sie gehen soll?«

»Sie wird versuchen, mich und Jess zu finden. Und ich weiß wirklich nicht, in was für einem geistigen Zustand sie sich befindet.«

»Sie wird dich doch nicht finden, oder? Ich meine, sie kann doch nicht plötzlich bei euch auftauchen und die arme Anna zu Tode erschrecken?«

»Nein. Ich glaube nicht, daß sie unsere Adresse hier herausfinden kann. Niemand kennt sie, nicht einmal ihre Mutter.«

»Ruf Anna trotzdem an.« Nick macht sich Sorgen.

»Ich trinke nur meinen Kaffee aus, dann gehe ich.«

Anna klingt zufrieden, sie ist in ihrem Garten. Wie sie ihren Garten liebt! Eine Woge der Liebe für sie überkommt mich plötzlich, überraschenderweise. Warum bin ich manchmal nur so ein blöder Kerl?

Das Gespräch mit ihr gibt mir wieder Sicherheit, wir reden noch eine Weile, und um halb zwei fahre ich zum Gericht zurück. Hester ist da, sie steht neben ihrem Anwalt, und nach all den Jahren ist ihr Anblick ein Schock. Sie ist verwelkt, sie sieht schäbig aus, sie ist ... alt.

Ich habe einen Kloß im Hals. Schmerz und Mitleid übermannen mich, so plötzlich, so stark, so unerwartet, daß ich bestürzt bin. Sie wiegt sich leicht auf den Absätzen, ein Nebeneffekt der Medikamente, vermute ich. Scheiße. Scheiße. Scheiße. Ich glaube nicht, daß ich mit der Situation fertig werden kann.

Sie dreht sich um und sieht mich, starrt mich an. Ihr Gesichtsausdruck ändert sich nicht, aber ihre Augen bleiben an meinem Gesicht haften. Sie sieht mich triumphierend, geheimnistuerisch an – den Blick kenne ich gut. Dieser Blick ist mir so vertraut, daß er mich frösteln machen müßte. Aber er macht mich nicht frösteln, er erregt mich. Sie steht unbeweglich da, stumm. Sie erinnert mich an eine sich wiegende Kobra, ehe sie zustößt.

Abrupt drehe ich mich um, wende ihr den Rücken zu. Anthony wirft mir einen kurzen Blick zu. »Ist alles okay, Ian?«

»Ja. Machen wir, daß wir diese Farce so schnell wie möglich hinter uns bringen.«

Gott sei Dank überkommt mich ein maßloser Zorn wie eine große, schwarze, vertraute Welle. Eine entsetzliche Wut, aus Hoffnungslosigkeit und Schuld und etwas anderem geboren, das ich nie verstehen werde.

Etwas Dunklem.

17

Hester

Mrs. Beale, die Bed-und-Breakfast-Lady, serviert mir ein gutes Frühstück. Nachdem mich Mr. Casey gestern abend hierhergebracht hatte, ging ich in die Stadt und kaufte mir Fisch und Pommes frites. Ich aß sie in meinem Zimmer vor dem Fernseher. Es war gemütlich und warm. Unter mir hörte ich Mrs. Beale reden, und ich hörte die Leute in den anderen Zimmern um mich herum husten und sich waschen.

Das war so schön, als würde ich wieder in einer Familie leben.

Nach dem Frühstück hole ich meine Sachen und gebe meinen Schlüssel zurück. »Ich dachte, Mr. Casey würde Sie hier abholen«, sagt. Mrs. Beale.

»Oh, nein«, antworte ich. »Ich treffe ihn im Gericht.«

Ich gehe nach draußen und die Hauptstraße entlang, am Bahnhof vorbei, auf die große Schule zu, die ich gestern abend gesehen habe. Ich sitze auf der Mauer und beobachte, wie aus den Bussen die Kinder steigen, aber Jessie kann ich nicht entdecken. Ich werde langsam wütend, weil Mrs. Beale mir gesagt hat, dies sei die einzige Schule. Jedes

Mal, wenn ein Bus kommt, schaue ich genau hin, aber sie ist nicht drin.

Als die Schulglocke läutet und die Busse nicht mehr kommen, gehe ich zum Bahnhof zurück, und da kommt plötzlich ein Bus mit einem Namen, an den ich mich erinnern kann. Ich laufe zur Haltestelle, damit ich ihn noch kriege. Ich suche in meiner Handtasche nach meinem Zettel und zeige ihn der Frau, die neben mir sitzt.

»Der Bus fährt nur bis zum Dorfrand. Der Trevillian-Besitz liegt viel weiter draußen, in der finstersten Provinz.«

Ich bitte sie, mir zu sagen, wo ich aussteigen muß. Sie erzählt mir, daß sie ihre Tochter und ihre gerade geborene Enkelin besucht. Wir reden über Babys und alles Mögliche; es ist schön, eine Freundin zu haben.

Als es Zeit ist auszusteigen, rät sie mir, in der Post nach dem Weg zu fragen. »Fragen Sie die Leute dort. Sie haben ein Telefonbuch.«

Die Post ist nur ein Zimmer in einem Haus. Darüber muß ich lachen. Ich gehe rein und kaufe Schokolade, ich bin sehr hungrig.

»Ich hole meine Tochter ab und bringe sie nach Hause«, erzähle ich der Frau hinter dem Tresen. »Sie ist bei Freunden, aber ich weiß die genaue Adresse nicht.«

»Wie heißen die Freunde denn, meine Liebe?«

Mir wird ganz heiß, als ich mich zu erinnern versuche. Der Name? Wie heißt diese Frau doch gleich? »Anna.« Ja, so heißt sie.

Sie schnalzt mit der Zunge. »Ich brauche den Familiennamen.«

Ich starre sie an. Lache dann. »Roberts. Roberts natürlich.«

»Sind sie erst kürzlich hierhergezogen?«

»Ich glaube schon.«

Sie schaut in eine Liste. »Könnte es eine Miss Harriet Roberts von der Willow Farm sein?«

»Nein.«

»Und wie steht's mit Ian und Anna Roberts in der Trevillian-Lodge?«

In meinem Kopf tobt ein Brausen. Ich kann nicht sprechen. Alle Leute werden glauben, daß sie verheiratet sind. Alle werden Jessie für ihre Tochter halten.

»Sind Sie krank, meine Liebe?« fragt die Frau und starrt mich an.

»Nein, nein. Mir geht's gut. Ja, das sind sie.«

»Tut mir leid, aber die Telefonnummer kann ich Ihnen nicht geben. Sie ist geheim.«

Ich lächele sie an. »Schon gut. Die Nummer habe ich. Danke. Vielen Dank.«

Sie sagt mir, wie ich dorthin komme. »Es ist ein sehr langer Weg«, sagt sie.

Ich marschiere und ich marschiere. Dunst hängt über den Feldern, deshalb kann ich außer der Straße nicht viel sehen. Ich begegne niemandem. Nach langer Zeit komme ich zu einem Wegweiser, auf dem Trevillian steht, aber als ich die Straße weitergehe, endet sie in einer Art Pfad. Ringsum ist nichts als Wald, und noch immer sehe ich niemanden. Sie muß eine Hexe sein, diese Frau. Jessie wird sich freuen, wenn sie mich sieht. Ich gehe später mit ihr zum Einkaufen.

Ich laufe einen Pfad hinunter, und an seinem Ende klettere ich über ein Gatter und gehe in den Wald dahinter, weil ich Rauch über den Bäumen habe aufsteigen sehen.

Wie kann da im Sommer Rauch sein? Die Bäume beugen sich zu mir runter und wollen nach mir greifen. Ich weiß nicht, ob es mir hier gefällt.

Plötzlich komme ich zu einer Lichtung, und unter mir liegt ein Haus aus Stein mit einem Schornstein, aus dem Rauch quillt. Ich weiß noch nicht, ob das mein Haus ist. Das Haus, in dem meine kleine Jessie lebt.

Ich stehe unbeweglich unter den Bäumen und betrachte das Haus. Da ist jemand oben am Fenster, aber das Gesicht kann ich nicht erkennen. Nur eine Bewegung, ein weißer verschwommener Fleck. Ich sehe genauer hin, und mir scheint, das Gesicht erwidert meinen Blick. Es ist nicht Jessie.

Ich fühle mich seltsam. Irgend etwas schnürt mir die Kehle zu. Ich wende mich ab. Ich habe vor etwas Angst, aber ich weiß nicht, was es ist. Ich bin sehr müde.

Ich gehe nach links, wo ich einen Pfad sehen kann und einen Traktor höre. Plötzlich kommt die Sonne raus, und ich finde einen Graben voller trockener Blätter. Ich breite meinen Regenmantel zum Schlafen aus. Ich bin so müde, und die Sonne wärmt mich, ihre Strahlen fallen schräg vom Himmel auf kleine wirbelnde Dinge, die zu Boden fallen.

Jetzt gefällt es mir hier, es ist einsam und heimlich.

Als ich aufwache, marschiere ich den Pfad hinunter zur Straße. Ich muß einen Bus finden. Eigentlich sollte ich irgendwo anders sein. Das wird mir schon wieder einfallen. Bald. Da sehe ich eine Telefonzelle und lache laut und gehe rein und rufe diese Frau wieder an. Ich stecke ein ganzes Pfund in den Schlitz. Dieses Mal rede ich mit ihr. Wir werden nett miteinander plaudern.

18

ANNA

Mentha suaveolens. Apfel-Minze. *Mentha piperita.* Pfefferminze. *Citrata* (Kölnisch Wasser) Minze. Unter Verschluß zu halten, sonst riecht die Pflanze durchdringend oder penetrant.

IAN RUFT MICH AUS DEM GERICHT AN, um mir zu sagen, daß Hesters Klage zwecks mehr Unterhalt abgewiesen wurde, aber seine Bitte, ganz und gar aus der Verantwortung genommen zu werden, wurde ebenso abgelehnt. Wahrscheinlich wird Ian zu Hesters Unterhalt bis zu ihrem Tod beitragen müssen.

Komisch. Wenn Ian vor mir stirbt, muß ich dann Hester Unterhalt zahlen?

Als er nach Hause kommt, sieht er erschöpft aus, seine Augen sind blutunterlaufen, die Krawatte hat er gelockert, und mir fällt der durchgescheuerte Hemdkragen auf, und Zuneigung und Mitleid wallen in mir auf. Schnell wende ich mich ab und schenke ihm einen Drink ein.

Jessie bleibt über Nacht bei ihrer Freundin Lilly, und ich hatte gedacht, daß wir ausgehen und das Ende von Ians

Tortur feiern könnten, aber ich sehe, daß Ian dazu nicht mehr in der Lage ist, deshalb plündere ich die Tiefkühltruhe.

Nachdem Ian geduscht hat, machen wir eine Flasche Wein auf und setzen uns oben ins Wohnzimmer, wo wir den Sonnenuntergang sehen können.

Hinter meinen Gewächshäusern gleiten zwei Schwäne majestätisch über das Wasser in der Bucht. Nur selten beobachte ich den Sonnenuntergang von hier aus, denn meistens muß ich die Pflanzen wässern, aber seine kraftvolle Schönheit erstaunt mich immer wieder.

Ian kann sich nicht entspannen, er geht im Zimmer auf und ab, als wollte er so etwas wie den Teufel austreiben, und sein Zorn durchdringt den ganzen Raum, als die blutrote Sonne im schiefergrauen Wasser verschwindet.

»Erzähl mir alles, Ian. Dann wollen wir versuchen, Hester zu vergessen. Wenigstens heute abend.«

Ich hasse die Wirkung, die Hester auf ihn hat. Obwohl ich seit heute anfange zu verstehen, wie es dazu kommt.

Er sieht mich an, dann über mich hinweg zum Himmel. »Hester ist immer hier zwischen uns, nicht wahr?«

Nach dem Druck der letzten Wochen hatte ich mir so sehr einen glücklichen Abend gewünscht, aber ich bin müde und von den Ereignissen des Tages mitgenommen, deshalb distanziere ich mich, gewinne inneren Abstand, wie ich es immer tue, wenn ich mit einer Situation nicht mehr fertig werde.

Plötzlich sehne ich mich danach, friedlich meine Pflanzen zu wässern.

Ian setzt sich. »Ach, ihr Anwalt wollte versuchen, mich als unglaubwürdig darzustellen. Außerdem versuchte er, die Tatsache unter den Tisch fallen zu lassen, daß Hester bereits bei unserer Scheidung eine beträchtliche Abfindung bekommen hatte – und den Erlös vom Verkauf des Hauses.«

»Warum denn das?«

»Weil ich da raus wollte, Anna. Und es war einfacher, ihr alles zu überlassen. Ich wollte aus ihrem Leben verschwinden, jeden Kontakt zu ihr abbrechen, ohne ein schlechtes Gewissen haben zu müssen.«

»Wie hättest du denn den Kontakt zu ihr abbrechen können? Mit einem Kind ist das unmöglich.«

Ian starrt mich an. »Läßt du mich vielleicht ausreden, wenn ich dir etwas erzählen will?«

»Entschuldige.«

Seine unterdrückte Wut macht mich unglücklich. Ich bin mitten in der Geschichte von anderen Leuten, und ich will nicht da drin sein. Ich habe für heute genug.

»Dann deutete Casey, Hesters Anwalt, an, daß ich ihr eine so hohe Abfindung bezahlt habe, weil ich ein schlechtes Gewissen hätte. Er behauptete, sie sei allein durch ihre Ehe mit mir krank geworden, daß ich die Schuld an ihrer heutigen Situation trage, daß sie durch meine Tyrannei und Lieblosigkeit gezwungen gewesen sei, mich zu verlassen, daß sie keine andere Möglichkeit gehabt habe.«

Ich bin entsetzt, und Ian grinst mich bitter an. »Er wollte dem Gericht klarmachen, was für ein bemitleidenswertes Geschöpf Hester ist.«

»Ich verstehe nicht, warum diese ganze alte dreckige Wäsche gewaschen wurde. Schließlich ging es doch nur um eine Erhöhung der Unterhaltszahlungen.«

»Ach, Anna! Du weißt doch, daß bei Unterhaltszahlungen das eine mit dem anderen untrennbar verknüpft ist.«

Ich stehe auf. Ich muß etwas tun. »Komm mit. Wir reden unten weiter, während ich ein paar Nudeln koche«, sage ich, und Ian folgt mir mit dem Wein nach unten.

Ich stelle eine Schüssel mit Garnelen und eine aufgeschnittene Melone auf den Tisch und Nudeln auf den Herd, und wir setzen uns. Mit abgehackten Bewegungen schiebt sich Ian die rosa Garnele und ein Stück gelbe Melone in den Mund. Seine Wut weht wie eine Hitzewelle über den Tisch zu mir, und ich warte stumm, daß er weiterspricht.

»Der Richter stellte Hester dann eine Frage, und jedem Anwesenden wurde klar, daß sie verrückt ist, denn sie schweifte sofort vom Thema ab und faselte etwas darüber, daß ich sie auf die Straße zum Betteln geschickt habe. Sonst hätte sie nichts zu essen bekommen.«

Ich lache laut.

»Es stimmt, ehrlich. Dann fragte der Richter sie, was sie mit all dem Geld gemacht habe, und Casey sprang auf und verbat sich die Frage, da seine Klientin sonst verwirrt würde.

Der Richter entgegnete, es sei in der Tat verwirrend, vor allem in Anbetracht von Hesters Krankheit, daß das Fürsorgeamt ihre Klage unterstützt habe, die er hiermit abweise. Er reduzierte meine Unterhaltszahlungen, sagte aber, es läge außerhalb seiner Entscheidungskompetenz, sie vollständig zu annullieren. Und das war's dann, Anna.«

Ich atme erleichtert auf. »Na, das ist doch gar nicht so schlecht. Und die Verhandlung ist vorbei. Vergiß das

Ganze. Sich über das Gerede ihres Anwalts zu ärgern ist reine Zeitverschwendung, Ian. Schließlich kennst du die Wahrheit.«

»Du hast recht«, sagt er, steht auf und geht zum Kühlschrank, um noch eine Flasche Wein zu holen. Er umarmt mich flüchtig. »Es tut mir leid, Liebling.«

Ich gieße die Nudeln ab und forsche nach, was mich beunruhigt. Ist es seine fast manische Wut? Die Art von Wut, die Menschen haben, wenn sie deren Ursache nicht vergessen können oder nicht mit ihr fertig werden?

Ich bin nahe daran, ihm von Hesters Anruf zu erzählen, als Ian sagt: »Es tut mir leid, Anna. Ich hätte mit dir heute abend zum Essen gehen sollen, damit du nicht zu kochen brauchst. Aber vielleicht könnten wir uns statt dessen einen netten kleinen Rausch antrinken? Wie wär's?«

Ich lächle und setze mich wieder. Ich möchte ihn gern fragen, was er noch für Hester empfindet. Ich will verstehen, warum er nach so langer Zeit immer noch wütend und verbittert ist. Aber jetzt ist nicht der richtige Moment dafür. Einen richtigen Zeitpunkt dafür scheint es nie zu geben. Oder habe ich Angst vor der Frage? Ian schweigt. Er schaufelt Nudeln in seinen Mund, als wäre das Essen eine Bestrafung oder eine Entschuldigung, nicht reden zu müssen. Das Schweigen dauert an, und plötzlich wird mir bewußt, daß ich angstvoll mein Weinglas umklammere. Wir sind an einem kritischen Punkt angekommen: Wir sind müde und haben zuviel getrunken. Der Abend könnte sich plötzlich in erschreckende und nicht mehr beherrschbare Fragmente auflösen. Ian kommt von jenem, mir unbekannten Ort zurück, legt seine Gabel hin und streckt die Hand über den Tisch aus und berührt mich. »Anna, dein

Essen ist köstlich. Gibt's später einen Film, den wir uns anschauen könnten?«

»Ja ... ja, ich glaube schon.«

Wir geben uns beide große Mühe, und ich erzähle ihm von Alice und Jake, und Ian erzählt mir von Nick und seiner Arbeit.

Wir sind wie zwei Menschen, die am Rand eines Abgrunds stehen. Ein Schritt nach vorn, und wir stürzen, deshalb gehen wir schrittweise tastend rückwärts, bis wir wieder sicheren Boden unter den Füßen haben.

Wir schauen uns einen Film an, und dann – entschlossen, den kostbaren Abend, an dem wir allein sind, zu retten – setzen wir uns in die Badewanne, und betrinken uns langsam. Die Badewanne ist riesig, sie stammt noch aus viktorianischer Zeit, und die Armaturen sind in der Mitte. Beschwipst seifen wir uns gegenseitig ein und verspritzen überall Wasser. Wir benehmen uns wie kleine dumme Kinder, die schulfrei haben.

Ich betrachte Ian von der anderen Seite der Wanne, als ob ich ihn zum ersten Mal sehen würde. Sein helles Haar wird grau. Er ist ein großer, schwerer Mann, wirkt aber irgendwie verletzlich, die Schultern leicht gebeugt wie Männer, die nicht viel Sport treiben. Er sieht nicht im herkömmlichen Sinn gut aus, dafür grübelt er zuviel und lächelt zu wenig. Aber wenn er lächelt, geht die Sonne auf.

Das Leben hat Falten in sein Gesicht gegraben, und sein Mund wird schlaff, wenn er müde ist. Der Streß hat feine Linien um seine hellblauen Augen hinterlassen. Das ist es, was ich an ihm so attraktiv fand. Diese Mischung aus Verletzlichkeit und Aggression. Eine unbestimmte Größe.

Und was fand Ian an mir attraktiv? frage ich mich.

Ian wirft einen Schwamm nach mir. »Schau mich nicht so an, du kleines blondes Flittchen.«

Weil ich klein bin, war ich früher nie so schlank, wie ich gern gewesen wäre. Jetzt bin ich sehr schlank und braungebrannt, weil ich soviel draußen bin.

Als Ben starb, ließ ich mich gehen. Mir war alles egal. Ich zog an, was mir gerade in die Hände fiel, säuberte mir nur selten die Fingernägel. Jetzt gebe ich mir viel Mühe mit meinem Äußeren. Ich kaufe Gesichtsmasken und indische Tücher, um mein Haar zu bändigen.

»Was ist das für Zeug in der Wanne?« fragt Ian jetzt und schnüffelt argwöhnisch.

»Badeöl. Aromatherapie. Es soll helfen, daß man sich entspannt.«

Ian hebt die Brauen. »Wenn wir uns noch mehr entspannen, ertrinken wir.«

Ich lache und trinke etwas Wein. »Es ist himmlisch, einfach im Wasser zu liegen und immer betrunkener zu werden.«

Ian beugt sich vor und nimmt zärtlich eine meiner Brustwarzen in den Mund. Als er das tut, taucht sein Penis zwischen meinen Schenkeln wie ein Monster aus der Tiefe auf, und wir beide müssen lachen. Wir steigen aus der Wanne, wickeln uns in Badetücher und laufen ins Schlafzimmer.

Ian ist im Bett ebenso hingebungsvoll und sexy, wie er außerhalb des Betts verschlossen und schweigsam ist. Ich sehe verschlossene Männer jetzt in einem ganz anderen Licht. Da Jessie nicht zu Hause ist, haben wir viel Freiheit und können endlich einmal soviel Lärm machen, wie wir wollen, können uns endlich einmal wie junge verantwortungslose Liebende benehmen.

Ich schlafe danach sofort ein wie eine vollgefressene Katze. Ich bin so erleichtert, daß wir den Abend gerettet haben. Ich bin immer ein zufriedener Mensch gewesen; ich brauche nicht viel, um glücklich zu sein. Als letztes höre ich die Eule auf dem Pfosten aus Granit schreien.

Ich wache auf, es ist total finster, und das Bett neben mir ist leer. Ich liege einen Augenblick da und versuche, mich zurechtzufinden; ich frage mich, warum es im Zimmer so dunkel ist, dann sehe ich, daß Ian vor dem Fenster steht und deshalb kein Licht hereinkommt. Er steht sehr ruhig da, den Körper angespannt, und schaut nach draußen.

»Ian, was ist?« flüstere ich.

Nach einer Weile tritt er vorsichtig vom Fenster zurück und kommt zum Bett. »Ich hörte jemanden auf dem Kies. Aber ich kann nichts sehen. Vielleicht war es nur ein Tier.«

Aber ich weiß, daß er das nicht glaubt. Nach einer Weile sagt er: »Ich gehe mal ums Haus und runter zu den Gewächshäusern.« Er zieht eine alte Kordhose und einen Pullover an.

»Ich komme mit«, sage ich, und ehe er es verhindern kann, ziehe ich schnell meine Jeans an.

Hebe wartet vor der Hintertür und wedelt fröhlich mit dem Schwanz. Ich frage mich, ob sie auch etwas gehört hat, aber da sie eine streunende Hündin war, bellt sie selten.

Ian nimmt eine starke Taschenlampe, und wir wandern rund ums Haus und leuchten überall hin. Wenn jemand da war, ist er sicher längst wieder verschwunden. Dann gehen wir zu den Gewächshäusern, Hebe läuft zufrieden schnüffelnd vor uns her. Ian überprüft mit der Taschenlampe das

Schloß des Sommerhauses, und dann überprüfen wir jedes Gewächshaus und jedes Frühbeet.

Eine steife Brise weht, und die Bäume – mächtig im Dunkeln – bewegen ihre Äste wie wild rudernde Arme. Es riecht wundervoll nach Kräutern und Geißblatt und nach etwas, das mir vertraut ist, das ich aber nicht identifizieren kann. Alles ist voller Tau, aber nur unsere Schritte hinterlassen Spuren auf dem Rasen.

»Hier ist nichts«, sagt Ian, und wir gehen schweigend zum Haus zurück. Als wir zur Haustür kommen, rieche ich diesen Duft wieder. Er erinnert mich an etwas, an jemanden, aber es fällt mir nicht ein.

In der Küche stellen wir den Kessel auf den Herd und lehnen uns dagegen, damit er uns wärmt. Ich schaue hinaus in die Dunkelheit über den Bäumen, die gerade der Dämmerung Platz macht, und frage: »Ian, Hester ist doch nach London zurückgefahren, oder nicht?«

Ian zieht mich an sich. »Ich habe mich vergewissert. Ich habe sie beobachtet, als sie in den Zug stieg. Liebling, das war nur ein Fuchs oder ein Dachs.« Er lächelt mich an. »Kannst du dich noch erinnern, wie diese zwei Typen draußen im Garten übernachteten, weil sie dachten, sie seien in einem Park?«

»Ian, ich habe es dir noch nicht erzählt, aber Hester hat unsere Telefonnummer. Sie hat hier angerufen.«

Ians Arme werden unter meinen Fingern steif. »Oh, mein Gott«, sagt er, als habe er eine Niederlage erlitten. »Warum hast du mir das nicht früher gesagt?«

»Bis heute war ich mir nicht sicher. Sie rief heute morgen an und wollte Jessie sprechen. Sie war sehr ausfallend.«

»Das tut mir leid, Anna. Wann hat sie angerufen?«

»Heute morgen, kurz nach dir. Ich nahm an, daß sie vom Gericht oder einer Telefonzelle in der Nähe anruft, deshalb habe ich dich nicht zurückgerufen.« In Wahrheit rief sie ihn nicht an, weil er sowieso schon verstört war. »Ian, woher hat sie unsere Nummer?«

»Ich weiß es einfach nicht. Mir fällt nur das Haus ihrer Mutter ein, aber Mai ist nicht so nachlässig, sie rumliegen zu lassen.«

Mai, Hesters Mutter, bewahrt unsere Nummer an einem geheimen Ort auf. Sie muß uns erreichen können, falls etwas passiert. Und Hester ist für sie eine ebenso große Last, wie sie für alle anderen Menschen ist.

Das Wasser im Kessel kocht, und ich mache Tee. »Ich rufe sie morgen früh an«, sagt Ian. »Wie viele Anrufe hast du bekommen, Anna?«

»Drei oder vier. Bis heute hat sie nie geredet. Ich konnte sie nur atmen hören, dann legte sie einfach auf. Heute redete sie zum ersten Mal und fragte nach Jessie. Es war ein fürchterlicher Schock. Zuerst war sie ganz ruhig. Dann schrie sie und wurde unverschämt. Ausfallend.«

»Es tut mir so leid«, sagt Ian noch einmal. »Jetzt müssen wir unsere Nummer noch einmal ändern lassen.«

»Wenn du das tust, können die Jungen mich nicht mehr erreichen.« Ich sehe ihn ängstlich an.

»Natürlich. Das habe ich ganz vergessen ... Sie müssen erst die neue Nummer kennen, ehe wir die alte ändern lassen.«

Wir trinken unseren Tee und schauen aus dem Fenster in die Dunkelheit. Zum ersten Mal wünsche ich, wir hätten Vorhänge. »Irgendwann im Lauf des Vormittags hatte ich den Eindruck, jemand würde vom Wald aus das Haus anstarren«, sage ich. »Aus irgendeinem Grund hatte ich richtig Angst.«

»Anna, hör mir zu. Ich weiß, was du denkst. Aber das kann Hester nicht gewesen sein, glaub mir. Bitte, du darfst nicht zulassen, daß dich Hester so fertigmacht, wie sie das mit Jessie getan hat. Sie mag unsere Telefonnummer haben, aber sie weiß nicht, wo wir leben. Dann wäre sie hier aufgekreuzt und hätte nicht angerufen. Ich kenne sie. Das mußt du mir glauben.«

»Ian, Telefonnummern haben auch immer eine Adresse. Sie gehören zusammen.«

»Hesters Mutter hat nie unsere Adresse gehabt. Genau aus diesem Grund wollte sie sie nie haben. Außerdem hat sie versprochen, daß sie auch nicht unseren Namen neben die Nummer schreibt.«

Ian nimmt unsere Becher und stellt sie ins Spülbecken. »Komm, wir gehen wieder ins Bett. Ich rufe sie morgen früh an.«

Steif vor innerer Anspannung liege ich im Bett, unfähig, einzuschlafen. Auch Ian neben mir ist hellwach.

Plötzlich höre ich mich sagen: »Warst du jemals grausam zu Hester, Ian? Hast du sie jemals verhöhnt, weil sie mit Jessie nicht gut zurechtkam?«

Ian liegt starr neben mir, dann sagt er ruhig: »Natürlich! Wie konnte ich vergessen, wie glaubhaft Hester wirkt?«

Ich spüre, wie verletzt er ist. Wieder einmal habe ich die falsche Zeit, den falschen Tag erwischt. Dumm von mir.

»Hat sie dir erzählt, daß ich sie verhöhnt habe?«

»Ja.«

»Und du hattest das Bedürfnis, mir diese Frage zu stellen, Anna?«

»Ich wollte nur von dir hören, daß du nicht herzlos zu ihr gewesen bist, Ian.«

»Herzlos?« Er setzt sich mit einer solchen Vehemenz im Bett auf, daß ich zur Seite rolle. »Dann wollen wir mal sehen. War ich vielleicht herzlos, als ich heimkam und sie mit dem Klempner im Bett fand und Jessie allein in ihrem Zimmer? Es ist gut möglich, daß ich nicht besonders höflich war, wenn sie ins Büro kam und mich vor meinen Mitarbeitern beschuldigte, eine Affäre mit meiner Sekretärin, der Nachbarin, oder Gott weiß wem zu haben. War ich herzlos, als sie mit dem Rechen auf mich losging, nur weil ich Jessie auf den Arm genommen hatte? Vielleicht würdest du es lieber sehen, wenn ich bei all diesen Gelegenheiten nett zu ihr gewesen wäre, Anna?«

Er zittert und dreht sich heftig um, weg von mir. Seine Stimme wird eisig und distanziert wie die eines Fremden. Sein Rücken strömt kalte Wut und Bitterkeit aus. Davor schrecke ich zurück.

»Entschuldige.«

Ich hätte nicht reden dürfen. Aber gerade diese entsetzliche Wut, die dicht unter der Oberfläche seiner Seele schlummert, macht mir am meisten zu schaffen. Denn ich habe Angst vor seiner eventuellen Kälte und Grausamkeit, die er Menschen gegenüber an den Tag legen könnte, die er nicht mehr liebt.

Außerdem will ich nicht, daß der Same, den Hester in mich gelegt hat, aufgeht. Doch Fetzen aus Jessies Geschichten schwirren mir durch den Kopf. Wenn Ian sich in sich zurückzieht, anstatt mir verstehen zu helfen, verzage ich, bin ich total verwirrt. Ich bin einfach nicht in der Lage, mit diesem unterdrückten Zorn fertig zu werden.

War es denn so falsch oder illoyal, eine solche Frage zu stellen?

Mir ist ganz elend zumute, weil der Abend auf diese Weise geendet hat. Nie werde ich erfahren, wie Ian vor der Zeit mit Hester war – diese Jahre, die Hester wie einen dunklen Mantel um ihn gelegt hat. Das ist schade. Ich liege schlaflos im Dunkel neben einem Fremden. Als der Morgen graut, als die Vögel allmählich zu singen anfangen, sage ich mir, daß Ians Zorn nicht notwendigerweise aus einem Schuldgefühl gewachsen sein muß. Er könnte ein Schutzschild gegen neuerliche Verletzungen, gegen die Hoffnungslosigkeit sein. Und ich erkenne, daß meine Angst, meine Befürchtungen und Zweifel in bezug auf diese zweite Ehe die Last sind, die ich mit mir herumschleppe.

Intuitiv hat Hester den Finger auf die Wunde gelegt – den Zweifel, den ich hege, und auf die Tatsache, daß ich mich um zwei in ihrer Seele tief verletzte Menschen kümmere und mit Situationen fertig werden muß, die ich nicht begreife. Im Vergleich zu Ian und Jessie habe ich ein behütetes Leben geführt. Ich will nur glücklich sein. Ich will nur gärtnern.

Ich unterdrücke einen stummen Schrei der Einsamkeit.

Ich will Ben. Ich will, daß Ben lebt. Ich will Liam und Daniel. Ich will June. Ich will meine Mutter. Ich will mein altes, mein eigenes Leben zurückhaben. Ich will in Sicherheit leben.

Im Zwielicht bewege ich meine Hand langsam auf Ians Rücken zu und lege meine Finger versuchsweise auf seinen Körper, um die Wärme eines anderen Menschen zu spüren. Er dreht sich sofort um und zieht mich so sanft in seine Arme, als wäre ich ein Kind.

Der Fremde, der Mann, den ich nicht kenne, verschwindet.

Dankbar entspanne ich mich, schließe die Augen. Ehe ich einschlafe, fällt mir plötzlich ein, an was mich dieser Duft im Garten erinnert. Meine Mutter pflegte es auf die Bettlaken zu sprühen. Ich bin sicher, es war 4711 Kölnisch Wasser.

19

Hester

Melanie sitzt an ihrem Schreibtisch, sie sieht mich an, ohne etwas zu sagen. Ich muß vorsichtig sein.

»Nun, Hester«, sagt sie nach einer Weile. »Ich bin sehr enttäuscht.«

Ich antworte nicht. Ich beobachte eine Wespe an der Fensterscheibe, die versucht rauszufliegen. Ihr Summen ist sehr laut. »Laß sie raus!« schreie ich.

Sie steht auf, öffnet das Fenster und wedelt die Wespe mit einem Umschlag hinaus. Als sie sich wieder setzt, sagt sie: »Hester, warum nimmst du deine Pillen nicht? Vergißt du nur, sie zu nehmen, oder glaubst du, ohne sie auszukommen?«

»Sie machen mich müde, sie machen mich wirr.«

»Das sind dieselben Pillen, die du genommen hast, als du hier warst, Hester.«

»Sind sie nicht! Ihr habt sie stärker gemacht, damit ich nicht klar denken kann.«

»Warum solltet wir das tun?«

»Um mich daran zu hindern, mein eigenes Kind zu finden, deshalb«, schreie ich.

Ich stehe auf, ich will nicht mehr mit ihr reden. Melanie steht auch auf.

»Hester, es gibt keinen Grund, warum du deine Tochter nicht sehen kannst, aber nicht in diesem Zustand, nicht, wenn du ausfallend und aggressiv bist. Es liegt ganz bei dir. Die Medikamente, die wir dir geben, sollen dir helfen ...«

»Wer hat dir gesagt, ich sei ausfallend? Das ist nicht wahr. Es ist diese Frau, die Ärger macht, damit ich Jess nicht sehen kann, stimmt's?«

»Nein, Hester, so ist es nicht. Du bist aus der Frühstückspension in Cornwall, in der wir dich untergebracht haben, verschwunden und hast die Gerichtsverhandlung verzögert. Du hast anscheinend die Frau deines Exmanns angerufen und beleidigt. Du bist vor der Abfahrt des Zuges aus Truro wieder verschwunden und hast dem dortigen Sozialamt viel Ärger und Sorgen gemacht. Und du mußtest gegen Kaution vom örtlichen Polizeirevier geholt werden, weil du dich geweigert hast, ein Taxi zu bezahlen. Du hast deiner Mutter wiederholt mit nächtlichen Anrufen aus verschiedenen Telefonzellen in London angst gemacht.«

»Du kannst mich mal.«

»Hester, ich rede am Sonntag wieder mit dir. Hoffentlich geht es dir bis dahin besser.«

Sie drückt auf einen Summer, und zwei Krankenschwestern erscheinen. Eine plötzliche Furcht erfüllt mich. Mein Kopf ist plötzlich still. Was habe ich getan?

Melanie kommt auf mich zu. »Ist schon gut, Hester«, sagt sie sanft und berührt meinen Arm. »Wir werden dir eine Spritze geben, die viel schneller wirkt als die Tabletten. Dann kannst du das Wochenende im Tageszentrum verbringen. Du wirst überrascht sein, eine deiner Freundinnen dort wiederzusehen. Ich rede morgen wieder mit dir.«

Im Tageszentrum ist meine Freundin Wendy. Ich bin so glücklich. Sie ist die beste Freundin, die ich je hatte. Es sind ein paar Geisteskranke, aber wir sitzen zusammen und essen gemeinsam zu Mittag. Sie hat Ärger mit ihren Eltern. Zuerst sei sie sehr froh gewesen, zu Hause zu sein, sagte sie, obwohl sie mich vermißte. Dann, sagte sie, habe sie eines Morgens ihre Mutter dabei ertappt, wie die ihr was ins Essen getan habe. Sie fing an, ihre Mutter zu beobachten, und habe nach einer Weile gemerkt, daß ihre Mutter sie vergifte. Das ist schrecklich, und natürlich glaubt Wendy niemand.

Ich erzähle ihr von Cornwall, daß ich Ian wiedergesehen habe und wisse, daß er mich noch immer liebe und diese Frau ihn eingefangen habe. Ich erzähle ihr, daß ich glaube, Jess gefunden zu haben, mir aber nicht sicher sei. Ich erzähle ihr, wie schlau ich es angestellt habe, kurz vor Abfahrt des Zuges auszusteigen, als alle geglaubt hätten, ich sei auf der Toilette. Und wie es dunkel war, ich ein Taxi in die Nähe dieses Hauses genommen habe und zu Fuß im Dunkeln weitergegangen sei und das Haus gefunden habe. Und gewartet habe, bis alle Lichter aus gewesen seien, und dann versucht habe, reinzukommen, um Jess zu sehen, aber mir nicht sicher gewesen sei, ob es das richtige Haus war, und daß die Tür abgesperrt und es sehr dunkel gewesen sei und eine Eule mich erschreckt habe und ich gerannt sei und meine Füße ein Geräusch auf dem Kies gemacht haben und mein Herz geklopft habe und mir übel gewesen sei.

Ich erzählte ihr weiter, wie ich die Telefonzelle an der

Hauptstraße wiedergefunden und ein Taxi gerufen habe, und der Bastard, der Taxifahrer, mich zum Polizeirevier gefahren habe, weil ich den Fahrpreis nicht bezahlen konnte.

Wendy sagt, ich sei sehr mutig.

Am Nachmittag müssen wir beide auf die Station zurück und schlafen. Am Abend sehen wir uns gemeinsam im Fernsehen einen schönen Film an. Ich habe plötzlich eine sehr gute Idee. Jetzt könnte Wendy zu mir kommen und bei mir wohnen. Sie sagt, das wäre schön.

Ich gehe früh zu Bett, weil ich Kopfschmerzen habe. Die Krankenschwester sagt, das käme von der Spritze. Sie sagt, der Körper brauche sieben Tage, um die Tabletten zu absorbieren, aber eine Spritze wirke innerhalb von vierundzwanzig Stunden, und am Morgen würde ich mich wohl fühlen.

Nach dem Lunch am nächsten Tag kommt Melanie zu mir. Ich frage sie wegen Wendy, und sie sagt, das klinge nach einer guten Idee, käme aber erst in ein paar Monaten in Frage, weil sie will, daß ich zuerst wieder auf die Beine komme und Wendy noch eine Weile hierbleiben müsse.

»Wie fühlst du dich?« fragt sie.

»Mir geht es gut. Ich hatte ein schönes Wochenende.«

»Ist dir schwindelig oder wirr im Kopf?«

»Das war es gestern, aber heute nicht.«

Sie sieht mich an. »Hester, ich möchte wirklich, daß du für eine Weile regelmäßig in die Klinik kommst. Ich werde sehen, ob das möglich ist. Ideal wäre, du bliebst länger bei uns, aber wir haben keinen Platz. Hältst du es für eine gute Idee, dir jeden Monat eine Spritze geben zu lassen, weil du Probleme mit dem Einnehmen hast?«

»Nein«, sage ich zu ihr. »Die machen mir schlimme Kopfschmerzen. Ich werde die Tabletten nehmen. Warum kann ich nicht bleiben, wenn Wendy noch bleibt?«

»Sie muß noch ein bißchen länger bleiben. Du nicht, Hester. Sag mir, möchtest du wirklich wieder hier leben? Gefällt es dir nicht in deiner eigenen kleinen Wohnung?«

Ich denke an die Wohnung. Ich denke an das Gefühl der Leere beim Aufwachen. Ich denke an die Stille. Ich denke, daß ich nicht vergessen darf, Milch und Brot zu kaufen. Ich denke, wie es dunkel wird und Lichter angehen, wenn ich draußen bin, und ich fühle, alle anderen sind zusammen im Licht und schließen ihre Vorhänge vor mir.

»Hester, weine nicht. Bitte, weine nicht.«

Ich habe es nicht gemerkt. »Ich weiß nicht, was ich will«, sage ich. »Ich will nicht allein sein. Ich will nicht diese Geräusche in meinem Kopf.«

»Ich weiß«, sagt sie. »Ich versuche dir zu helfen, so gut ich kann, Hester. Würdest du dir nur selbst helfen, indem du die Tabletten nimmst, dann ist alles in Ordnung, nicht wahr?«

Ich weiß es nicht. Die Stimmen in meinem Kopf sind nicht so laut. Aber die Hester, die ich kenne, geht dann auch. Ich habe Angst, daß die wirkliche Hester verschwinden wird und ich nicht fähig sein werde, sie zurückzuholen, nie, und sie werden gewonnen haben, sie werden gewonnen haben.

Ich muß vorsichtig sein.

»Es gibt eine Menge Dinge, die ich tun möchte«, erzähle ich Melanie. »Ich glaube, ich kaufe mir ein Bild fürs Wohnzimmer. Ich werde die Tabletten jeden Tag nehmen. Ich könnte reisen. Ich könnte Urlaub machen.«

Ich beobachte sie sorgfältig.

Sie atmet erleichtert auf. Sie lächelt. »So ist's recht, Hester. Das ist die richtige Einstellung!«

20

Ian

Ich sehe Anna oft an und frage mich, wie Ben wohl war. Immer wenn sein Name erwähnt wird, hellt sich ihr Gesicht auf, wird sanft. Ich kenne die Zwillinge kaum, aber als sie zu Hause waren, habe ich sie in der Küche am Herd reden hören. »He, Mum, erinnerst du dich daran, wie Dad mal auf Urlaub nach Hause kam, mit diesem ganzen irischen Whiskey, und er und June sich vollaufen ließen und nackt schwimmen gingen und die alte Lady im Strandhaus aufstand und in die Dunkelheit schrie: ›Was, um Himmels willen, ist da unten los, ihr stört meine Möpse!‹ Wir haben uns vor Lachen gekugelt. O Gott, war das lustig.«

Ben und Anna konnten gar nicht genug Zeit gehabt haben, einander überdrüssig zu werden. Ein ewig junger und liebender Mann. Eine perfekte Ehe? Na ja. Ganz bestimmt möchte Anna, daß ich das glaube.

Er ist vor sechs Jahren gestorben, und sie kann noch immer nicht über ihn reden, jedenfalls nicht mit mir.

Nick und Pud haben uns zum Abendessen eingeladen. Anna ist zu beschäftigt, um mitzukommen, und ich bin irgendwie erleichtert. Ich genieße es, allein zu den beiden zu gehen. Dann kann ich mich entspannen und muß mich nicht sorgen, ob sich Anna ausgeschlossen fühlt. Es erspart uns auch die Mühe, einen Babysitter für Jess zu finden, die zwar glaubt, zu alt dafür zu sein, es aber in Wirklichkeit hassen würde, allein gelassen zu werden.

Pud begrüßt mich so überschwenglich wie immer. Sie ist eine große, warmherzige, tröstliche Frau, der altmodische Typ, die durch ihren Mann und ihre Kinder lebt, obwohl sie ein gutes Examen gemacht hat.

Sie und Nick sitzen in ihrem großen, üppig wuchernden Garten mit drei Labradors, zwei schwarzen und einem dicken gelben. Der Rasen ist mit abgenagten Knochen übersät.

»Herrlich, diese Hitzewelle, nicht wahr?«

Nick kommt mit einem kalten Bier für mich aus dem Haus. »Wie geht es deiner reizenden Frau?«

»Gut. Sie läßt sich entschuldigen, aber zu dieser Jahreszeit hat sie im Garten soviel zu tun.«

»Ach, Ian, das verstehen wir sehr gut. Die Dürre muß ihr sehr zu schaffen machen.«

»Zwangsläufig gehen Pflanzen ein, und die Wasserrationierung ist ein Alptraum, wir müssen auch das Spül- und Badewasser hernehmen. Das macht viel Arbeit.«

»Arme Anna! Das Wässern muß höllisch sein. Später im Sommer müssen wir alle zusammen ein Grillfest oder so was veranstalten. Anna muß auch kommen und sich entspannen.«

Pud geht ins Haus, um nach dem Essen zu sehen, und Nick und ich reden über unsere Arbeit. Zwischen seinen Apfelbäumen hindurch sehe ich die neue Marina mit den teuren Jachten glitzern. Ich fühle, wie ich mich zum ersten Mal seit meiner Begegnung mit Hester entspanne, ich muß mir keine Sorgen machen, daß ich etwas tun müßte, ich kann einfach nur dasitzen.

Pud kommt mit einer riesigen Schüssel Salat heraus und stellt sie auf den Tisch, geht dann zurück und bringt Steaks auf großen ovalen Tellern, während Nick ins Haus schlendert, um Wein zu holen.

»Was bist du doch für eine wundervolle Frau, Pud!« sage ich.

»Ja, nicht wahr?« sagt Nick, der gerade zurückkommt, liebevoll.

Wir essen, reden über gemeinsame Freunde und trinken reichlich Wein. »Ist nach dem Prozeß endlich wieder Ruhe eingekehrt, Ian?« fragt Pud plötzlich.

»Von wegen! Hester ruft dauernd an, gewöhnlich tagsüber, wenn Anna allein ist. Anna geht nicht mehr ans Telefon, weil Hester ausfallend und beleidigend wird. Die Telefonnummer wollen wir wegen Annas Söhnen nicht ändern. Sie sind auf einer Rucksacktour.«

»Als du kamst, hast du sehr angespannt ausgesehen, Ian.«

»Ach, mir geht's gut, Pud. Nick und ich haben im Augenblick nur sehr viel Arbeit.«

»Ich weiß. Aber Nick hat keine verrückte Frau, die ums Haus schleicht. Tja, nicht daß ich davon wüßte.« Pud lacht kurz auf. »Wie war's, sie wiederzusehen?«

»Furchtbar. Sie sah so schäbig und alt und ... eigenartig aus. Ich weiß nicht, was ich erwartet habe, aber es war ein Schock.«

»Wie hast du sie denn in Erinnerung?«

»Nun, eigenartig, immer eigenartig, natürlich, aber noch jung und attraktiv.«

»War sie das auch noch, als eure Ehe in die Brüche ging? Oder hattest du sie so in Erinnerung, wie sie gewesen war, als ihr geheiratet habt, ehe Jess zur Welt kam?«

»Wahrscheinlich. Dumm von mir, wie?«

»Liebling«, sagt Nick sanft. »Ian ist hier, um sich zu entspannen, und nicht, um diskret über Hester ausgefragt zu werden, nicht einmal von dir.«

Ich lächle. »Das ist schon okay, wirklich.«

»Ich tue das nur«, sagt Pud hastig, »weil ich dich kenne, du wirst alles in dich hineinfressen, dich verschließen, niemanden an dich ranlassen, und wir sind schließlich deine ältesten Freunde, und ich dachte, es könnte dir guttun, darüber zu reden, das ist alles. Aber natürlich nur, wenn du willst.«

Ich stehe auf und küsse sie. Nick hat mir einmal erzählt: »Pud holt irgendwie das Beste aus jedem heraus.« Und das stimmt, das tut sie.

Einen Augenblick herrscht Schweigen, und plötzlich singt eine Amsel laut im Garten, der voller Schatten ist, während die Sonne untergeht. Ehe mich der Wille verläßt, es zu sagen, denn ich spreche nicht gern über diese Dinge, sage ich schnell: »Als ich Hester wiedersah, hatte ich auch Schuldgefühle. Als hätte ich einem verwundeten Wesen den Rücken zugekehrt, dem ich hätte helfen können, wenn ich mir mehr Mühe gegeben, mich mehr angestrengt hätte.«

»Herrgott«, sagt Nick, »du hast dir länger Mühe gegeben, als einer von uns, verdammt noch mal, gekonnt hätte.«

»Deine Ausdrucksweise wird auch nicht besser«, sagt

seine Frau trocken. Sie beugt sich vor und berührt meine Hand. »Du hast Schuldgefühle, weil du ein netter Mann bist und dir so verzweifelt gewünscht hast, alles wäre in Ordnung.«

»Nein, Pud«, sage ich vorsichtig und leere Nicks Weinflasche. »Ich habe Schuldgefühle, weil ich beinahe sofort erkannt habe, daß ich Hester emotional nicht das geben konnte, was sie wollte – und ich zog mich zurück. Später in unserer Ehe war ich grausam. Ich genoß es, grausam zu sein. Ich verhöhnte Hester wegen ihres Wahns. Ich legte den Finger an meinen Kopf und verdrehte die Augen. Ich benutzte Jess, um sie eifersüchtig zu machen. Ich zählte hämisch ihre Unzulänglichkeiten auf. Ich verachtete ihren Mangel an Intellekt.«

Lange herrscht Schweigen. Nur die Amsel singt.

»Ian«, sagt Nick entschieden, »du hast sechzehn Jahre mit einer Schizophrenen zusammengelebt, um Himmels willen. Du hast es geschafft, ein paar verdammt gute Jobs zu behalten, dich um ein kleines Kind und eine zunehmend soziopathische Frau zu kümmern. Du hast weit mehr getan, als vernünftig gewesen wäre. Unterbrich mich nicht. Wenn du während dieser Zeit etwas gesagt oder getan hast, was du heute zutiefst bereust, befrage mal einen Menschen, der jahrelang Geisteskranke betreut, über Schuldgefühle und die begrenzte menschliche Fähigkeit, Psychopathen oder Schizophrene zu ertragen, ohne selbst Schaden zu nehmen.«

»Nick hat recht, Ian. Wir alle können grausam sein. Menschen treiben uns zu Grausamkeiten, indem sie mehr verlangen, als wir geben können.« Das sagt Pud, von der ich mir nicht vorstellen kann, daß sie je grausam gewesen ist. »Du bist kein grausamer Mann, Ian«, sagt sie leise. »Das mußt du glauben.«

Ich habe zuviel getrunken. »Also bin ich auch gestört?«

Nick geht peinlich berührt weg, über den Rasen zum Wasser, um nachzusehen, was einer seiner Hunde anbellt.

»Vielleicht. Sind wir nicht alle auf irgendeine Weise gestört?« Puds Stimme klingt vorsichtig in der einbrechenden Dunkelheit, als wäre ich krank oder ein verletztes Kind. Ich kann ihr Suchen nach den richtigen Worten spüren. »Wir beide mögen Anna sehr. Wir fühlen, daß sie gut für dich ist. Anna ist nicht Hester, Ian. Du kannst mit ihr reden, so wie du mit mir redest. Es ist wichtig, daß du das tust, daß sie weiß, wie du fühlst, warum du launisch und schwierig sein kannst.« Sie lacht, um ihren Worten den Stachel zu nehmen.

»Wenn ich gestört bin, will ich deshalb«, frage ich, ehe Nick zurückkommt, »will ich deshalb manchmal auch grausam zu Anna sein?«

Wieder herrscht verlegenes Schweigen im Garten. Es wird kalt, und Pud fröstelt und steht auf.

»Du hast zuviel getrunken. Du kannst nicht nach Hause fahren, Ian. Du kannst in Hals Bett schlafen. Nick wird Anna anrufen.« Sie wendet sich mir zu und sagt scharf: »Vielleicht solltest du darauf achten, daß deine Grausamkeit nicht zur Gewohnheit wird, wenn du deine zweite Ehe aufrechterhalten willst. Vielleicht solltest du dir überlegen, ob Grausamkeit die Waffe eines klugen Mannes gegen Langeweile oder Frauenhaß ist, Ian.«

Wie überaus scharfsichtig sie ist.

Ich liege im Bett und denke darüber nach, was ich ihr beinahe erzählt hätte. Daß Hester mich noch immer auf eine schreckliche, alptraumhafte Weise erregt. Als ob ich irgendwo in mir ihre Verrücktheit erkenne und diese in mir Kraft auslöst.

Anna, schön und charakterlich gefestigt, langweilt mich leicht mit ihrer Beständigkeit und Zielstrebigkeit. Ich weiß jeden Tag, was passieren wird.

Ich habe aufgepaßt und mich vergewissert, daß Hester nach dem Prozeß in den Zug nach London gestiegen ist. Bei ihr waren ihr Anwalt und eine Sozialarbeiterin aus Truro. Sie warf einen Blick über die Schulter zurück, als wüßte sie, daß ich sie beobachte. Ich sah diesen vertrauten eigenartigen Ausdruck in ihrem Gesicht, und ich war schockiert, diese Erregung zu fühlen.

Sie entsetzt mich – wie meine Grausamkeit.

21

Anna

Camellia. Kamelie. »Kornischer Schnee«. Immergrüner frostbeständiger Strauch oder Baum. Wird etwa drei Meter hoch. Entwickelt Hunderte kleiner weißer Blüten zu Frühlingsanfang.

Alice spricht mit dem Kamelienbaum. Sie versichert ihm, daß es keine andere Möglichkeit gebe, außer ihn zu verpflanzen. Ian, der oben auf dem gemieteten Löffelbagger sitzt, beugt sich hinunter und fragt, ob das Loch groß genug sei. Ich messe die Wurzeln, nicke und gieße vorsichtig Wasser in das Loch, bis es voll ist. Das Loch wartet, so groß und tief wie ein Grab. Die Kamelie steht in einer alten Badewanne mit lauwarmem Wasser, und ich bete, daß sie nicht eingeht.

Alice und ich heben den Baum mit der selbstgebastelten Winde über das Loch und senken ihn vorsichtig hinein. Wir halten ihn fest und gerade, während Ian mit dem Bagger Erde über die Wurzeln schiebt.

Während dessen spricht Alice sanft zu den schimmernden grünen Blättern hinauf.

»Hier wirst du dich viel wohler fühlen, Baum. Du hast Schatten und wirst nicht von anderen Bäumen bedrängt. Hätten wir dich nicht versetzt, wärst du gestorben. Wir konnten dich nicht lassen, wo du warst. Wir haben den Platz sorgfältig gewählt. Okay, Baum?«

Ian, der noch immer oben auf dem Löffelbagger sitzt, verdreht die Augen, berührt mit dem Zeigefinger seine schweißüberströmte Stirn und fragt trocken: »Was kriegst du denn für eine Antwort, Alice?«

Alice tritt die Erde um den Stamm fest und antwortet gelassen: »Würdest du dich nicht über ein paar ermutigende Worte freuen, wenn du an einen fremden Ort versetzt wirst? Diese Kamelie ist zehn oder fünfzehn Jahre an derselben Stelle gewachsen. Sie erleidet einen Schock, und ohne Liebe wird sie sterben.«

Ich streichele die dunklen, wächsernen Blätter. Bis zum Abend werden sie sich aus Protest einrollen, und die Farbe wird verblassen. Zum Überleben wird der Baum seine ganze Kraft und unsere Fürsorge brauchen. »Wunderschöner Baum«, murmele ich besorgt.

Leider müssen wir die Kamelie versetzen. Der alte Mann, der vor uns hier lebte, hat bei der Planung des Baumgartens – der zwischen dem Haus und dem von mir bewirtschafteten Teil des Gartens mit den Gewächshäusern und den Frühbeeten liegt – die Größe und Ausdehnung von Bäumen und Sträuchern falsch eingeschätzt.

Alice kauert vor der Kamelie und fängt an zu singen. Ihr Nasenring funkelt in der Sonne, und ich muß plötzlich an Indien denken. Ich halte zwei kleine blonde Jungen an der Hand und beobachte indische Frauen in bunten Saris auf einer Baustelle, die mittags vor dem Monsunregen in einem Unterstand Schutz suchen und auf einem Spirituskocher einfache Mahlzeiten zubereiten. Ihre dunklen Zöpfe liegen auf braunen Schultern, und in Umschlagtüchern auf dem Rücken tragen sie ihre Babys.

Ian fährt den Bagger weg, springt zu Boden und wischt sich mit seinem T-Shirt das Gesicht ab. »Ich hole euch beiden ein kaltes Getränk«, sagt er und verschwindet unter den Bäumen. Ich wende mich wieder der Kamelie zu. Ich habe Angst, daß sie stirbt.

Alice scheint meine Gedanken gelesen zu haben, denn sie hört auf zu singen und sagt: »In der Nähe des Baums darfst du nur positiv denken, Anna. Keine negativen Schwingungen, bitte.«

»Ich gebe mir Mühe. Aber es herrscht eine Hitzewelle, und der Boden ist völlig ausgetrocknet.« Ich drehe das Wasser ab, und wir häufeln noch mehr feuchte Erde um den Stamm.

Ian kommt mit drei kalten Flaschen Lagerbier zurück, und wir setzen uns ins Gras und trinken müde und schweigend. Nach einer Weile schaut Ian auf seine Armbanduhr. »Ich gehe jetzt duschen und hole Jessie ab«, sagt er, rührt sich aber nicht. Alice liegt auf dem Rücken und scheint zu schlafen.

»Ich kann Hesters Mutter nicht erreichen. Sie ist nie zu Hause. Aber aus irgendeinem Grund hat sie sich einen Anrufbeantworter zugelegt, und ich habe eine Nachricht hinterlassen. Seltsam, weil sie doch immer technische Geräte gehaßt hat.«

Er steht langsam auf und tätschelt mir den Kopf. »Bis später. Danke, daß du gekommen bist und uns geholfen hast«, sagt er zu Alice, die sich auf einen Ellbogen stützt.

»Ist schon okay. Ich hatte sowieso nichts vor«, antwortet sie lächelnd und ruft ihm dann hinterher: »Du solltest es mal mit Yoga probieren, Ian. Das entspannt. Du kannst keine zwei Minuten stillsitzen.«

Ian stößt ein bellendes Gelächter aus. »Ich bin wohl ein Kandidat für einen Herzinfarkt, wie? Kümmere dich lieber um den Baum. Das ist eine dankbarere Aufgabe, Alice.«

Alice und ich liegen noch eine Weile in freundschaftlichem Schweigen nebeneinander, dann rollt sie sich plötzlich auf die Seite und sagt bedächtig: »Anna? Du hast nie von ihm gesprochen, aber im Dorf habe ich erfahren, daß dein erster Mann mit seinem Hubschrauber im Golfkrieg abgeschossen wurde.«

»Ja«, sage ich. »Eigentlich war seine aktive Dienstzeit zu Ende, aber die Armee hat seine Erfahrung gebraucht. Es passierte während eines Trainings-Aufklärungsflugs, bei dem Luftaufnahmen gemacht wurden.«

»Das tut mir so leid, Anna. Wie alt waren die Jungen damals?«

»Fünfzehn.«

»Es muß schrecklich für euch gewesen sein.«

»Ja, das war's.« Ich frage mich, warum Alice plötzlich an meiner Vergangenheit interessiert ist. Sie rupft nervös Gänseblümchen ab und hat wohl Angst, ich könnte ihr ihre Neugier übelnehmen.

»Ich ... ich frage mich nur ...« Ihre Stimme verliert sich, ich schaue sie an und lache.

»Alice, liebe Alice, was willst du mich denn fragen?«

»Ich habe kein Recht dazu. Ich dringe in deine Privatsphäre ein, aber ... ich muß ... ich frage mich ... hatte dein erster Ehemann Ähnlichkeit mit Ian?«

Wind kommt auf, und die Blätter über unseren Köpfen rascheln in der herrlich kühlen Brise. Wolken sind während unseres Gesprächs aufgezogen. Es wird ein Unwetter geben.

»Nein, überhaupt keine. Ben war verrückt. Ein verrückter Ire.«

Alice setzt sich auf. »Wie hat er ausgesehen?«

Ich ziehe meine Basttasche heran, hole meine Brieftasche heraus und reiche Alice ein verblaßtes Foto von Ben und den Jungen. Sie starrt es lange an. »Er hat außerordentlich gut ausgesehen«, sagt sie dann leise. »Wie war es, mit einem Mann verheiratet zu sein, der so attraktiv war?«

»Es war die Hölle«, antworte ich.

Alice wartet auf mehr Informationen, aber ich gebe sie ihr nicht. Statt dessen stehe ich auf, gehe zum Haus und hole uns noch zwei kalte Lagerbier, die wir schweigend schlückchenweise trinken.

Aber das Foto von Ben – ich kann es noch immer kaum ertragen, es anzusehen – hat Erinnerungen in mir geweckt, und plötzlich fange ich an zu reden, wie ich nur mit June geredet habe. Mit June, die mich viele Male während meiner Ehe vom Boden aufgehoben hat und mir schließlich begreiflich gemacht hat, daß es andere Möglichkeiten gibt, mit ehelicher Untreue zurechtzukommen.

»Die Frauen haben Ben geliebt, und Ben hat die Frauen geliebt. Die meisten Frauen. Alle Frauen.« Zum ersten Mal habe ich es ausgesprochen.

Ich presse mein Gesicht an das kalte Glas. Es verbrennt meine Wange. »Ich habe ihn so geliebt, daß es weh getan hat, Alice. Wenn er mich anlächelte, den Kopf in den Nakken warf und vor Freude, wieder zu Hause zu sein, lachte;

wenn er mich und die Jungen in die Arme nahm, als wären wir für ihn das Kostbarste auf der Welt, hätte ich ihm alles verzeihen können. Er liebte uns heiß und innig, seine Familie – in dieser Hinsicht war er ein echter Ire. Aber er hat mich ständig betrogen und mir ein paarmal das Herz gebrochen.«

Alice starrt mich an. »Aber du hast nie aufgehört, ihn zu lieben.« Das war eine Feststellung, keine Frage.

»Nein, ich habe nie aufgehört, ihn zu lieben.«

»Also bist du auch fremdgegangen?«

»Nein«, sage ich langsam.

»Weil er etwas dagegen gehabt hätte?«

»Weil er etwas dagegen gehabt hätte. Und weil mich kein anderer Mann interessiert hat. Verstehst du«, versuche ich zu erklären, »irgendwie habe ich ihn verstanden, Alice. Ben lebte gern gefährlich. Er war Flieger in Nordirland. Er hat den Falkland-Krieg überlebt und war sich als Pilot der ständigen Lebensgefahr sehr bewußt. Deshalb hat er das Leben in vollen Zügen genossen, und dazu gehörten Frauen. Das hat nicht bedeutet, daß er mich nicht liebte. Und er hat sich zu Recht voll ins Leben gestürzt, denn mit vierzig ist er gestorben.«

Alice starrt mich an. »Aber er hat dich traurig gemacht.«

»Ja, traurig und eifersüchtig und wütend. Aber auch erstaunlich glücklich. Wenn er zu Hause war, dieser riesige verrückte Ire, hat er das kleine Cottage mit Leben und unbändiger Energie gefüllt, daß es mir vor Liebe die Kehle zuschnürte. Dieser Augenblick seiner Rückkehr hat alle Schmerzen aufgewogen. Alice, er war ein Teil von mir ... die Luft, die ich atmete. Ich könnte ihm alles verzeihen. Aber er ist gestorben, hat mich verlassen, und die Sonne wird nie wieder so hell scheinen, das Leben nie wieder so intensiv, impulsiv und leidenschaftlich sein.«

Ich schließe die Augen vor den Wolken am Himmel, vor dem auffrischenden Wind und vor Alice. Ich sage ihr nicht, daß ich mich fühle, als lebe ich im Zwielicht.

Alice schweigt. Als ich die Augen wieder öffne und sie ansehe, fährt sie mit den Fingern über den Rand ihres Brillenglases, und ich sehe eine Träne unter ihrer Sonnenbrille über ihre Wange rollen. Liebe Alice. Ich sage fröhlich: »Bestimmt hatte Bens Untreue etwas damit zu tun, daß wir so jung geheiratet haben. Er hat seine Vorliebe für schöne Frauen nie ausleben können.«

»Und Ian? Bist du mit Ian glücklich, Anna? Er scheint mir kein treuloser Mann zu sein«, sagt Alice plötzlich.

Ich lächle. »Nein, das ist er nicht. Ja, ich bin ... glücklich. Versuche, glücklich zu sein.«

Alice wirft mir einen pfiffigen Blick zu. »Das ist nicht dasselbe«, sagte sie und fügt nach kurzem Überlegen hinzu: »Ich glaube, er ist ein netter Mann, Anna, der zu lange im Dunkeln gelebt hat.«

Ich bin überrascht. Für eine Einundzwanzigjährige zeugt diese Bemerkung von erstaunlicher Reife.

»Das Leben hat sein Gesicht gezeichnet«, sagt sie. »Oft ist es voller Schatten. Wenn ich ihn manchmal ansehe, merke ich, daß in ihm ein ganz anderer Mann steckt, der sich danach sehnt herauszukommen.«

Alices verständnisvoller Scharfblick macht mich traurig. Und die Erkenntnis, daß Männer, die es verdient haben, geliebt zu werden, oft nicht geliebt werden, macht mir angst. Männer, die Liebe als etwas Selbstverständliches betrachten, werden meistens auch geliebt.

Ich lege mich ins Gras und wünsche mir, wir hätten dieses Gespräch nicht begonnen. »Alice, du bist viel zu jung, um das zu verstehen, aber wenn man ein zweites Mal heiratet, bringt man eine Menge emotionalen Ballast mit in die Ehe. Und ...« Meine Stimme verliert sich.

Im Rascheln der Blätter höre ich Alice sanft sagen: »Doch, ich verstehe, Anna. Ich sehe und spüre Dinge in Menschen, die ich oft nicht wahrhaben will.« Wehmütig fügt sie hinzu: »Ich bin erst einundzwanzig und habe schon zwei gescheiterte Beziehungen hinter mir. Ich weiß, wie belastend die Vergangenheit sein kann.«

Ich höre das unverkennbare Geräusch des VW-Motors. Alice rafft ihre Sachen zusammen. Ich sage lächelnd zu ihr: »Was bist du doch für eine liebe und hübsche kleine Hexe, Alice.«

Gemeinsam gehen wir zum Haus und zu dem wartenden rosafarbenen Campingbus. Plötzlich dreht sie sich um, läßt ihre Beutel und Tüten fallen und umarmt mich heftig.

Verblüfft drücke ich sie an mich, sehe ihr dann ins Gesicht. In ihren Augen schimmern Tränen, und ich erkenne ihre Verzweiflung: Sie will mir etwas sagen, kann es aber nicht.

Sie blinzelt und versucht zu lächeln. »Du bist für mich wie eine Mutter, die ich nie hatte, Anna. Meine leibliche Mutter war schon fünfundvierzig, als ich geboren wurde. Mir kam sie immer alt vor, und jetzt hat sie Alzheimer. Du bist für mich etwas Besonderes, und ich möchte, daß du glücklich bist. Hättest du mir damals nicht eine Chance gegeben, hätte ich nicht überlebt.«

»Oh, Alice.« Ich löse mich sanft aus ihrer Umarmung.

»Warum hast du mir das nicht früher erzählt? Es tut mir so leid.«

Sie zuckt die Schultern und läßt mich los. »Daran ist nichts zu ändern, Anna.« Sie grinst, rennt zu dem Campingbus und ruft: »Morgen komme ich und sehe nach der Kamelie.«

Ich schlendere durch den Garten zurück und kauere mich vor die Kamelie, wie Alice es getan hat. Ich schicke gute Gedanken den Stamm hoch, spreche aber nicht. Dabei komme ich mir merkwürdig vor. Mir ist, als wäre ich Alice. Ich spüre den Nasenring, und ihr schweres schwarzes Haar hängt mir über den Rücken. Ich spüre ihren langen wallenden indischen Rock an meinen braunen Knöcheln und das dünne Goldkettchen an meinem rechten Fußgelenk.

Ich schwebe über dem Baum und blicke auf mich hinunter. Oder auf Alice. Ich bin mir nicht mehr sicher. Der Augenblick verflüchtigt sich, aber in mir ist ein starkes Gefühl der Verbundenheit mit Alice, das ich nicht verstehe.

Ich denke daran, wie sie mir die Karten gelegt hat, wie sie mich warnte, und mir läuft eine Gänsehaut über Nakken und Arme, als solle ich die verborgene, primitive, intuitive Seite in mir herausholen; etwas, worüber Alice heute nicht gesprochen hat, doch ich spüre etwas, das ich nicht verstehen kann.

Forschen Schritts marschiere ich zum Haus. Ich höre das Telefon läuten. Ich gehe nicht ran. Ich muß duschen und das Abendessen für Jessie und Ian zubereiten. Wolken türmen sich am Himmel, und der Wind fegt durch die Bäume. Ein schlimmes Unwetter zieht auf.

22

Ian

Jessie kommt von ihrem Wochenende mit Lily schlechtgelaunt zurück, nicht, weil es ihr dort nicht gefallen hätte, sondern weil sie noch nie gern hier gewohnt hat – Meilen entfernt von jeder Zivilisation – und lieber bei Lily und ihren beiden Brüdern auf der Farm, nur einen Katzensprung vom Strand und eine kurze Busfahrt von Truro und den Geschäften entfernt, geblieben wäre.

Sie schmollt und schnieft während des ganzen Abendessens, stochert in dem Essen auf ihrem Teller herum, das Anna für uns gekocht hat, bis ich ihr am liebsten eine geklebt hätte. Schließlich halte ich es nicht länger aus und schnauze sie an: »Um Himmels willen, hör auf, dich wie ein verzogenes Gör zu benehmen, Jess. Anna und ich hatten wirklich wieder mal ein schönes Wochenende, und du verdirbst alles.«

Jessie springt sofort auf, läßt ihr Essen stehen und stürmt – die Märtyrerin spielend – aus dem Zimmer. Sie und Anna sind in letzter Zeit viel besser miteinander ausgekommen, warum muß sie das zerstören? Ich dachte, Jess würde langsam erwachsen, aber das liebenswürdige Mädchen der vergangenen Wochen ist plötzlich wieder verschwunden.

Eine Minute später läutet das Telefon, und ich eile zum Apparat, um vor Jess abzunehmen, aber sie ist schneller, und offensichtlich ist nicht Hester dran, denn Jess spricht eine Weile angeregt im Flüsterton. Anna sieht aus, als sehne sie sich fort von uns, zurück in den Frieden ihres Gartens, und das kann ich ihr wirklich nicht verübeln. Ich versuche, die angespannte Atmosphäre aufzulockern. »Lily erfährt jetzt wahrscheinlich, was für gemeine Eltern wir sind«, sage ich, während wir den Tisch abräumen.

Jessie ruft: »Es ist Oma, Dad.«

Überrascht gehe ich in die Diele, um mit Mai zu sprechen. Wir haben seit einer Ewigkeit nicht mehr miteinander geredet, und es kommt mir komisch vor, ihren vertrauten Londoner Akzent zu hören. Sie entschuldigt sich wegen des Anrufbeantworters. Das sei ein Anti-Hester-Gerät, sagt sie. Hester hat angefangen, sie Tag und Nacht anzurufen, und sie konnte es nicht länger ertragen. »Hast du Angst, daß Hester zu dir kommt?« frage ich.

Sie erzählt, sie habe das merkwürdige Gefühl, Hester sei im Haus gewesen, aber es scheine nichts zu fehlen, und Hester sei nie gekommen, wenn Mai zu Hause war. Sie sagt, sie habe das Sozialamt angerufen, weil sie nervös sei, und Hesters Sozialarbeiterin habe ihr mitgeteilt, daß Hester für eine verlängertes Wochenende wieder in die Klinik eingewiesen werde, um überprüfen zu lassen, ob sie ihre Medikamente regelmäßig nehme. Sie versichert mir, daß Hester unsere Telefonnummer auf keinen Fall von ihr bekommen habe.

Nachdem ich mich verabschiedet habe, erzähle ich alles

Anna, die verärgert sagt: »Na, von irgendwoher muß sie doch die Nummer haben, Ian, nicht wahr?«

»Das ist mir klar, Anna«, erwidere ich genauso verärgert.

Ich gieße den Rest Wein vom Abendessen in ein Glas und bringe es Anna. Sie blättert die Sonntagszeitungen durch, und ich setze mich neben sie. Es ist ein so schönes Wochenende gewesen, und ich will nicht, daß es mit einem Mißton endet. »Sie geht nicht nur uns auf die Nerven, sondern ruft auch ständig ihre Mutter an. In der Klinik wird überprüft, ob sie regelmäßig ihre Tabletten nimmt. Kann sein, daß wir keinen unsinnigen Anruf mehr bekommen, Liebling.«

Ich bemühe mich sehr, fröhlich und optimistisch zu sein, aber Annas Gesicht bleibt ungewöhnlich verschlossen. Sie schaut mich an und will etwas sagen, als ein gewaltiger Donnerschlag Jessie in die Küche stürzen und Hebe unter den Tisch fliehen läßt.

Ich stehe auf und sage zu Jess: »Leider benimmt sich deine Mutter wieder wie ein verdammter Quälgeist. Sie ruft nicht nur ständig hier an, sondern regt auch deine Oma auf. Wir wissen nicht, woher sie unsere Telefonnummer hat, Jess, sei also vorsichtig, was du sagst, wenn du mit ihr reden mußt.«

Jessie starrt mich wütend an. »Ich will damit nichts zu tun haben! Wie du weißt, stecke ich mitten in Prüfungen. Sie wird vor der Tür stehen. Sie wird mich vor meinen Freunden blamieren.« Jess geht mit großen Schritten zur Tür und reißt sie auf.

Ich habe das Gefühl, daß es Jess gründlich genießt, theatralisch zu sein, und heute abend ist sie in dieser Stimmung. »Jess, versuch doch, etwas freundlicher zu sein, und laß uns hoffen, daß deine Mutter dieses Spiel allmählich langweilig findet und sich etwas anderes sucht.«

»Verdammt, verdammt!« schreit Jess. Ein erneuter Donnerschlag rettet mich vor weiterem theatralischem Getue, und ich nutze die Gelegenheit für meinen Abgang von der Bühne und arbeite noch ein wenig.

23

Hester

Wenn ich aufwache, kann ich mich nicht mehr erinnern, wo ich bin. Dann sehe ich die kahlen Wände der Wohnung. Ich hatte früher Bilder. Ich kaufte sie bei Boots, sie waren wirklich hübsch.

Ich stehe auf und mache Tee. Es gießt in Strömen. Miss sowieso Hardy-Brown hat einen großen Zettel an eine der Schranktüren geklebt. *Tabletten 9 Uhr morgens und 5 Uhr nachmittags.* Ich nehme eine aus der Packung und schlukke sie mit Tee. Ich will keine monatlichen Injektionen, ich hasse Spritzen.

Ich gehe wieder ins Bett, weil es nichts gibt, wofür es sich aufzustehen lohnt.

Wendy ist noch immer in der Klinik. Sie ist noch immer meine Freundin. Wenn es aufhört zu regnen, besuche ich sie vielleicht. Ich liege mit geschlossenen Augen da und erfinde Geschichten. Als ich klein war, hatte ich eine beste Freundin, die hieß Alison Goodwin. Sie pflegte auch im Bett Geschichten zu erfinden. Wir nannten sie unser Geheimes Leben ... lebten unser Geheimes Leben. In der Schule erzählten wir uns gegenseitig die in der vorherigen Nacht erfundenen Geschichten, aber sonst niemandem.

Mein Dad hielt im Garten Tauben. Ich liebte die Töne, die sie machten, wenn ich frühmorgens im Bett lag. Damals lag ich warm und geborgen da und lauschte ihrem Gurren, und dann ratterte ein Zug vorbei, das Haus bebte, und ich fühlte mich sicher und war glücklich.

In der Schule war ich nicht gut, ich haßte sie, und ich haßte die Lehrer. Ich konnte es kaum erwarten wegzugehen. Meine Mutter war böse auf mich, aber Dad lächelte und sagte: »Macht nichts, Schätzchen, tu einfach dein Bestes. Du wirst schon zurechtkommen, du bist ein hübsches Mädchen.«

Ein hübsches Mädchen. Er hat mir immer das Gefühl gegeben, hübsch zu sein. Ich war klein und dunkel wie mein Vater. Meine Mutter war größer als mein Vater. Groß und rund wie eine Henne. Zu groß für das Haus. Das Haus wäre gerade richtig für ihn und mich gewesen.

Wenn ich manchmal nachts nicht schlafen konnte, hörte ich Laute, die ich nicht verstand. Ich konnte die bittende Stimme meines Vaters hören, und ihr zischendes: »Nein!«

Manchmal weinte sie sehr leise, aber ich hörte sie durch die Wand.

In manchen Nächten hörte ich meinen Vater aufstehen und nach unten gehen. Nach einer Weile stieg ich aus dem Bett und ging auf Zehenspitzen die Treppe hinunter und roch den Pfeifenrauch. Er saß im Dunkeln und rauchte seine Pfeife.

»Hallo, Schätzchen«, sagte er dann. »Warum bist du denn wach und aufgestanden?«

»Ich kann nicht schlafen«, sagte ich und kletterte auf

sein Knie und schmiegte mich an ihn. Sein Morgenmantel kratzte an meinem Gesicht, und ich steckte den Daumen in den Mund, kuschelte mich an ihn und schlief sofort ein. Ich fühlte mich so sicher. Mein Dad würde nie zulassen, daß mir etwas geschieht.

In meinem Geheimen Leben lebten mein Dad und ich auf einer nur von Eingeborenen bewohnten Insel in der Sonne. Er brauchte keine Frau, weil er mich hatte, und falls er starb, würde ich einen von diesen riesigen schwarzen Eingeborenen heiraten, und diesen Gedanken fand ich aufregend.

Mein Dad hatte jede Woche einen Nachmittag frei, immer am Mittwoch. Ich kann mich nicht erinnern, warum. Er und meine Mutter fuhren dann irgendwohin, in die Innenstadt zum Einkaufen oder ins Kino. Ich ging nach der Schule immer zu Alison Goodwin, und meine Eltern holten mich auf dem Nachhauseweg dort ab.

An einem Mittwoch war Alison krank und kam nicht zur Schule, also fuhr ich mit dem Bus nach Hause. Ich hatte immer einen Schlüssel bei mir, und ich dachte, es wäre aufregend, das Haus zum ersten Mal allein für mich zu haben. Ich sperrte die Hintertür auf, ging hinein und machte mir ein Sandwich, als ich oben ein Geräusch hörte.

Ich erstarrte, dachte, es seien Einbrecher, und dann hörte ich meinen Vater leise lachen, und meine Mutter machte tief in ihrer Kehle ein seltsames Geräusch. Ich schlich die Treppe hoch, damit sie mich nicht hörten, um zu sehen, was sie taten, und die Schlafzimmertür stand offen und die beiden lagen am hellichten Tag nackt im Bett.

Die Hand meines Vaters umfaßte die Brust meiner Mutter, und er küßte ihren Hals. Ihr Kinn war hochgereckt, und sie stieß seltsame kleine Seufzer aus. Ich fühlte, wie mir das Blut in den Kopf stieg und dort eine Ader pochen.

Dann schlug mein Vater die Bettdecke zurück, und meine Mutter spreizte ihre Beine und schaute lachend zu ihm auf, und er kniete sich über sie, und ich sah sein Ding, und er steckte es in sie, und die beiden tobten herum und gaben entsetzliche Geräusche von sich. Es war widerlich. Mir war übel.

Ich wollte davonlaufen, konnte mich aber nicht bewegen, meine Beine funktionierten nicht und gaben auf dem Treppenabsatz unter mir nach.

Als sie aufhörten herumzutoben, rollte er sich von ihr herab und strich ihr mit der Hand sanft das helle Haar aus dem Gesicht. »Ich liebe dich, Mai«, sagte er.

Ich hörte Stimmengewirr in meinem Kopf.

Sie setzte sich halb auf. »Ich weiß, John«, sagte sie. »Ich weiß, daß du das tust, und ich bemühe mich. Du bist ein guter Mann. Ich habe dir gesagt, daß es dieses Mal endgültig vorbei ist, und das stimmt.«

Mein Vater sagte nichts, er beugte sich über sie und küßte sie auf den Mund, und sie legte ihm die Arme um den Hals und zog ihn auf sich, als wäre sie ein Kissen, und der Kuß dauerte eine Ewigkeit, und die Geräusche in meinem Kopf wurden lauter und lauter, und ich drehte mich um, rannte die Treppe hinunter und ins vordere Zimmer, wo das Porzellan meiner Mutter auf Regalen stand, aber nicht benutzt werden durfte, weil es kostbar war, und ich kletterte auf einen Stuhl und warf alles auf den Boden, zerschlug es in tausend Stücke.

Geschieht ihr recht. Mein Vater liebte mich, nicht sie. Sie

hat ihn nie geliebt, sie hat diesen anderen Mann in Uniform geliebt. Sie hätte mit ihm weggehen und Dad und mich allein lassen sollen. Ich wollte nicht, daß er ihr nahe war. Ich wollte nicht, daß er sein Ding in sie steckt. Die ganze Zeit zerschlug ich Porzellan und schrie, und dann kamen sie, nur notdürftig bekleidet, die Treppe heruntergerannt.

Ich will nicht mehr darüber nachdenken, weil das Flüstern in kleinen Wogen zurückkommt. Ich stehe schnell auf. Ich finde meine Handtasche und gehe in den Regen hinaus zu einer Telefonzelle. Ich stecke Geld in den Schlitz, und er meldet sich.

»Hallo«, sage ich. »Ich nehme an, du bist überrascht, von mir zu hören. Wie geht es dir? Ich dachte, ich rufe einfach mal an und erkundige mich, wie es so für dich läuft.«

Langes Schweigen, dann sagt er: »Ich hole Jess, Hester, aber diese Anrufe müssen aufhören, sonst muß ich die Telefonnummer ändern lassen.«

»Sie ist meine Tochter, warum soll ich nicht mit ihr sprechen?«

»Dagegen ist nichts einzuwenden, Hester, wenn du nur gelegentlich anrufst, aber du rufst ständig an.«

»Nein, das tue ich nicht.«

Ich höre ihn seufzen. »Ich rufe Jessie.«

»Einen Augenblick, wir müssen miteinander reden.«

»Wir haben uns absolut nichts mehr zu sagen.«

»Du bist mein Mann!« sage ich wütend.

»Wir sind geschieden, Hester. Ich bin mit einer anderen Frau verheiratet.«

»Mit einer Hure!« schreie ich. »Du bist mit einer verdammten Hure ...«

Er unterbricht die Verbindung mit mir. Er unterbricht die Verbindung mit mir.

Ich stecke mehr Geld in den Schlitz und wähle wieder, aber er hat den Hörer von der Gabel genommen.

Ich laufe schreiend in den Regen hinaus, weil ich die Wut in mir nicht halten kann, und ein paar Kinder auf Fahrrädern schreien etwas zurück und lachen. Sie machen sich über mich lustig und deuten auf mich. Ich laufe auf sie zu, und sie bekommen Angst und radeln schnell davon, sie schreien: »Die Hexe ist in ihrem Nachthemd … die Hexe ist in ihrem Nachthemd.«

Ich schaue an mir runter. Ich habe vergessen, mich anzuziehen.

Es ist alles ihre Schuld. Es ist alles ihre Schuld. Diese Hure, mit der er zusammenlebt.

24

Anna

Salix chrysocoma. Goldene Trauerweide. Prächtiger Baum, mit anmutig bis auf den Boden hängenden Ästen, die mit seidenhaarig-glänzenden, goldenen Blättern bedeckt sind. Wächst häufig an Ufern und Waldrändern.

Ich spüre, dass der Tag draussen heraufdämmert, wie die Hitze intensiver wird – wie in den Tropen. Vorsichtig steige ich aus dem Bett, weil ich Ian nicht wecken möchte, nehme meine Kleider und gehe ins Bad. Ich liebe diese Tageszeit, wo noch niemand aufgestanden ist und ich die Welt für mich habe und sie voller Möglichkeiten ist.

Ich koche Kaffee und nehme ihn mit hinaus in den Garten; Hebe trottet fröhlich hinter mir her. Zarte Spinnennetze hängen zwischen Geißblatt und Rose, zwischen den Blättern der Kapuzinerkresse und zwischen den Leisten der alten grünen Holzbank. Sie glänzen wie zarte Skulpturen.

Ich überprüfe die Gewächshäuser und öffne die Lüftungsklappen und schaue, wie es der Kamelie geht. Alice behandelt den Baum nach der Reiki-Heilmethode; das ist ihre jüngste Errungenschaft, und sie scheint zu wirken, denn der Kamelie geht es bemerkenswert gut.

Heute ist Samstag, und ich hole zwei Behälter mit Pflanzen für eine Freundin, die ihren Garten neu anlegt, und trage sie zum Lieferwagen. Leider kann ich es mir zeitlich nicht leisten, ihr den ganzen Tag zu helfen, aber ich möchte sie moralisch unterstützen. Wahrscheinlich bin ich zurück, ehe Jessie oder Ian aufgestanden sind.

Die Straßen sind leer, und vor mir geht die Sonne in einem orangenfarbenen Glühen auf. Ich fahre quer über Land, eine schmale, einspurige Straße zum Jachthafen hinunter, an Narzissenfeldern vorbei. Ich fahre die steile Straße zum Wasser hinunter. Das ist, als führe man direkt ins Meer, und ich halte aufgeregt den Atem an, als ich auf die glitzernde Fläche vor mir zufahre.

Aus irgendeinem Grund erinnere ich mich plötzlich an einen Tag vor vielen, vielen Jahren. Vielleicht erinnere ich mich, weil die Fahrt über die leere Straße mir ein Gefühl der Freiheit gibt und weil ich in diesem Augenblick eigentlich arbeiten sollte.

Ben war mit dem Flugzeug aus Singapur gekommen, und ich hatte beschlossen, ihn zu überraschen und in Brize Norton abzuholen. Da mein Auto zu klapprig war, hatte June mir ihren Wagen mit Allradantrieb für die Fahrt geliehen. Ich saß in dem Geländewagen viel höher und konnte über die Hagebuttenhecken, voll mit roten Früchten, und durch die fast entlaubten Bäume sehen. Ich fühlte mich, als ob ich schulfrei hätte. Noch ganz genau kann ich mich an das Glücksgefühl an jenem Tag erinnern.

Ich hatte die Fahrt in Gloucester unterbrochen und meine Schwester besucht, und sie hatte mich ausgelacht. »Also ehrlich, Anna, wie kannst du nach all den Jahren noch so verrückt nach Ben sein?«

»Das ist ganz einfach«, sagte ich und sah zu, wie sie in ihrer Küche einen Haufen winselnder Welpen fütterte.

Sie ist sechs Jahre älter als ich und mit Tom verheiratet. Sie leben in einem schönen, imposanten viktorianischen Herrenhaus, das mit wildem Wein bewachsen ist. In der Ferne kann man die Malvern Hills sehen, und hinter dem alten ummauerten Küchengarten erstreckt sich ein großer Obstgarten weit hügelaufwärts, dessen prächtig blühende Bäume besonders im Frühling bezaubernd schön sind.

Die beiden führen eine stürmische, laute und liebevolle Ehe, die zu ihrem Lebensstil paßt, der darin besteht, auf die Jagd zu gehen und große Jagdgesellschaften oder Fachkongresse zu organisieren. Jane war immer die Kluge, die von meiner Mutter am meisten geliebte Tochter, weil sie alle Träume im Leben realisierte, die meiner Mutter verwehrt geblieben waren.

Als Kind war ich eine Enttäuschung, die Träumerin, der Spätzünder, zum Teil wohl auch deshalb, weil mir meine ganze Kindheit über Jane als leuchtendes Beispiel vor Augen gehalten wurde. Sie studierte Jura und hatte gerade ihre erste Stellung in einer Kanzlei angetreten, als sie Tom auf einem Ball kennenlernte. Sie fuhr voll auf ihn ab, was sogar sie selbst überraschte, glaube ich.

Tom stammt aus einer begüterten Großgrundbesitzer-Familie in Gloucestershire, und zum Entsetzen meiner Mutter heirateten die beiden fast sofort, und Jane gab ihre vielversprechende Karriere auf.

Die beiden bekamen kurz hintereinander vier Söhne namens Jasper, Harvey, Conrad und Trollope, die ebenso aufs Geratewohl aufgezogen wurden wie die Labradors und Jack Russells. Ihre vier Söhne kümmern sich mittlerweile alle um die Landwirtschaft und die Verwaltung der Ländereien.

Tom ist ein großer attraktiver Mann – der Typ, der sein Leben im Freien verbringt – und betet Jane offensichtlich an, obwohl nie ein zärtliches Wort über seine Lippen kommt, wie ich glaube. Jane hat ihm geholfen, den durch Unfähigkeit und erdrückende Erbschaftssteuern heruntergewirtschafteten Familienbesitz wieder zu einem blühenden Unternehmen zu machen.

Doch meine Mutter hat nie eingesehen, daß diese Aufgabe für Jane weitaus befriedigender war, als Anwältin zu werden und vor höheren Gerichten zu plädieren.

Die ganze Familie schreit, als wäre jeder taub.

Ich liebe Jane sehr, aber eine Nacht dort genügt mir immer.

Ich hatte sie angelächelt. »Wenigstens hast du nicht gesagt: ›Das Beunruhigende an *dir*, Anna, ist, daß du deinen Mann noch immer liebst.‹«

Jane schaute von den Hunden hoch. »Was willst du damit sagen, Anna?«

»Meine ganze Kindheit über sagten du und Mum zu mir: ›Das Beunruhigende an dir, Anna, ist ... daß du nicht denkst, daß du zu sensibel bist, daß du keinen Ehrgeiz hast, daß du so zerstreut bist.‹« Ich lächelte Jane an. Die Erinnerung daran war nicht mehr bitter, aber ich konnte die Stimme meiner Mutter ganz deutlich hören. »Liebste kleine Annie, du bist wirklich dumm.«

»Haben wir das getan?« Jane sah bestürzt aus. »Das muß ja scheußlich für dich gewesen sein. Es tut mir leid.«

Ich lachte. »Ach, Unsinn! Ich habe sie enttäuscht, weil ich so früh geheiratet habe.«

Jane sah mich an. »Ich wußte gar nicht, daß du so etwas wie einen Minderwertigkeitskomplex hast.«

»Den habe ich auch nicht. Jedenfalls nicht mehr.«

»Dazu hast du auch, verdammt noch mal, keinen Grund, Anna. So wie dieser Mann dich sogar aus der Ferne anhimmelt. Aus jedem Tag macht er ein Weihnachtsfest.«

Ich scherze, peinlich berührt: »Das tut er doch nur, weil er Weihnachten nicht oft zu Hause ist.«

Sie lachte und scheuchte die Welpen aus der Küche. »Raus mit euch, ihr Lümmel. Verschont mich mit euren dreckigen Pfoten. Ich glaube, es ist Zeit für einen Gin«, sagte sie und grinste mich reumütig an. »Vielleicht wurde ich ja als Kind ein wenig bevorzugt. Ich war immer gut organisiert, und ...«

»... und du gewannst überall Stipendien.«

»Was nicht viel genützt hat. Jetzt stopfe ich nur noch Essen in Menschen und Tiere.«

»Das liebst du doch!«

»Ja, das tue ich. Was wollte ich eigentlich sagen, ehe du mich unterbrochen hast? Ja, wahrscheinlich war ich Mums Lieblingstochter, aber jetzt gefällt ihr dein Lebensstil. Sie besucht uns nie, weil wir alle zu laut und zu unordentlich sind. Ich kann nichts dafür, so sind wir nun mal.«

Aus ihrem Ton konnte ich heraushören, wie verletzt sie war. Und ich dachte, wie erschreckend es ist, ein Elternteil zu sein, denn was immer man tut, eines seiner Kinder scheint man zu verletzen.

»Jane«, sagte ich. »Ich liebe dich, und ich komme sehr gern hierher.«

Sie reichte mir ein bis zum Rand volles Glas mit Gin. »Verdammte Lügnerin. Mach dich nützlich. Bring das Tom ins Büro und sage ihm, daß wir um acht Uhr essen und ich erwarte, daß er den Braten tranchiert.«

Als ich über den gepflasterten Hof zu den Ställen marschierte – in denen Toms Büro untergebracht ist –, mußte ich denken, daß die Schwester aus meiner Kindheit so anders war als diejenige, die heute vor mir stand.

Natürlich war sie autoritär, ich war die störende kleine Schwester, aber Jane war damals konventionell, kleinlich und spießig gewesen. Es war ihr wichtig, was die Leute von ihr dachten, sie kleidete sich sorgfältig, phantasielos, sogar während ihres Studiums. Wenn sie in den Ferien nach Hause kam, verwirrte ich sie, weil ich mich mit einer Menge billigstem Modeschmuck behängte und Kleider aus Stoffen trug, die ich selbst gebatikt hatte. Sie hielt mich für vulgär und glaubte, daß ich überhaupt keinen Geschmack habe.

Ich hielt sie für prüde. Außerdem amüsierten sich ihre Studienkollegen über mich, was sie haßte. Durch die Ehe hatten wir uns beide verändert. Als Frau eines Offiziers konnte ich mir keine Extravaganzen mehr leisten. Jane, die sicher in einer konventionellen Ehe lebte und meiner Mutter nicht mehr gefallen mußte, war zu einer unkonventionellen Frau geworden und kümmerte sich keinen Deut darum, was die Leute dachten.

Am nächsten Tag fuhr ich über die gerade, schöne Straße durch Oxfordshire nach Brize Norton, wo das Licht vom weißen Kalkstein reflektiert wurde und die bunte Pracht des Herbstes voll zur Entfaltung brachte, was ich in Cornwall so vermisse. Meine Sehnsucht nach Ben schmerzte. In zwei Stunden würde ich ihn sehen. Ich hatte übers Wochenende in einem vornehmen Hotel ein Zimmer reservieren lassen und hätte am liebsten laut gesungen, weil das Leben – wie Jane sich auszudrücken pflegte – so verdammt schön war.

In Brize Norton hatte ich das seltsame und zugleich vertraute Gefühl, mich wieder unter Uniformierten zu bewegen. Das Flugzeug sollte pünktlich landen, und ich saß in einem Café und betrachtete die Leute rings um mich herum. Sofort fiel mir eine junge Frau auf. Sie hatte langes, blondes Haar und war sehr attraktiv. Auf dem Arm hatte sie einen kleinen, etwa einjährigen Jungen und ging nervös auf und ab. Beide waren braungebrannt, als wären sie noch vor kurzem im Ausland gewesen.

Schließlich setzte sie sich an den Nebentisch, und wir unterhielten uns. Ich fragte sie, ob sie ihren Mann abhole, sie errötete und schüttelte den Kopf. Nach einer Weile erzählte sie mir, daß sie und ihr Mann sich gerade getrennt hätten und sie einen Freund abhole. Sie sah plötzlich sehr jung und unglücklich aus, und sie tat mir leid.

Sie erzählte mir ihre Geschichte, hastig, aber erleichtert, wie Menschen manchmal zu Fremden sprechen, die sie nie wieder sehen. Sie war mit einem Ingenieur im Offiziersrang der britischen Armee verheiratet und hatte die letzten fünfzehn Monate in Singapur gelebt. Ihren Worten nach war ihr Mann ein Ekel, den sie nicht mehr habe ertragen können. Deshalb habe sie beschlossen, nach Hause zu fliegen.

Das mußte Mut gekostet haben. Die Armee mag es

nicht, wenn ihren Männern die Ehefrauen weglaufen. »Und wie haben Sie sich entschieden?« fragte ich neugierig.

Sie errötete wieder und sagte, sie habe jemanden kennengelernt, der sie unterstützt und ihr den nötigen Mut gemacht habe. Ein anderer Mann. Zu meiner Überraschung antwortete ich ihr: »Seien Sie vorsichtig. Sie sind im Augenblick sehr verletzlich.«

Tränen traten in ihre Augen, sie war für jedes Mitgefühl dankbar, und ich spürte, daß es nur wenig brauchte, um das Elend der vergangenen Monate zum Ausbruch zu bringen. Plötzlich wußte ich auch, daß sie von dem Mann, den sie abholte, sitzengelassen werden würde.

In diesem Moment wurde der Flug aufgerufen, und wir beide gingen zu der großen Fensterfront, von wo aus wir die Maschine landen sehen konnten.

Als die Menschen aus dem Flugzeug strömten, wurde ich wieder aufgeregt. Ich strengte mich an, Ben zu sehen, und ging zu der Sperre, wo er durchkommen mußte. Die junge Frau ging auch dorthin. Plötzlich entdeckte ich ihn, braun und gutaussehend, er lachte jemanden neben ihm an. Mein Herz machte Sprünge, ich zitterte vor Sehnsucht und Verlangen. Welche Überraschung würde es sein, mich zu sehen! Ich sah die junge Frau neben mir an, und ihr Gesicht leuchtete, strahlte vor Leben, von der Liebe verwandelt. Ich folgte ihrem Blick: Er ruhte auf Ben.

Ben drehte sich um und schaute, als würde er jemanden suchen. Ich hüpfte auf und ab und winkte, dasselbe tat die junge Frau mit ihrem Baby. Er strahlte und winkte zurück, als er sie sah. Sie war größer und schöner als ich, auffälliger. Eine Sekunde später entdeckte er mich, und sein Lächeln erlosch. Er erstarrte jäh und wußte nicht, was er tun sollte.

Es war, als hätte mich ein Lastwagen angefahren. Die junge Frau starrte mich an, Entsetzen im Gesicht. Ich drehte mich um und stolperte blindlings davon, lief über den Flughafen zu Junes Land Rover, kletterte auf den Sitz, zitterte, schlang die Arme um mich und wiegte mich vor und zurück und wartete, daß der entsetzliche Schmerz endlich nachließe, damit ich wegfahren könnte.

Meine Mutter sagte immer, man solle nie versuchen, jemanden zu überraschen. Sie hatte recht. Ich hatte meine Überraschung gehabt.

Wie kann es nur sein, daß das Glück in dem einen Augenblick vollkommen und im nächsten vorbei ist und nie auf dieselbe Weise ersetzt werden kann, niemals mehr so fröhlich, unschuldig oder ausschließlich sein kann?

Mir gelang es, den Motor zu starten, aber ich konnte nichts sehen, um ihn rückwärts aus der Parklücke zu fahren. Ich saß schniefend da und rieb mir die Nase am Ärmel ab, weil ich kein Taschentuch hatte. Da tauchte Bens Gesicht am Fenster auf. Es war weiß. Ich konnte es nicht ertragen, ihn anzusehen.

»Verschwinde, du Bastard!« schrie ich.

»Annie. Laß mich einsteigen, ich muß mit dir reden. Es ist nicht so, wie es aussieht.«

Da lachte ich und legte den Rückwärtsgang ein.

»Du kannst in diesem Zustand nicht fahren, Anna. Um Himmels willen, komm raus und beruhige dich. Laß mich mit dir reden«, rief er.

Ich kurbelte die Fensterscheibe hinunter. Ich weinte nicht mehr. Ich war außer mir vor Wut. Ich zerrte die Hotelreservierung aus meiner Handtasche und warf sie ihm vor die Füße. »Geh und rede mit dieser jungen Frau, Ben. Da kannst du es in aller Ruhe tun. Du bist ein elender Bastard, und wenn du jetzt nicht Platz machst, überfahre ich dich.«

Ich jagte den Motor hoch und setzte zurück, und fast hätte ich ihn erwischt. Er war aschfahl und sah aus, als stünde er unter Schock, was gut möglich war. In meiner ersten Wut fuhr ich bis zur nächsten Raststätte, hielt und trank Kaffee. Ich hatte achtjährige Zwillinge und würde mich nicht wegen dieses ehebrecherischen Scheißkerls umbringen.

Ich fuhr den ganzen Weg nach Cornwall ohne Halt zurück, eine alptraumhafte Fahrt. June schlief bei den Jungen im Haus, und als sie mich hörte, kam sie die Treppe heruntergerannt. Ben hatte sie angerufen. Sie war krank vor Sorge, umarmte und umarmte mich. Dann steckte sie mich ins heiße Wasser in die Badewanne, danach ins Bett und brachte mir Toast und eine Wärmflasche und einen großen Brandy. Die ganze Nacht lag ich bewegungslos da, starr vor Erschöpfung und Schock.

Am nächsten Tag redeten wir. Sie brachte mich dazu, daß ich Ben erlaubte, nach Hause zu kommen, damit er mit mir reden konnte. Sie half mir, dem Schmerz die Stirn zu bieten und ihn nicht zu vermeiden. Sie half mir, ihn zu einem Teil meines täglichen Lebens zu machen, bis er zu einer Größe schrumpfte, mit der ich fertig wurde, wenn ich fleißig und vorsichtig war. Und als Ben nach seinem Urlaub auf sein Schiff zurückgekehrt war, überprüften wir mein Leben. Sie half mir, ein neues Leben zu beginnen, das mir gehörte und nicht von Ben abhängig war.

Es war ein entsetzliches Loslassen. Aber ich konnte Wut und Zorn nicht auf Dauer schüren, denn ich liebte ihn. Und die Jungen waren begeistert, wenn ihr Vater zu Hause war. Und wenn ich ihn nur sah, machte mein Herz einen Sprung – ob er aus der Dusche kam, über den Strand lief oder June umarmte. Und dann hatten wir endlose Unterredungen. »Ich wollte ihr helfen ... Es passierte einfach.«

Ich fragte ihn, was diese junge Frau denkt. »Sie denkt, daß ich ein Bastard bin, weil ich dich verletzt habe. Sie denkt, daß ich ein Bastard bin, weil sie glaubt, daß ich sie verführt habe. Sie hat mich gefragt, was das für ein Gefühl ist, zwei Frauen zu quälen.«

Wie gut für sie.

Ich fragte ihn, ob er sie geliebt habe, und er zögerte einen Moment zu lange. Er sagte, sie sei auf eine Weise einmalig gewesen, die er nicht verstanden habe, aber daß er mich liebe. Ich sagte ihm, daß er die Scheidung haben könne. »Ach, um Himmels willen, Annie«, sagte er. »Ich will mich nicht scheiden lassen. Mein Leben ist hier bei dir und den Jungs.«

Aber er mußte die Verantwortung für die mißliche Lage übernehmen, in der sie sich mit ihrem Kind befand. Vielleicht hätte sie ihren Mann nie verlassen, wenn Ben sie nicht dazu ermutigt hätte. Schließlich kehrte sie zu ihrem Mann zurück, und ich verbot mir zu fragen, ob Ben sie noch immer traf.

Im nächsten Sommer ließ Ben mich und die Jungen zum Flottenstützpunkt nach Singapur kommen. Sein Schiff mußte überholt werden. Wir verbrachten einen wundervollen und glücklichen Sommer, aber ich frage mich oft, ob unsere Ehe gehalten hätte, wenn nicht June mit all ihren Kräften dafür gesorgt hätte, daß wir uns besser verstehen.

Als ich anfing, mein eigenes Leben zu leben, und auch geschäftlich erste Erfolge hatte, sah Ben mich mit anderen Augen. Das glaube ich jedenfalls. Ich war nicht mehr das Kind, das er geheiratet und geformt hatte, das ihm gehorchte und ihn liebte, sondern eine Frau namens Anna, die ihr eigenes Geld verdiente.

Während ich jetzt, so viele Jahre später, in Richtung Meer fahre, frage ich mich, warum diese Erinnerungen scheinbar zufällig in mir aufsteigen. Erinnere ich mich, weil Ben und ich über diese Straße zu dem Pub fuhren, wo wir diesen schlimmen Ablösungsprozeß beendeten? Wo niemand uns kannte? Oder ist es ein vertrauter Geruch? Große blaue Zedern säumen die Straße. Sie gleichen denen, die in Junes Garten standen.

Oder ist der Grund dafür, daß ich heute eine solche Freude empfinde, eine Freude, die der an jenem längst vergangenen Tag gleicht, als sie so plötzlich endete?

Wahrscheinlich kommen alle diese Fakten zusammen. Ich verlasse Haus und Garten nicht oft, und das Fahren allein bedeutet eine Freiheit, die mich auf ein neutrales Territorium bringt, wo die Stimmen aus meiner Vergangenheit klarer sind und den Morgen beleben.

Als ich meine Pflanzen abgeliefert habe und nach Hause komme, sitzt Jessie auf der Treppe vor der Haustür in der Sonne und telefoniert mit dem schnurlosen Telefon. »Mum, ich kann dich nicht treffen. Das ist zu weit. Ich hole Dad. Mir geht's gut ... Ja ... Ja ... Bitte ... Ich schreibe dir, okay?«

Sie sieht mich und grinst. Dann steht sie auf, macht ein

paar Tanzschritte, hält das Telefon vom Ohr weg, verzieht das Gesicht und verdreht die Augen. Sie ist höchst seltsam gekleidet, geradezu lächerlich sieht sie aus. Am Körper trägt sie irgendwelche bunte Fetzen, und an den Füßen hat sie diese riesigen DocMartens mit schwarzen Schnürsenkeln.

Ich grinse zurück. Bald werden wir über dreißig Grad haben, sie wird ersticken.

Sie legt das Telefon hin. »Hallo. Dad fährt mich nach Truro ins Schwimmbad.«

Ich lache. »Ach, wie dumm von mir. Das hätte ich mir denken können. Du hast dich extra so schön angezogen, damit du dich wieder ausziehen kannst.«

Jessie kichert und schüttelt ihr volles dunkles Haar. Sie ist guter Stimmung. »Du brauchst nicht ironisch zu werden. Alice ist gekommen, sie ist im Garten. Dad hilft ihr mit dem Wasser.«

Ich lasse die Haustür offen und laufe in den Garten. Die Stimmen der Vergangenheit verstummen, und ich lebe wieder in der Gegenwart und plane meinen Tag.

25

Ian

Anna ist aufgestanden und gegangen, ehe ich richtig wach werde. Ich liege eine Weile da und freue mich, daß Samstag ist. Dann stehe ich auf, stecke den Kopf zu Jessies Tür rein, um zu fragen, ob sie Tee will, aber sie schläft noch.

Niemand ist in der Küche. Also stelle ich den Kessel auf den Herd und schlendere im Morgenrock in den Garten. Es ist ein herrlicher Morgen. Hier unten, beinahe außer Sichtweite des Hauses, gleicht der Garten einem kleinen Königreich. Überall leuchten Farben, Jungpflanzen sind verwelkt, aber Geranien in großen Töpfen erinnern mich an ein Haus, das ich einmal in der Toskana gemietet hatte.

Anna hat eine kleine Laube mit einem Sitz darin gebaut und den Garten wie kleine Zimmer unterteilt, die ineinanderführen und diesen Teil des Gartens von den Frühbeeten und Gewächshäusern abschirmen. Wieder einmal bin ich voller Bewunderung und noch etwas anderem. Neid? Vielleicht. Neid auf etwas so Phantasievolles, Vollkommenes und Kreatives. Neid auf Annas Fähigkeit, aus sich herauszugehen und ihrem Wesen Ausdruck zu verleihen. Diese natürliche Fruchtbarkeit, dieser Garten, begreife ich plötzlich, ist ein Spiegelbild für Annas Existenz: wie sie blüht, gedeiht, erträgt und leidet.

Ich stehe auf und spaziere umher. Immer deutlicher sehe ich, was sie geschaffen hat, seit wir hierhergezogen sind, und es ist unglaublich. Ich beneide sie. Ich beneide sie, weil sie mich für die Gestaltung ihres Gartens nicht gebraucht hat. Das macht mich eifersüchtig, denn ich existiere hier in ihrem Königreich nicht. Ich rieche die Rosen und sehe wolkige bunte Büschel, Blumen, deren Namen ich nicht einmal kenne, über niedrige Steinmäuerchen hängen. Der Wind streicht raschelnd durch die Palmen, und die frühe Morgensonne schimmert durch den Dunst über der Bucht, scheint auf die glänzenden Blätter des riesigen Kamelienbaums und läßt Tautropfen auf Spinnweben glitzern, die zwischen Blumen und Ästen hängen.

Mich fasziniert Annas Fähigkeit, das Wesen der Pflanzen zu erkennen – quasi in ihnen zu sein – denn ich sehe nur ihr Äußeres. Als wir einmal am Strand spazierengingen, als gerade die Sonne unterging, beeindruckte mich ihr völliges Versunkensein in den zuerst rosafarbenen, dann violetten Himmel, der sich wie eine Fata Morgana im Meer spiegelte. Auch ich sah die Farben, ich bewunderte sie. Ich sah, wie einzigartig sie waren, aber ich war nicht *in* ihnen. Ich stand draußen und betrachtete sie, während Anna in ihnen aufging, ein Teil des Meers und des Himmels wurde und sich meiner nicht mehr bewußt war.

Zum ersten Mal in meinem Leben fragte ich mich damals, ob ich ohne dieses zweite Auge geboren worden war. Ich fühlte, daß mir etwas fehlte. Und dieses Gefühl unterscheidet mich von Anna.

Immer komme ich mir vor, als würde ich widerrechtlich ein fremdes Reich betreten. Ich bin wie Treibgut im Leben eines anderen Menschen. Träumt sie hier von Ben? Ist dieser Garten nichts als ein Schrein und eine Huldigung an ein für sie endgültig vergangenes Leben? Ein Leben, in dem sie glücklich und jung war? Glaube ich, daß sie mit mir unglücklich ist? Mir wird plötzlich klar, daß ich das glaube, und dieser Gedanke ist so traurig und verwirrend wie meine Gefühle für Hester.

Ich sollte öfter ihr Reich betreten, denn hier lebt Annas Geist, hier schlägt ihr Herz. Hier hat alles Gestalt angenommen, was sie ist und tut. Ich kenne sie nicht. Diese Frau, die ich geheiratet habe, kenne und verstehe ich nicht wirklich. Ich mag sie sehr. Ich bewundere sie. Sie gefällt mir. Ich liebe sie so sehr, wie es mir möglich ist, jemanden zu lieben.

Aber ist das genug? Ich weiß wirklich nicht, ob ich noch die Kraft für eine innige Beziehung habe.

Pud schrieb mir und drängte mich, mit Anna zu sprechen, zu versuchen, ihr meine Schuldgefühle und verwirrenden Empfindungen Hester gegenüber zu erklären. Aber wie kann ich etwas erklären, das ich selbst nicht verstehe? Hier, in Annas Garten, scheint Hester so weit weg zu sein, als hätte ich nie etwas mit ihr zu tun gehabt, und dieses Gefühl birgt sehr viel Frieden. Aber ich weiß, daß es nicht andauern wird. Dieses verdammte Telefon wird läuten und ihr Leben unentwirrbar mit unserem verbinden.

Ich höre Jessie rufen. »Dad, Dad.« Mit verärgerter Stimme. Dann kommt sie in den Garten gelaufen. »Das Wasser im Kessel kocht wie verrückt, Dad. Was machst du denn hier?«

»Ich habe den Frieden genossen.«

»Oh.« Sie setzt sich neben mich. »Wo ist Anna?«

»Sie liefert Pflanzen aus. Jess, würdest du sagen, du bist glücklich?«

Jessie starrt mich an. »Warum? Jetzt, in diesem Augenblick, meinst du?«

»Ich meine, im allgemeinen.«

»Ich würde lieber in der Stadt wohnen.«

»Und abgesehen davon?«

Sie knabbert an einem Fingernagel und schnieft. »Du meinst, ob es für mich okay ist, mit Anna zu leben, nicht wahr?«

»So ähnlich, ja.«

»Ja, das ist schon in Ordnung. Dad, fährst du mich nach Truro? Ich möchte mich mit Lily und anderen Freunden im Schwimmbad treffen.«

Ich sehe sie an. Sie ist die Tochter ihres Vaters, denn sie behält ihre Gedanken für sich, weil sie gern die Kontrolle behält.

»Na gut. Obwohl es doch eine recht gute Busverbindung nach Truro gibt. Als Gegenleistung machst du Kaffee und Toast.«

»Abgemacht! Dad, du mußt dich aber beeilen, ich habe nur noch eine Stunde Zeit.«

Sie verschwindet summend zwischen den Bäumen, und ich lächle. Ich habe meine Antwort bekommen. Jess geht es gut.

Als ich durch den Garten zum Haus gehe, höre ich den rosafarbenen Campingbus. Ich sehe Alice herausspringen, der Bus wendet, und sie ruft ihren beiden Jungen etwas zu, ehe der Bus im Staub der Auffahrt verschwindet. Ich bin verärgert. Ich wußte nicht, daß sie heute kommt, und es ist mir peinlich, daß sie mich im Morgenrock sieht.

Alice wirft den Kopf in den Nacken und lacht, als ich versuche, mich an ihr vorbei zur Küchentür zu schleichen.

»So, so«, ruft sie, »ein bißchen Dekadenz, der Manager mischt sich heute unters gemeine Volk, wie?«

Ich grinse sie an. Alice amüsiert mich. Nur ein paar Leute haben den Mut, mich zu wecken. Ich habe ein Gesicht, das entmutigend wirkt. Alice fürchtet sich vor niemandem.

Jess hört sie und schießt um die Ecke, ihr Gesicht leuchtet beim Anblick der exzentrischen Alice auf. »Komm rein, Alice und frühstücke mit uns.«

Ich lasse die beiden allein und gehe nach oben, um zu duschen. Plötzlich bin ich fröhlich. Ich will versuchen, mit Anna zu reden. Ich habe viel zuviel zu verlieren, wenn ich es nicht tue.

26

Hester

Janice Sowieso hämmert gegen meine Tür, ehe ich aufgestanden bin. Sie weckt mich. Dieses verdammte Weib weckt mich, und jagt mir außerdem einen Schrecken ein. Einen Augenblick lang weiß ich nicht, wo ich bin.

»Was glaubst du wohl, wie spät es ist?« frage ich mürrisch. »Ich habe noch tief geschlafen.«

»Es ist halb elf, Hester, und du solltest um neun in der Klinik sein und dein Rezept abholen. Erinnerst du dich nicht mehr?«

»Nein.«

Sie seufzt und drängt sich an mir vorbei ins Haus, ohne hereingebeten worden zu sein. Sie zieht die Vorhänge im Wohnzimmer auf und schaut sich um. Ich merke, daß sie schlecht aufgelegt ist. Mein Kopf schmerzt, er pocht, als wäre jemand da drin.

Sie hebt meinen Teller, von dem ich zu Abend gegessen habe, vom Boden auf und ein paar Tassen und Sachen, die ich dort stehengelassen habe und die sie nichts angehen, und trägt sie in die Küche und knallt sie in die Spüle. Ich kann hören, daß sie an meiner Tablettenpackung rumfummelt, die Folie macht plop, als sie die Löcher drückt, um meine Pillen zu zählen.

Sie seufzt wieder. Ich habe ihr Seufzen satt. Ich gehe in die Küche. »Hester«, sagt sie, »es sind nur noch zwei Tabletten übrig. Du solltest noch eine Wochenration haben. Hast du irgendwo noch eine Packung?«

»Weiß ich doch nicht.«

»Hast du gestern abend eine genommen?« Sie starrt mich an. »Oder mehr als eine?«

»Ich kann mich nicht erinnern.«

Ihre Stimme wird lauter. »Aber man hat es dir immer und immer wieder gesagt, Hester. Du darfst nur eine auf einmal nehmen. Zwei zu nehmen, wenn du's mal vergessen hast, bringt nichts.«

»Es ist nicht meine Schuld. Manchmal vergesse ich die am Morgen, also nehme ich zwei am Abend. Auf der Pakkung steht, zwei am Tag, nicht wahr?«

»*Zwei am Tag, morgens und abends.*« Sie schreit fast. »Wir haben das immer wieder besprochen, Hester. Die einzeln in Folie verpackten Pillen erleichtern es dir doch, daran zu denken. Ich weiß, daß du sehr gut verstehst, wie wichtig die richtige Dosierung ist. Warum bist du nur so querköpfig?«

Sie schiebt mit der Hand ihr langes Haar zurück und schließt kurz die Augen. Sie hat große dunkle Ringe unter den Augen. Ich habe sie noch nie zuvor in diesem Zustand gesehen, so als könnte sie gleich in Tränen ausbrechen.

Sie dreht sich um, steckt den Stecker meines Wasserkessels in die Steckdose und sagt ruhig: »Geh und zieh dich bitte an, Hester. Ich mache dir Tee, und dann fahre ich dich zur Klinik, damit du dein Rezept abholen kannst.«

Das ist nett von ihr. Sie tut mir leid. Ich weiß nicht, warum.

»Mach dir auch Tee. Du siehst müde aus«, sage ich zu ihr.

Sie lächelt mich an. »Danke, Hester. Kannst du dich beeilen? Eigentlich sollte ich bei einer wichtigen Besprechung sein.«

Ich gehe und ziehe mich an, und während ich meinen Tee trinke, beobachtet sie mich. Nach einer Weile sagt sie: »Hester, glaubst du nicht, daß es wichtig ist, deine Wohnung sauber und ordentlich zu halten? Es ist eine so hübsche, helle Wohnung. Bist du nicht stolz darauf?«

»Ist schon gut.«

»Noch etwas, Hester. Du mußt deinen Abfall in die bereitgestellte grüne Tonne werfen, nicht einfach vor die Tür stellen, wo er stinkt und Tiere anlockt.«

Ich schaue sie an. »Wer hat gesagt, daß ich das tue?«

»Ich hab's gesehen. Und ich glaube, ein paar deiner Nachbarn haben dich gebeten, die Tonnen zu benutzen, nicht wahr?«

»Die! Keiner von denen mag mich.«

»Ich bin mir ziemlich sicher, daß das nicht stimmt. Sie wollen freundlich sein, aber du bist manchmal unhöflich zu ihnen, nicht wahr, Hester?«

»Sie flüstern hinter meinem Rücken, und ihre Kinder beschimpfen mich. Sie rufen mir Wörter nach.«

Ich fühle, wie Wut in mir aufsteigt. Ich hasse sie alle, sie glauben, daß sie vornehm sind, und tun immer so affektiert. Aber das sind sie nicht.

Janice Sowieso beugt sich vor. Ich möchte ihr dieses schrecklich krause Haar abschneiden.

»Bitte, versuch mit den Leuten auszukommen, Hester. Dann wird das Leben für dich viel leichter sein.« Sie steht auf und sagt: »Und noch etwas: Ich werde dich nicht mehr so oft wie bisher besuchen können. Ich habe ein enormes Arbeitspensum zu erledigen und kann mich nicht um jeden einzelnen Fall kümmern. Deshalb ist es so wichtig, daß du anfängst, die Verantwortung für deine Medikation zu übernehmen.«

Ich schaue sie an, und mein Herz beginnt zu hämmern. »Heißt das, du kommst nicht wieder?«

»Nein, das heißt es nicht. Ich bin noch immer deine Sozialarbeiterin, und du stehst weiterhin unter meiner Obhut. Aber würdest du bitte regelmäßig ins Tageszentrum zu deiner weiteren Betreuung kommen, Hester? Dieses Zentrum wurde ausschließlich für Menschen eingerichtet, die in der Klinik gewesen sind, und du kannst dort jedes Problem zur Sprache bringen und bekommst Hilfe.«

»Es ist zu weit.«

»Es ist nicht zu weit. Bist du fertig? Von hier dauert die Fahrt mit dem Bus weniger als fünfzehn Minuten.«

Ich hole meine Handtasche, und wir schließen die Wohnung ab und steigen in ihr Auto, das geputzt werden müßte, und als wir losfahren, sagt sie: »Ich hatte gehofft, dir eine Hilfskraft besorgen zu können, jemanden, der dir bei der Hausarbeit und so hilft, aber leider ist das wegen der Kürzungen ...«

»Gefällt dir dein Job?« frage ich.

»Früher, als ich anfing, hat er mir gefallen, Hester.«

»Du bist doch noch jung.«

Sie lächelt. Wenn sie lächelt, sieht sie viel besser aus. »Das bin ich nicht. Ich bin fast sechsunddreißig.«

»Das sieht man dir nicht an, aber du hast dunkle Ringe unter den Augen.«

»Ich mußte diesen Monat eine Menge Überstunden machen. Eine Kollegin ist krank, und eine hat Mutterschaftsurlaub, und für beide gab's keinen Ersatz.«

»Du brauchst Urlaub.«

Sie lacht und schnieft. »O ja! In zwei Wochen fahre ich mit meinem Freund zum Camping nach Frankreich.«

»Wie schön. Viel Spaß.«

»Danke, Hester.«

»Ich habe früher fürs Fremdenverkehrsamt in Oxford gearbeitet. Das war ein sehr guter Job.«

Sie scheint überrascht zu sein. Sie parkt vor der Klinik und sieht mich an. »Ach, tatsächlich? Das muß eine sehr interessante Arbeit gewesen sein.«

»O ja. Aber mein Mann hat mich gezwungen zu kündigen. Ich habe da viele Leute kennengelernt, verstehst du, er war eifersüchtig.«

Sie verzieht den Mund zu einem eigenartigen Lächeln, das kein Lächeln ist, weil es sie traurig aussehen läßt. Sie sagt: »Ich wünsche dir einen schönen Tag, Hester. Du wirst drinnen erwartet. Wir sehen uns bald wieder.«

Ich steige aus, und sie rast davon. Ich will da nicht reingehen, die reden und reden über die verdammten Pillen, als wäre ich ein Kind. Ich bin keines mehr und kann tun, was mir gefällt. Sie kontrollieren die Leute gern, die Sozialämter, jeder weiß das. Ich will mich gerade davonschleichen, als ich jemanden sehe, den ich aus der Klinik kenne, also gehe ich rein. Ich denke plötzlich an etwas Schönes. Janice Hardy-Sowieso fährt in Urlaub. Warum sollte ich das nicht auch tun?

Ich hatte seit einer Ewigkeit keinen Urlaub mehr. Ich werde auch zelten gehen. Das ist eine sehr gute Idee. Ich muß mir die Sachen kaufen, die ich brauche, und dann fahre ich mit dem Zug nach Cornwall.

Ich werde ihnen nicht sagen, daß ich komme. Ich rufe an, wenn ich dort bin. Ich werde meinem Mann sagen, er soll Jess darauf vorbereiten. Sie liebt Camping, Jess liebt es.

27

ANNA

Chrysanthemum parthenium. Wucherblume.
Weißstrahlige Blütenköpfe mit gelber Scheibe.
Die Blätter haben einen beißenden Geruch; sie
eignet sich also nicht als Schnittblume.

DAS TELEFON LÄUTET UND LÄUTET. Ich höre es, als ich mit dem Bewässern anfange, und es läutet noch immer, als ich zum Haus hinaufgehe, um das Brathähnchen im Ofen zu wenden. Ich höre Ian gepreßt sagen: »Ich hole Jessie, aber diese Anrufe müssen aufhören, sonst muß ich meine Nummer ändern lassen. Wenn du gelegentlich anrufst, ist das in Ordnung, aber du rufst dauernd an, Hester.«

Jessie und Lily kommen kichernd durch die Haustür gepoltert und laufen nach oben. Jessie hat seit Wochen Ferien, und ich habe Angst, daß sie sich langweilt oder sich mit Lily zerstreitet, denn dann werde ich wirklich Probleme haben.

Zur Zeit ist es verboten, mit dem Schlauch den Garten zu spritzen, und obwohl das Verbot für mich nicht gilt, weil ich eine Gärtnerei betreibe, muß ich sorgfältig mit Wasser umgehen. In Eimern haben wir das

Bade- und Spülwasser zu den Gewächshäusern geschleppt.

Alice ist wundervoll gewesen, sie hat zusätzliche Stunden gearbeitet, trotzdem sind wir beide von der Schufterei in dieser Hitze erschöpft. Auch Ian hat mir jeden Abend geholfen, die Eimer runterzutragen und die Regentonnen vor dem Sommerhaus zu füllen. Aber er steht unter Druck, weil seine Firma sich an einer Ausschreibung der Stadt beteiligt und sie unbedingt den Auftrag bekommen wollen.

Während der Woche sehen wir uns nur wenig. Ich bin im Garten, bis es zu dunkel ist, um noch etwas zu erkennen, und Ian arbeitet bis spät in die Nacht, wenn ich längst todmüde ins Bett gefallen bin. Morgens bin ich vor ihm aufgestanden und im Garten, also sehen wir uns nur beim Abendessen, vor dem mir mittlerweile graut.

Denn Hester scheint alle Abendessen zu dominieren. Ihr Timing ist unfehlbar. Ganz gleich, wann wir uns zu Tisch setzen, sie schafft es, die Mahlzeit zu stören. Der Anrufbeantworter bringt sie in Rage, und Ian muß ihn abschalten, sonst bespricht sie das ganze Band, was wiederum ihn wütend macht. Wir sitzen – innerlich gewappnet gegen Hesters Anruf – da und versuchen, uns normal zu benehmen und uns einzureden, daß das Telefon nicht läuten wird. Wenn wir dann den Hörer während des Essens von der Gabel nehmen, was wir oft tun, sind ihre Beschimpfungen um so schlimmer. Ich weigere mich, überhaupt noch ans Telefon zu gehen, aus lauter Angst vor ihr. Jeden Abend gehe ich nach dem Essen sofort wieder in meine Gewächshäuser, weg von diesen endlosen Anrufen, die unser Leben und unsere früher so wundervollen, langen Sommerabende zerstören und uns zermürben.

Wenn Lily bei Jessie übernachtet, diskutieren die beiden den Anruf in der Geborgenheit ihres Zimmers. Aber die Hester, von der Jessie Lily erzählt, ist nicht diejenige, über die sie mit mir redet, oder diejenige, von der sie fürchtet, sie könne vor der Tür stehen. Es ist eine aufpolierte Version für Schulmädchenphantasien.

Als ich heute abend zum Haus gehe, um eine Pause zu machen, gieße ich mir ein Glas Wein ein, hole ein Bier für Ian aus dem Kühlschrank und gehe nach oben. Er sitzt mit angespanntem, verschlossenem Gesicht an seinem Schreibtisch. Ich merke, daß er genug von Hester hat.

Er nimmt das Bier und trinkt die Flasche mit ein paar Schlucken fast leer. »Hast du einen Augenblick Zeit, dich zu mir zu setzen?« fragt er.

»Natürlich habe ich die.« Ich lasse mich müde in den Sessel vor seinem Schreibtisch fallen. »Wieder aufzustehen wird zum Problem!«

Er lächelt mich erschöpft an. »Wie kommst du zurecht?«

»Mir gehen viel zu viele Pflanzen ein. Das bedeutet auf jeden Fall, daß ich finanzielle Einbußen haben werde, Ian.«

»Tja, gegen eine Hitzewelle kannst du leider nichts ausrichten.« Er spielt zerstreut mit einem Zeichenstift.

»Was ist denn los?« frage ich. »Abgesehen von dem, was offensichtlich ist.«

»Es geht um das Offensichtliche«, sagt er. »So kann es nicht weitergehen, Anna. Ich habe mich geirrt. Hester ruft dauernd an. Sie hört einfach nicht auf damit.«

»Wenn sich doch nur die Jungs melden würden; dann könnte ich ihnen sagen, daß wir unsere Telefonnummer ändern müssen.«

»Es geht nicht nur um die Jungs. Ich habe es einfach satt bis obenhin. Wir sind beide Geschäftsleute und sollten keine Geheimnummer haben. Wenn die Leute dich nicht erreichen können, gehen sie woandershin. Es hat überhaupt nichts genützt, daß wir nicht im Telefonbuch stehen. Sie hat die Nummer trotzdem rausgekriegt.«

»Aber wir können doch nichts tun, oder? Außer die Telefonnummer ändern?«

»Ich könnte zur Polizei gehen. Wir werden belästigt, Anna, und es gibt ein Gesetz, das vor solchen Belästigungen schützt.«

»Dafür braucht man doch eine gerichtliche Verfügung oder so was? Müssen wir vor Gericht gehen und die Telefonate eventuell aufzeichnen, damit wir ihre Belästigungen beweisen können?«

»Ja. Ich dachte, wenn ich die Polizei einschalte, könnte sie ihren Einfluß beim Sozialamt geltend machen und darauf drängen, daß Hester einen Vormund bekommt.«

»Ist denn das Sozialamt nicht für sie verantwortlich?«

»Vermutlich. Ich weiß es nicht. Das Sozialamt ist verantwortlich für ihre Medikation und ihre Entlassung aus der Klinik, weil ihr Geisteszustand es angeblich erlaubt, daß sie ein eigenständiges Leben führen kann.«

»Ich weiß nicht, ob das so einfach ist, Ian. Vermutlich wird von uns erwartet, daß wir uns um Menschen wie Hester kümmern. Ist das nicht der Sinn der Gemeindefürsorge?«

Ian schaut mich an. »So sollte es wohl sein. Aber gilt das auch, wenn Menschen wie Hester anderer Leute Leben zerstören und immer weiter zerstören?«

Ich stehe auf und gehe zu ihm. Er schlingt die Arme um

mich und lehnt seinen Kopf an meinen. Er ist schwer, und ich fühle die Erschöpfung in seinem Kopf.

»Ich hätte dich nicht heiraten sollen, Anna. Das war ein großer Fehler.«

Ich löse mich von ihm. »Na, na, jetzt wirst du rührselig. Komm, wir machen einen Spaziergang, ehe es zu dunkel wird. Du bist erschöpft, Ian. Entspann dich eine halbe Stunde, und dann gehen wir ins Bett, ausnahmsweise mal gemeinsam.«

Er lacht und steht auf. »Leider werde ich heute nur noch zum Schlafen taugen.«

»Mach dir darum keine Sorgen, mir geht's genauso.«

Wir sagen Jess Bescheid, holen Hebe und gehen den Weg hinunter zu dem ausgebrannten Herrenhaus. Die Nacht ist so still, daß man ein Blatt fallen hören kann. Die Erde ist hart und rissig, und am Wegrand wuchert Bärenklau. Schweigend gehen wir zum Herrenhaus. Als wir zum Tor kommen, sage ich: »Möchtest du, daß Hester wieder in einer geschlossenen Abteilung lebt?«

Ian lehnt sich ans Tor und schaut zu dem Haus mit den klaffenden Fensterhöhlen hinauf.

»Ich weiß es nicht. Wahrscheinlich würde es mir leid tun, wenn sie wieder eingesperrt werden müßte.«

»Ich verstehe dich nicht, Ian. Was willst du denn für sie? Was, glaubst du, sollte mit ihr geschehen?«

Ian antwortet nicht. Das Schweigen zwischen uns wächst.

Ich denke an jene andere Nacht, die Nacht des Unwetters, als Ian Jessie erzählte, daß Hester unsere Telefonnummer habe. Da war ein Ausdruck in seinem Gesicht gewesen, den ich nicht deuten konnte.

Doch dann habe ich Jess angeschaut und flüchtig einen seltsam verschlagenen Ausdruck der Erregung über ihr Gesicht huschen sehen. Die Erregung wurde schnell zu Entsetzen, aber sie hatte existiert.

Die beiden tauschten damals einen Blick leidenschaftlicher Spannung vor dem Hintergrund des tobenden Unwetters aus. Ich habe mich plötzlich gefragt, ob sie in ihrem Leben Hesters ständige Herausforderung brauchen, wie geprügelte Ehefrauen, die zu ihren Männern zurückkehren und sich weiter prügeln lassen.

Geht es ihnen wie mir, wenn ich von Ben und meinem alten Leben träume? Halten die beiden diese Gefühle für ihr wirkliches Leben, ein Leben, das längst vorbei ist?

Schreien sie zu laut, protestieren sie zu heftig? Ich fühle dieselbe Unruhe wie an jenem Abend, als Blitze über den Bäumen zuckten, von Donnerschlägen gefolgt.

Ist es das, was Hester weiß, tief, tief in ihrem Innersten?

Ich sage leise: »Was fühlst du für Hester, Ian?«

Er wendet dem Haus den Rücken zu und sieht mich an. »Sie ist die Mutter meines Kindes, Anna. Ich fühle nur abgrundtiefe Traurigkeit. Sie ist in der Vergangenheit stehengeblieben. Jessie ist fünf, und ich bin noch immer ihr Mann. Sie ist unfähig, sich weiterzuentwickeln. Die Vergangenheit hält sie gefangen.«

Ich fühle eine Leere in meinem Magen, und ich bin entsetzt. Das hatte ich nicht erwartet. Ich fühle mich plötzlich isoliert, und dabei ist es völlig normal, daß er diese Gefühle hat. Schließlich war Hester seine Frau. Ich glaubte nur, er würde außer Zorn nichts mehr für sie empfinden. Und deshalb bin ich zutiefst schockiert.

Und verwirrt.

Wir gehen weiter, machen kehrt und nehmen eine Abkürzung durch den Wald, vor dem ich mich so fürchte. Das Licht schwindet, und ich gehe an der Seite eines Menschen durch die Dämmerung, den ich überhaupt nicht kenne. Ich teile Leben und Bett mit einem Mann, der seine Gefühle geschickt verbirgt. Schmerz steigt in mir auf, drückt gegen meine Brust.

Plötzlich stoßen wir auf Dachse, kleine, tapsige Junge. Aufgeregt erstarren wir und schauen zu, wie sie sich jagen und wie Welpen spielen. Doch sie entdecken uns bald und verschwinden blitzschnell. Da hält Ian meine Hand fest. »Anna, manchmal habe ich das Gefühl, ich hätte weiterhin für Hester die Verantwortung tragen müssen. Verstehst du das? In Freud und Leid, in guten und in schlechten Tagen.«

Ich entziehe ihm meine Hand. »Vielleicht hättest du dir das klarmachen sollen, ehe du mich geheiratet hast. Ist es für solche Überlegungen jetzt nicht ein bißchen zu spät?«

»Ach, Anna, so habe ich das nicht gemeint. Du weißt doch, daß ich mir nicht wünsche, dich nicht geheiratet zu haben. Ich will damit nur sagen, daß ich mich manchmal frage, ob ich das Recht dazu hatte.«

»Das Recht, dich von Hester scheiden zu lassen? Oder das Recht, mich zu heiraten?«

Ich bin sehr wütend.

Er zwingt mich, ihn anzusehen. »Anna, ich bin müde. Das Recht, dich zu heiraten und dir das alles aufzubürden. Aber ja, ich habe Schuldgefühle. Vielleicht sollte Hester noch immer mein Problem sein.«

Ich friere, und es ist dunkel, und ich mag diesen finsteren Wald nicht. Ich mag ihn nicht einmal am hellichten Tag, wenn die Sonne scheint. Jetzt spüre ich, wie mich dieser

Wald umschließt, er will mich in seiner Finsternis gefangenhalten.

»Du glaubst doch, du hättest eine lebenslängliche Freiheitsstrafe verdient, nicht wahr, Ian? Vielleicht solltest du dir endlich einmal darüber klarwerden, was du wirklich für Hester empfindest. Woher kommen diese Schuldgefühle?« frage ich wütend. »Bist du nur überreizt und tust dir selbst leid? Hast du das Gefühl, irgendwie an ihrem Geisteszustand schuld zu sein? Hast du das Gefühl des Verlustes? Weil Hester trotz allem die Mutter deiner Tochter ist? Vielleicht liebst du sie noch immer? Gibt es da immer noch eine Verbindung, die ich nicht begreifen kann?«

Ian unterbricht mich. »Anna, warum bist du so zornig? Natürlich liebe ich sie nicht mehr. Ich bin wütend und frustriert. Sie tut mir leid, und ich komme mir ... unnütz vor. Ich kann nichts gegen ihre Aufdringlichkeit tun. Ich kann ihre Anwesenheit in unserem Leben nicht verhindern. Ich möchte, daß sie uns in Ruhe läßt. Aber manchmal höre ich ihre Stimme und erinnere mich, wie sie war, als ich sie kennenlernte, als ich sie heiratete, schlank und dunkel und hübsch. Dann habe ich Schuldgefühle, Anna.« Er zwingt mich wieder, ihn anzusehen. »Anna, meine Gefühle für Hester entsetzen mich manchmal. Ich hasse es, daß sie diese Gefühle in mir weckt. Ich bin an einem Punkt angelangt, wo ich dem Menschen, der einmal meine Frau war, den Tod wünsche.«

»Ian.« Mich schaudert. »Entschuldige. Ich will jetzt nicht weiter darüber reden. Mir ist kalt, und Jessie ist allein im Haus.«

Wir stolpern schweigend weiter und gehen über den schmalen, überwachsenen Pfad aus dem Wald, der an dem

Zaun entlangführt, der diesen Teil des Waldes von dem Privatwald hinter dem Haus trennt.

Als wir den Pfad hinuntergehen, sträuben sich plötzlich meine Nackenhaare. Hebe fängt leise zu knurren an. Ich starre in die Dunkelheit, kann aber nichts sehen. Ich mache kehrt und laufe den Pfad hinunter auf die Lichter des Hauses zu. Sie sehen einladend aus. Jessie hat ihre Vorhänge zugezogen. Das tut sie immer, aber Licht fällt aus dem Küchenfenster auf die Steinplatten. Unter mir kann ich das im Dunkeln leuchtende Weiß des Bauerntabaks und der Rosen sehen.

Jessie steht in der Haustür und leuchtet mit einer Taschenlampe den Weg hinunter. Alle Lichter im Haus brennen. »Wo, um Himmels willen, wart ihr?« schreit sie. »Ich habe mir solche Sorgen gemacht!«

Ian und ich brechen in Gelächter aus. Sie hat sich eine Schürze umgebunden und voluminöse Hundepantoffeln an den Füßen. Sie steht – die Hände in die Hüften gestemmt – im Licht, das auf die Terrasse fällt. »Es war unheimlich, so ganz allein. Ihr solltet mich wirklich nicht so lange allein lassen.« Aber sie grinst uns an und ist froh, daß wir wieder da sind.

»Entschuldige«, sagt Ian.

»Ich hasse diese Dunkelheit. Gäb's da draußen doch ein paar Häuser mit funkelnden Lichtern.«

»Ich gehe schnell zu den Gewächshäusern und prüfe, ob alles in Ordnung ist. Leihst du mir deine Taschenlampe, Jess?«

Ian sagt zu Jess: »Ich begleite Anna in den Garten.«

Ich schaue ihn an. »Das ist nicht nötig, ich tue das jeden Abend. Um diese Zeit bin ich oft da unten.«

»Das ist mir egal«, sagt er und folgt mir. »Heute abend komme ich mit.«

Entsetzliche Schreie wecken mich. Ian ist aus dem Bett gesprungen, ehe ich überhaupt einen klaren Gedanken fassen kann. Als ich in Jessies Zimmer komme, wiegt er eine schluchzende Jessie, die sich an ihn schmiegt, als wollte sie in ihn hineinkriechen.

»Sie war im Zimmer«, schluchzt Jess. »Sie war hier in meinem Zimmer, Dad. Sie war ... sie war ... ich hab sie gesehen.«

»Nein. Du hast geträumt, Jess. Du hattest nur einen Alptraum. Hier ist niemand. Niemand kann ins Haus kommen. Es war nur ein entsetzlicher Traum.«

»Ich bin mir sicher, daß sie an meinem Bett stand. Ich bin mir sicher, daß sie in meinem Zimmer war. Ich habe sie gespürt.«

»Jess, hör damit auf«, sagt Ian entschieden. »Deine Mutter kann nicht ins Haus. Sie weiß nicht einmal, wo wir wohnen. Sie ist in London. Du solltest abends keinen Käsetoast essen.« Er versucht, sie zum Lachen zu bringen.

Jessie dreht sich um und schaut mich an. »Ich gehe und mache Tee, und dann prüfe ich noch einmal, ob alle Türen abgesperrt sind, Jess.«

»Und die Fenster«, ruft sie mir nach.

Ich sehe überall nach. Fenster und Türen sind geschlossen. Jessie ist erleichtert.

Als wir uns in der Küche um den Herd drängen, beschließe ich, Vorhänge für die Fenster zu nähen. Ian bringt Jessie wieder ins Bett und deckt sie wie eine Dreijährige zu. Sie genießt seine ausschließliche Aufmerksamkeit. Mir wird plötzlich bewußt, daß wir beide so beschäftigt sind, daß sich Jess – trotz ihrer Freunde – vernachlässigt fühlt.

Ian braucht eine Ewigkeit, um wieder ins Bett zu kommen, und ich stehe auf, um nachzusehen, was er tut. Er prüft, ob die Haustür abgeschlossen ist und ob die beiden schmalen Seitenfenster verriegelt sind. Ich beobachte ihn, wie er die Tür zu der Holzgarage prüft, die wir angebaut haben. Sein Gesicht sieht in der Dunkelheit weiß aus. Er sieht mich nicht auf der Treppe stehen.

Plötzlich fällt mir ein, was er mir einmal erzählt hat.

»Das Seltsame ist, Anna, daß immer, ehe Hester auftaucht, Jessie diese schrecklichen Alpträume hat; als wüßte sie, wann ihre Mutter in der Nähe ist.«

Zum zweiten Mal heute abend sträuben sich mir die Nackenhaare. Ich drehe mich um und stolpere ins Schlafzimmer. Ich durchquere es, gehe in das kleine Ankleidezimmer und mache die Tür hinter mir zu. Ich knipse die kleine Lampe an, und Licht fällt auf das Foto meiner lächelnden Söhne. Auf Ben.

Ich schließe die Augen. Ich werde so tun als ob. Ich werde so tun, als ob er nicht tot wäre. Ich werde so tun, als wäre ich wieder im Cottage am Meer und in Sicherheit. Alle Lampen brennen, und Ben und ich lachen beim Kochen. Von oben dröhnt laute Musik aus den Zimmern der Jungen, und Ben sieht mich an und lächelt dieses träge Lächeln, bei dem mir immer die Knie weich werden.

June ist in ihrem großen Haus, und wenn ich die Augen aufmache, werde ich die alte Zeder sehen und ihr Rascheln im Wind hören und wie das Brechen der Wellen auf weißem Sand und das sanfte Flüstern vertrauter Stimmen in süß duftenden Zweigen.

28

HESTER

ES IST DUNKEL, UND DIE NACHT IST SEHR HEISS. Ich kann nicht schlafen. Ich stehe auf und betrachte das Bild, das ich gekauft habe. Es stellt ein kleines Mädchen in einem altmodischen Kleid mit einem Welpen und einem Kätzchen dar. Sie ist wie meine Jessie. Ich stelle es auf einen Stuhl, weil ich keinen Haken habe, mit dem ich es aufhängen könnte.

Ich glaube, ich packe jetzt. Zuerst mache ich aber Tee. Ich weiß nicht, wie spät es ist, denn meine Uhr ist stehengeblieben, aber es muß sehr spät sein, weil es draußen ruhig ist. Niemand schreit oder schimpft rum.

Ich habe in dem Billigladen einen Trainingsanzug gekauft. Den werde ich fürs Land brauchen. Und ich habe einen Schlafsack und eine Plastikplane gekauft. Mir fiel ein, daß man so was braucht, wenn man Camping macht. Damals war Jessie noch ein Baby, und sie mußte es immer warm haben.

Ich habe auch ein Geschenk für Jessie gekauft, falls sie Geburtstag haben sollte, es könnte ja sein. Es ist ein Kleid. Es ist sehr hübsch und mit Smokarbeit verziert. Und mir habe ich einen Rock und ein T-Shirt gekauft, die ziehe ich dann an, wenn ich zu ihrer Party gehe. Ich habe mein ganzes Geld ausgegeben.

Der Tee schmeckt gräßlich; ich glaube, er ist zu alt. Ich weiß nicht, wo ich meine Sachen hineintun soll. Ich werde in ihr Haus gehen müssen und nach etwas suchen. Die Sonne geht auf, also kann ich jetzt gehen. Ich werde zu Fuß losziehen müssen, weil ich kein Geld habe.

Es ist schön draußen, niemand ist auf der Straße, außer dem alten Landstreicher, der vor der Tür des Zeitungshändlers liegt. Er tut mir leid, obwohl er ziemlich eklig werden kann und rumschreit.

Als ich zu ihrem Haus komme, läute ich, aber niemand antwortet. Ich weiß, daß sie da ist, weil die Vorhänge in ihrem Schlafzimmer zugezogen sind und sie nie früh aufsteht, sie ist zu dick und faul.

Ich läute und läute, und dann hämmere ich an die Tür und schreie nach ihr, damit sie aufmacht. Sie ist wirklich ein Arschloch. Die Leute in den Nachbarhäusern schauen jetzt aus ihren Fenstern und rufen mir zu, ich soll still sein. Ein Mann öffnet ein Fenster und ruft zu mir runter. Er ist schwarz und hat graues gelocktes Haar. »Hester«, ruft er, »weißt du, wie spät es ist, Frau? Es ist erst halb sechs Uhr morgens, und deine Mutter schläft noch. Sei ein braves Mädchen und geh jetzt nach Hause und komm am Vormittag wieder.«

»Verpiß dich und kümmere dich um deinen eigenen Dreck!« rufe ich zurück. Ich kann mich nicht an seinen beschissenen Namen erinnern.

Die Vorhänge werden zurückgezogen, und sie erscheint am Fenster. Sie ist sehr alt geworden. Ohne ein Lächeln schaut sie auf mich herunter – wie immer. »Hester, sei ruhig. Du weckst die ganze Nachbarschaft auf. Um Himmels willen, was willst du so früh am Morgen?«

»Laß mich rein. Ich will eine Tasche für meine Sachen. Ich will deine Tasche, die so weich ist. Ich gehe weg.«

Ich höre jemanden rufen: »Halleluja!« Ich schlage wieder dröhnend gegen die Tür. Ich werde langsam wütend.

»Laß mich rein!« schreie ich sie an. »Laß mich rein, du alte Kuh.«

»Tu's nicht!« ruft der schwarze Mann ihr zu. »Soll ich die Polizei benachrichtigen?«

»Nein!« ruft sie zurück. »Gut. Ich komme runter, Hester. Aber du bist jetzt still, okay?«

Auch der schwarze Mann verschwindet vom Fenster, und als sie die Tür öffnet, kommt er aus seiner Tür und marschiert zu uns herüber.

»Ist schon gut, Ronald«, sagt sie. »Das geht schon in Ordnung.«

Er sieht sie an und sagt: »Das hast du mir auch vor vier Jahren erzählt. Laß mich dieses Mal dabei sein, Mai.«

»Worüber redet der eigentlich?« frage ich sie. »Sag ihm, er soll sich verpissen.«

Sie starrt mich an, und ich sehe, daß ihre Hände zittern. Sie ist wirklich alt.

»Na ja«, sagt sie nach einer Weile, »er kann uns Tee kochen, während wir deine Tasche suchen. Das kann er doch tun, oder? Er könnte dir auch etwas Toast machen, wenn du Hunger hast.«

Ich habe Hunger. »Okay«, sage ich und gehe ins Haus, und der schwarze Mann folgt mir.

Sie geht langsam die Treppe hoch. Mit einer Hand hält sie sich am Geländer fest, mit der anderen hält sie ihren Morgenmantel zusammen. Sie sagt mir, ich solle unten bleiben und daß sie bald wieder zurück sein werde. Ich gehe in die Küche und setze mich, und der schwarze Mann schaut mich an.

»Hester«, sagt er, »deine alte Mutter kann solchen Aufruhr nicht vertragen.«

Ich antworte nicht. Ich sehe ihre Tasche auf dem Stuhl liegen, halb vom Tischtuch verdeckt. Von oben sind zwei schwere Schritte zu hören, und der schwarze Mann steht schnell auf und geht raus und ruft, daß er die Taschen runtertragen würde. Ich muß schnell sein. Ich öffne ihre Tasche und sehe ihre Geldbörse. Ich öffne sie, nehme die Banknoten raus, stecke sie in meine Tasche und schließe ihre Handtasche.

Der Mann kommt mit zwei Segeltuchtaschen zurück, aber die will ich nicht. Die eine ist zu groß, und die andere hat nicht die richtige Form. Sie sitzt auf dem Stuhl mir gegenüber.

»Das sind die einzigen weichen Reisetaschen, die ich habe, Hester. Was willst du denn für eine Tasche?«

Mir fällt nicht ein, wie man so was nennt, aber ich erzähle ihr, daß ich meinen Schlafsack reintun und auf dem Rücken tragen will.

»Rucksack!« sagt der schwarze Mann. »Bleib hier. Vielleicht kann ich dir helfen.«

Als er fort ist, macht meine Mutter Tee und sagt: »Wohin willst du verreisen, Hester?«

»Ich fahre in Urlaub, zum Camping. Wie früher.«

Sie starrt mich an. »Mit wem?«

»Mit Wendy, aus der Klinik. Wir campen zusammen.«

»Weiß die Fürsorgerin das, Hester?«

Ich schaue sie an. Sie will nicht, daß ich meine Familie sehe. Sie gehört zu den anderen. Das weiß ich schon seit langem. Diese Pillen sind nur dazu da, meine Gedanken zu verwirren, damit ich nie irgendwohin gehen kann. Auch sie macht sich Sorgen, daß ich meine Pillen nicht nehme. Aber ich muß vorsichtig sein, falls sie mich daran hindern wollen. Jessie braucht mich.

»Natürlich«, sage ich ihr. »Und Melanie. Ich kriege jetzt Spritzen, damit ich die Pillen nicht mehr nehmen muß. Einmal im Monat.«

Sie gibt mir eine Tasse Tee. »Oh, wie schön. Also geht es dir jetzt viel besser?«

»Mir geht's gut. Warum denn nicht?«

Sie läßt sich schwer auf ihren Stuhl am Tisch fallen, so daß mein Tee in die Untertasse schwappt. Sie war schon immer fett und plump. Sie war nie die schöne, lächelnde Frau, für die mein Vater sie hielt. Das war nur eine Maske. Sie tat, als ob. So wie sie jetzt so tut, als ob es sie kümmere, wie es mir geht. Ich bekomme Kopfschmerzen, gleich fängt mein Kopf zu summen an. Ich mag sie nicht. Ich bin nicht gern in ihrer Nähe. Sie macht mich krank.

Mit beiden Händen hat sie ihre Teetasse umfaßt und starrt mich wieder mit diesem Ausdruck im Gesicht an, den ich nicht leiden kann. »Hester«, sagt sie, »ich hoffe, du findest Frieden und wirst glücklich. Ich hoffe, du weißt die Hilfe zu schätzen, die man dir zuteil werden läßt. Es tut mir leid, wenn du das Gefühl hast, daß ich bei dir versagt habe, aber du warst immer die Tochter deines Vaters. Ich habe dich nie verstanden.«

Die Stimmen werden immer lauter, immer lauter, flüstern mir etwas zu.

Ich erinnere mich. Ich erinnere mich, wie ich über einen Weg im Garten auf sie zulaufe. Sie hatte einen langen Zopf, der ihr über die Schulter fiel. Sie lächelte. Als ich bei ihr angekommen war, schlang ich die Arme um ihre Beine und schaute in ihr Gesicht hoch. Das Lächeln erlosch. Sie nahm mich nicht hoch. Sie beugte sich hinunter und löste sich aus meiner Umklammerung. Sie ging weg. Sie mochte mich nicht berühren oder fühlen.

Ich bin nie wieder in ihre Nähe gegangen.

»Du hast mich nie geliebt«, sage ich.

Ihre Augen füllen sich mit Tränen. Der schwarze Mann kommt mit einem von Spinnweben bedeckten Rucksack zurück, genau das, was ich haben will.

Ich lächele. »Danke. Vielen Dank, das ist toll.«

Ich bin glücklich und gehe durch den Flur zur Haustür. »Wiedersehen«, rufe ich.

Ich höre sie sagen: »Oh, Hester, Hester.« Sie sagt das sehr ruhig, ehe ich die Haustür zuschlage.

29

Anna

Dianthus. »Gran's Favourite«. Altmodische Nelken. Blühen üppig im Sommer in süß duftenden Blüten mit dunkelrosa Rand.

Jedes Jahr fliegt Naimah, Bens Mutter, von Belfast nach London zur Chelsea Flower Show im Mai, wo ich mich mit ihr treffe und wo sie ihre englischen Freunde wiedertrifft. Sie wohnt in ihrem Club in der Nähe des West End, und ich fahre mit dem Zug nach London. Dieses Jahr mußte ich auf den Besuch der Gartenausstellung verzichten, aber wir treffen uns im August und gehen ins Theater und zum Essen. Geplant ist, daß wir auch den nächsten Tag gemeinsam verbringen, dann fahre ich mit dem Nachtzug zurück nach Cornwall.

Naimah holt mich vom Bahnhof Paddington ab. Sie hat sich nicht verändert. Sie altert mit sehr viel Würde und steckt noch voller Energie. Früher arbeitete sie als Bildhauerin und ist noch immer sehr irisch und exzentrisch, im Gegensatz zu Bens Vater, der ein konventioneller Offizier war. Doch der Gegensatz schien den beiden nichts ausgemacht zu haben, denn sie führten eine glückliche Ehe.

Ben war der einzige Sohn und hatte vier Schwestern. Als er starb, dachte ich eine Zeitlang, daß auch Naimah die Lust am Leben verloren hätte und sterben wolle. Aber das tat sie nicht. Statt dessen fing sie an zu malen, wundervolle Bilder, die sie auch verkaufen konnte.

Sie umarmt mich fest, dann hält sie mich von sich und mustert mich kritisch. »Mein liebes Mädchen, du bist schön wie immer, aber so dünn und braun. Wie eine kleine Inderin!«

Ich lache und betrachte ihr immer noch schönes Gesicht mit dem typisch irischen Teint, sehr blaß, fast durchsichtig, wo man die Adern unter der hellen Haut sehen kann.

»Und du«, sage ich, »bist erstaunlich, Naimah. Während alle Menschen altern, bleibst du immer dieselbe!«

»Weißt du eigentlich, daß ich schon achtzig bin, Liebling? Ist das nicht entsetzlich?«

Sie hakt mich unter, und wir gehen langsam den Bahnsteig hinunter. Sie benutzt zum Gehen einen Stock, und ich spüre ihre Zerbrechlichkeit. Der Gedanke, daß sie sterben könnte, ist mir unerträglich.

»Überall hört man, daß *Baumeister Solness* ein sehr gutes Stück sein soll. Deshalb habe ich Karten reservieren lassen. Magst du Ibsen, Liebling? Ist dir das Stück auch nicht zu schwer?«

»Zwar lebe ich am Ende der Welt, Naimah, aber mein Gehirn funktioniert noch genauso gut wie früher.«

Naimah lacht. »Ach, wie schön, dich zu sehen, mein Kind.«

Als wir im Theater sitzen, ist es wie früher. Wenn Ben Heimaturlaub hatte und Naimah nach London reiste, kam er ebenfalls mit. Doch meistens traf ich mich mit Naimah zur Chelsea Flower Show. Das Stück gefällt uns, ich entspanne mich und genieße den Trubel in London. Naimah hat einen Tisch in einem griechischen Restaurant in der Nähe des Theaters reservieren lassen, und als wir uns nach der Vorstellung gegenübersitzen und das Stück diskutieren, sagt sie plötzlich: »Liebes Kind, bist du glücklich?«

Ich komme mir überrumpelt vor. »Naimah, warum fragst du mich das aus heiterem Himmel?«

»Weil du so müde und angespannt aussahst, als du aus dem Zug stiegst. So verloren. Und ich spürte, wie du dich im Lauf des Abends immer mehr entspanntest, immer mehr du selbst wurdest. Doch die lebhafte, gesprächige kleine Annie scheint es wohl nicht mehr zu geben.«

Ich weiß nicht, was ich sagen soll. Als ich ihr geliebtes Gesicht betrachte, frage ich mich, wie sehr ich mich verändert haben mag. Meine so sorgfältig kontrollierten Gefühle drohen plötzlich an die Oberfläche zu kommen und mich zu überschwemmen. Ich weiß nicht, was ich fühle; ich weiß nicht, was ich will; ich weiß nicht mehr, wer ich bin. Ich scheine ein Leben zu leben, in dem ich versuche, zu vergessen und so zu tun, als ob. Und ich scheine zu glauben, daß die Menschen das nicht merken, wenn ich mir nur genügend Mühe gebe.

Sie greift nach meiner Hand. Ihre ist sehr blaß und mit braunen Altersflecken auf dem Handrücken, und ich nehme diese zarten, geschickten Finger und umfasse sie. Sie spricht nicht, sie wartet, bis ich spreche. Deshalb versuche ich es. Ich versuche zu erklären, wie es ist, wenn man sich entwurzelt fühlt, wie es ist, mit zwei Menschen zusammenzuleben, die ich nicht richtig verstehe, und täglich mit den Stimmen der Menschen zu leben, die ich verstehe, aber die nicht mehr mit mir leben.

Und noch immer ist für mich das Wesen der Menschen, die in der Vergangenheit mein Leben waren, vertrauter und realer als das der Menschen, mit denen ich jetzt zusammenlebe. Deshalb weiß ich nicht, woran ich mich festhalten soll, denn ich bewege mich auf unsicherem Boden. Ich weiß nicht mehr, was es heißt, in Sicherheit zu leben. Ich habe vergessen, wie es ist, ohne Angst zu leben. Diese Angst ist tief in mir, sie ist immer vorhanden, sie ist ein Teil von mir geworden.

Nur Naimah kann ich meine vagen Gefühle schildern, Gefühle, die ich nicht fassen kann, wie diese große Angst, dieses Grauen, das ich nicht benennen kann, dessen Gesicht ich nur undeutlich erkenne. Ich möchte nicht, daß unser Treffen überschattet wird, sehe aber, wie betroffen sie ist. Plötzlich sieht sie so alt aus, wie sie ist. Ich lächle sie an. »Naimah, ich bin nur müde. Mach dir keine Sorgen. Ich bin erschöpft. Das ist alles.«

Es ist wichtig, daß unsere gemeinsame Zeit glücklich verläuft – für sie und für mich –, denn dann kann ich mich daran klammern, wenn ich wieder zu Hause in Cornwall bin.

Naimah sagt bedächtig: »Ich sehe, daß du müde bist, Liebling. Gartenarbeit ist ermüdend. Sich um einen Teenager zu kümmern ist anstrengend, und sich an einen neuen Ehemann zu gewöhnen ist ebenfalls ermüdend.« Sie läßt meine Hand los und lehnt sich zurück. »Ich habe geahnt, daß du müde sein wirst. Das macht mir keine Sorgen. Es ist etwas anderes. Ich spüre, daß du über Wesentliches sprichst, mein Kind, daß du versuchst, das Absolute zu abstrahieren, damit du die Lage meistern kannst. Wenn wir uns sicher fühlen wollen, umgeben wir uns normalerweise mit Menschen, die wir verstehen und in deren Gegenwart wir uns wohl fühlen. Menschen, die dieselbe Erziehung hatten und demselben Kulturkreis entstammen. Oder wenn das nicht der Fall ist, müssen sie uns in gefühlsmäßiger oder intellektueller Hinsicht vertraut sein. Wenn wir aber mit jemandem zusammenleben, der keines dieser Kriterien erfüllt, muß die Entfremdung groß und völlig verwirrend sein.«

Naimah beugt sich zu mir vor. »Aber warum hättest du einen Mann heiraten sollen, der dir fremd ist, Liebling? Es sei denn, du hast einen Fehler gemacht und aus den falschen Gründen, aus Enttäuschung, geheiratet.«

Jetzt erzähle ich ihr alles. Ich gestehe, welches Entsetzen Bens, Mutters und Junes Tod in mir ausgelöst hat, spreche von meiner Einsamkeit, nachdem die Jungen auf die Universität gegangen waren. Ich erzähle ihr von dem stillen und traurigen Architekten, der sich Junes Haus ansah, es sich aber nicht leisten konnte, der mich zu Ausflügen einlud. Ich bewunderte den neuen County Court in Truro mit ihm, und wir besuchten die Tate Gallery in St. Ives. Er sprach mit Leidenschaft über Architektur, über Raum und Licht, über Strukturen und Dimensionen. Seine Stimme war voller Begeisterung, als er mir Bücher mit Zeichnungen von Gebäuden zeigte, die er konzipiert oder zu konzipieren geholfen hatte.

Ein Mann, der für mich kleinere Reparaturen im Haus machte, der die langen Sonntagnachmittage ausfüllte, der schließlich über seine psychisch kranke Frau und seine Tochter sprach, die bei seiner Mutter in Durham aufwuchs, während er sich eine neue Existenz in Cornwall schuf.

Ein Mann, der nett zu mir war und der interessant, einsam und aufrichtig zu sein schien.

Und ich erzähle Naimah von Hester, die plötzlich, seit sie zum Gesprächsthema geworden war, zu unserem Hauptthema wurde. Der interessante Mann, den ich geheiratet hatte, wurde wortkarg, reserviert, besessen und schien von mir zu erwarten, daß ich allein mit seiner Tochter fertig würde.

Naimah hört mir zu, dann sagt sie langsam: »Dein Mann ... er tut mir sehr leid. Liebe Anna, wenn man einen psychisch kranken Menschen liebt, heiratet und mit ihm ein Kind hat, wirkt sich das zwangsläufig auf den eigenen geistigen Zustand aus. Vielleicht hat dieser Mann dich zu früh geheiratet, ehe er in der Lage war, seine erste Ehe hinter sich zu lassen.«

Wir fahren mit dem Taxi zu Naimahs Hotel zurück, sitzen in ihrem Zimmer und trinken Brandy und reden von den Jungs und von glücklichen Ereignissen, ehe wir zu Bett gehen. Als ich Naimah einen Gutenachtkuß gebe, sagt sie: »Weißt du noch, wenn sich Chinesen küssen, pressen sie ihre Nase an die Wange des Partners, damit sie den Duft riechen können, den die Haut ausströmt?«

»Ja.«

»Hast du vergessen, mein Liebling, daß sie das tun, weil der Geruch vertraut sein muß? Geruch, Gefühl und Berührung. Die Chemie muß stimmen. Alles mußte sich richtig anfühlen, ehe die alten Chinesen eine Beziehung in Betracht zogen.«

Ich lächele. Es stimmt. Ah Heng, die Kinderfrau der

Zwillinge, hat es mir einmal erzählt, ich hatte es nur vergessen.

Ich weiß, was Naimah mir damit sagen will.

Der nächste Tag ist herrlich, wenn auch ermüdend. Naimah und ich besuchen den Botanischen Garten in Kew, die National Gallery und die Buchhandlung Waterstone's. Zur Erholung trinken wir Tee im *Ritz*. Es gibt überall so viel zu sehen, daß wir kaum Zeit für eine Unterhaltung haben. Sie findet ihre Stippvisiten nach London mit dem Flugzeug ebenso aufregend wie ich, und wir haben nie genug Zeit, alles das zu tun, was wir geplant haben.

Spät essen wir gemeinsam zu Abend, dann besteht Naimah darauf, mich zum Nachtzug zu bringen, der vom Bahnhof Waterloo abfährt. Ich will mich nicht von ihr trennen. Als wir auf den Zug warten, sagt sie: »Liebling, ich möchte nur noch eines sagen. Wenn du mehr abgebissen hast, als du kauen und schlucken kannst, laß es sein. Schau nicht zurück. Hab kein Mitleid. Geh einfach. Geh, ganz ruhig und zielbewußt. Komm zu mir.«

Ich möchte weinen.

»Aber«, sagt sie, »du mußt dir sicher sein, Annie, daß das Echo von Ben und deinem Leben mit ihm nicht lauter wird als die Stimmen der Menschen, mit denen du jetzt zusammenlebst. Vergewissere dich, daß die Vergangenheit nicht deine Zukunft überschattet, sonst kannst du die Möglichkeiten, die vor dir liegen, nicht erkennen. Denn die Fähigkeit zum Glücklichsein ist uns allen gegeben, meine liebste Annie.«

Mein Zug wird aufgerufen, und sie umklammert meine Hand und legt sie an ihre Brust und schließt eine Weile die

Augen. »Du bist mir sehr viel wert. Ich liebe dich und die Jungs so sehr. Ich weiß, daß du meinen Sohn bis zum Wahnsinn geliebt hast, aber er war kein Heiliger, er hat dich nicht immer glücklich gemacht. Er war ein schöner Mann, er war amüsant, aber auch egoistisch. Du hattest ein gutes Leben, meistens voller Liebe, aber mach aus ihm in der Erinnerung keinen Helden, kein fehlerloses Idol, sonst wird er zu einer Barriere für deine Zukunft. Lauf, Kind, lauf, oder du verpaßt deinen Zug.«

Ich renne los, dann drehe ich mich aus irgendeinem Grund um. Ich renne zurück und drücke sie fest an mich. Wir weinen beide, als würden wir uns nie wiedersehen. Dann renne ich, um meinen Zug zu erwischen. Ich springe auf und schaue sofort aus dem Fenster, versuche, ihre Gestalt im Dunkel auszumachen. Aber sie ist schon fort, und ein überwältigendes Gefühl des Verlusts überkommt mich.

Es ist früh, als ich das leere Haus betrete. Alice hat die letzten Wicken in die Steingutvase gestellt, die wir im Garten ausgegraben haben. Sie sind von einem verblaßten Purpurrot wie die Stiefmütterchen, die sie dazu getan hat. Alice' Fürsorge und die Schönheit dieser kleinen Gesichter wärmen mir das Herz.

In mein Schlafzimmer hat sie tiefblaue Kornblumen gestellt. Sie wußte, wie ich mich bei der Heimkehr fühlen würde. Ich wandere durch mein Zimmer und berühre Dinge, die mir gehören, wie in einem Ritual, als handele es sich um Fetische. Ich gehe am Frühstücksgeschirr, das auf dem Abtropfbrett steht, vorbei, hinaus in den Garten und atme und bin froh und erleichtert, wieder an dem Ort zu sein, den ich geschaffen habe. Etwas Vollendetes. Etwas, für das allein ich die Verantwortung trage und niemanden um Rat fragen muß.

Zum ersten Mal in meinem Leben habe ich ein Projekt realisiert, ohne mich von anderen Ereignissen ablenken zu lassen. Und während ich den Tag über vor mich hin arbeite und dem Treiben der Brachvögel im Watt unter mir lausche, erkenne ich plötzlich, daß ich mein Leben immer durch das Leben von Männern gelebt habe. Durch Ben, durch die Jungs. Und jetzt durch Ian und sein mich über Gebühr beanspruchendes Leben, das wie alles überwuchernder Efeu in meine Welt eindringt.

Wie viele Stunden habe ich als junge Frau vergeudet, als ich wegen Ben weinte. Statt dessen hätte ich an meinem eigenen Leben bauen müssen. Nichts als verschwendete Energie, weil ich zuviel geliebt und umsonst geweint hatte. June hat mir den Weg aus dieser Sackgasse gezeigt – den einzigen, den es gibt. Und was tat ich nach ihrem Tod? Ich rettete mich in das erste Paar Arme, das sich mir entgegenstreckte, dankbar für die Hilfe.

Es dämmert, doch niemand kommt nach Hause. Vielleicht hat Ian auf dem Anrufbeantworter eine Nachricht hinterlassen. Ich arbeite weiter im Garten und denke weiter nach.

Der Sommer nähert sich dem Höhepunkt, und die meisten Pflanzen verblühen schnell in der Hitze; jetzt endlich erkenne ich, was June mir so oft durch ein Beispiel klarzumachen versuchte: daß ich die Verantwortung für mein eigenes Leben übernehmen muß. Daß ich den Mut haben muß, Fehler einzugestehen, und daß ich den Mut haben muß zu gehen, auch wenn ich Angst habe. Was ich hier geschaffen habe, kann ich überall wieder schaffen.

Ich könnte weglaufen, einen Zufluchtsort für mich und die Jungs finden. Wieder ein Heim haben, in Sicherheit leben. Nur ich und meine Söhne, ich und ein Garten. Der Gedanke ist verführerisch.

Oder ich kann bleiben und diese Ehe zum Funktionieren bringen.

Eine Wolke segelt am Mond vorbei, der sich im Wasser unten spiegelt. Weit, weit draußen schreien Seevögel und lassen mich in sanfter Trauer erschaudern. In der Ferne höre ich das Motorengeräusch von Ians Saab. Ich stelle mir sein müdes Gesicht vor, in dem fast keine Hoffnung mehr zu lesen ist. Ich stelle mir sein Gesicht vor, wenn ich ihn verlassen würde – es gäbe keine Fröhlichkeit mehr darin.

Natürlich bleibe ich.

Als ich zum Haus gehe, höre ich das Telefon läuten. Ich höre es sogar über dem Zuschlagen der Autotüren.

30

Ian

Das junge Mädchen, das wir auf der Basis des ABM-Programms eingestellt haben, hat mir wieder einen unmöglich getippten Brief vorgelegt. In dieser Woche hat sie es nicht geschafft, auch nur einen Brief ohne Fehler zu schreiben, und ich habe es satt, mir durch ihre Unfähigkeit kostbare Zeit stehlen zu lassen. Eine Achtjährige könnte besser arbeiten.

Ich muß das endlich klären.

Ich stürme die Treppe hinunter, breche mir dabei beinahe den Hals und sage ihr, daß ihre Arbeit einfach nicht gut genug sei. Schlecht getippte Briefe mit Orthographiefehlern werfen ein schlechtes Licht auf die Firma, und wenn sie sich der Aufgabe nicht gewachsen fühle, hätte sie die Stellung nicht annehmen dürfen, denn jede Bewerberin sollte einen Computer bedienen können, wozu sie offensichtlich nicht in der Lage sei, da sie nicht einmal das Programm für die Rechtschreibung bedienen könne. Das junge Mädchen versucht, etwas zu sagen, aber ich hebe Schweigen gebietend die Hand. Entschuldigungen interessieren mich nicht, sage ich zu ihr, ich hätte nur gern, daß ich die paar Briefe, die ich ihr zum Tippen gebe, direkt in die Post geben könnte.

Ehe ich mich umdrehe, um wieder nach oben zu gehen, sehe ich Tränen in ihren Augen, aber ich kann es nicht ändern. Wenn Nick zu nachsichtig ist, muß ich eben härter durchgreifen.

Als ich auf dem Rückweg durch Nicks Büro eile, werfe ich ihm einen Blick zu. Er hebt fragend eine Braue, sagt aber nichts. Das Telefon auf meinem Schreibtisch läutet. Der mit der Planung beauftragte Beamte von Penwith in Penzance möchte sich mit Nick oder mir treffen. Ob einer von uns beiden bis zum Mittag bei ihm sein könne? Ich weiß, daß Nick eine Besprechung mit den Leuten von Sainsbury hat, also sage ich zu.

Meine Sekretärin, Miriam, kommt ins Büro, und wir sprechen die Termine für diese Woche durch. Ihr Verhalten mir gegenüber ist distanziert, weil ich das ABM-Mädchen angeschrien habe.

In Gegenwart der anderen hätte ich das nicht tun dürfen. Ich bin müde, denn die Besprechung gestern abend hat sich endlos hingezogen.

Ich beschließe, früher zu meiner Verabredung zu fahren. Ich muß raus aus dem Büro. »Ich drücke dir für heute nachmittag die Daumen, Nick«, sage ich zu ihm im Vorbeigehen.

»Sainsbury kann uns nicht länger hinhalten. Wir müssen bald einen Bescheid bekommen. Ganz gleich, wie er ausfällt – ob positiv oder negativ –, eine Entscheidung bringt immer Erleichterung. Dieses Warten macht mich fertig.« Er sieht mich an. »Aber ich glaube nicht, daß dir Sainsbury zu schaffen macht, oder?«

Ich lache kurz. »Nein. Ich vervollkommne nur die erlesene Kunst, diese Woche alle Menschen zu verletzen, die mir über den Weg laufen. Und das gelingt mir erstaunlich gut.«

»Anna?«

»Ja. Ich bin dem Rat deiner Frau gefolgt und habe versucht, mit Anna zu reden. Dabei habe ich totale Scheiße gebaut.«

Nick schaut mich mitleidslos an. »Tja, du mußt es eben weiterhin versuchen, nicht wahr? Bis du besser darin wirst.«

»Gewöhnlich kriege ich von dir mehr Mitgefühl, Nick.«

Er schwenkt seinen Drehstuhl herum und nimmt seine Brille ab. Ein deutliches Zeichen dafür, daß er verärgert ist.

»Ian, jeder in der Firma weiß, daß Nancys Tippkünste zu wünschen übrig lassen und daß die Möglichkeit besteht, sie durch eine andere Kraft zu ersetzen oder Ablagearbeiten erledigen zu lassen, bis sie besser wird. Aber sie ist erst siebzehn und ist bei Pflegeeltern aufgewachsen. Wir wollten am Freitag mit ihr reden, aber auf rücksichtsvolle Weise, damit sie einen Rest Würde bewahren kann und nicht alles Selbstvertrauen verliert.«

»Oh, Gott! Es tut mir leid.«

»Vielleicht könntest du das Nancy irgendwann mal sagen, Ian. In einer kleinen Firma ist es wichtig, solche Dinge abzuklären. Ist nur einer der Mitarbeiter aus dem Gleichgewicht geraten, gerät das ganze Team durcheinander. Durch das Warten auf die Zu- oder Absage von Sainsbury haben wir im Augenblick genug Streß im Büro.«

»Es tut mir leid«, wiederhole ich. Und es stimmt, weil

ich meine privaten Probleme mit ins Büro gebracht habe. »Du hast recht, Nick. Ich rede später mit Nancy.«

Nancy ist nirgendwo zu sehen, aber Miriam und Lucy werfen mir beim Hinausgehen böse Blicke zu. Ich steige ins Auto, und da ich viel Zeit habe, beschließe ich, einen Umweg zu machen.

Anna und Alice sind im Garten. Aus dem Sommerhaus dringt seltsame Musik, eine Art gregorianischer Gesang mit Zimbeln. Ich beobachte die beiden eine Weile, ehe sie mich entdecken. Ein dunkler Kopf und ein heller, umwikkelt mit einem indischen Schal, neigen sich über umzutopfende Pflanzen. Die beiden sind völlig in ihre Arbeit versunken. Sie sehen so friedlich, beinahe feenhaft aus, als wären sie von einer anderen Welt.

Ich komme mir wie ein Eindringling vor.

Dann blickt Anna auf und erschrickt bei meinem Anblick. »Ist was passiert?« fragte sie und steht auf.

»Nein, nichts.« Ich lächle. »Ich muß nach Penzance fahren und wollte auf eine Tasse Kaffee vorbeikommen. Ich möchte euch nicht stören.«

»Sei nicht albern. Ich gehe mit dir ins Haus. Möchtest du mitkommen, Alice?«

Alice grinst mich an. »He, warum setzt ihr euch nicht in den Garten, und ich mache Kaffee? Bestimmt gefällt es dir, mal nicht im Büro zu hocken, oder?«

»Ja, es gefällt mir sehr. Vor allem, nachdem ich alle Mitarbeiter mit meiner schlechten Laune verärgert habe.«

»Ach, du meine Güte«, sagt Alice lächelnd. »Vielleicht brauchst du ein paar Züge von einem Joint?«

»Bestimmt nicht, Alice.«

Anna lacht. »Komm, setz dich und erzähl mir, warum du mittags nach Hause gekommen bist, wo Penzance doch in der entgegengesetzten Richtung liegt und die Fahrt beim besten Willen nicht als Umweg bezeichnet werden kann.«

»Ich wollte ... ich mußte dich sehen«, sage ich hastig, ehe mir die Worte in der Kehle steckenbleiben.

Sie sieht mich an. »Oh, Ian.«

»Anna, neulich abends ... Seitdem haben wir nicht mehr miteinander geredet ... Ich war übermüdet und konnte nicht klar denken. Bitte ... Kannst du vergessen, was ich gesagt habe? Ich weiß nur, daß ich dich liebe. Du hast mir sehr gefehlt, als du letzte Woche in London warst. Ich möchte, daß zwischen uns alles in Ordnung ist. Ich möchte, daß wir glücklich sind. Ich möchte, daß wir gemeinsam die Schwierigkeiten mit Hester überwinden. Ich möchte dich nicht verlieren.«

Zum zweiten Mal an diesem Tag sehe ich Tränen in den Augen einer Frau. Anna sagt nichts, streckt nur die Arme aus, und ich höre sie sagen: »Du wirst mich nicht verlieren. Rede einfach weiterhin mit mir, damit ich dich verstehe.«

»Ich werde es versuchen.« Ich schiebe sie ein Stück von mir. »Was, um Himmels willen, ist das für eine Musik? Ich komme mir wie in einem tibetischen Kloster vor.«

Alice taucht mit einem Tablett zwischen den Bäumen auf. »Du irrst dich. Und bestimmt warst du noch nie in einem tibetischen Kloster.«

Ich lache. »Stimmt. Was bringst du denn da alles?«

Alice wirft Anna einen Blick zu. »Hoffentlich bist du damit einverstanden. Ich habe Ian den Rest Risotto in der Mikrowelle aufgewärmt. Wahrscheinlich verpaßt er wieder sein Mittagessen.«

Anna lächelt. »Liebe Alice, danke.«

Plötzlich wird mir bewußt, wie nahe sich diese beiden Frauen sind.

»Liebe Alice, danke sehr«, ahme ich Annas Worte nach. »Könnt ihr beide mir vielleicht helfen, den Schaden wiedergutzumachen, den ich im Büro angerichtet habe?« Und ich erzähle von meinem Beliebtheitsgrad, meinem Mangel an Sensibilität und Teamgeist.

»Blumen! Eine Pflanze oder Pralinen, oder beides«, schlägt Anna vor.

»Keine Pflanze«, sagt Alice. »Nancy ist erst siebzehn und hat in ihrem Alter wahrscheinlich nichts für Pflanzen übrig. Blumen sind romantisch und was für Erwachsene.«

»Und du brauchst wohl zwei Schachteln Pralinen. Eine für Nancy und eine für die anderen Angestellten«, fügt Anna hinzu. »Und Nick solltest du eine Flasche Whisky schenken.«

»Moment mal! Übertreibt bloß nicht. Ich will doch keine Hypothek aufnehmen, um das alles zu finanzieren. Nick laden wir mal zu uns ein. Er ist an meine Marotten gewöhnt.«

Ich esse den Risotto und trinke meinen Kaffee. »Ich muß los, sonst komme ich zu spät. Ich danke euch beiden für den köstlichen Lunch.«

Als ich wegfahre, höre ich wieder diese Musik. Was für ein komisches Paar die beiden sind, absolut zufrieden in ihrer eigenen kleinen Welt. Ich frage mich, ob Anna Pot raucht, wenn ich nicht da bin.

Mit Blumen und Pralinen beladen, kehre ich ins Büro zurück. Ich nehme Nancy beiseite und sage ihr, daß ich ihr die Blumen nicht schenke, weil sie schlecht tippe, sondern wegen meiner Unhöflichkeit ihr gegenüber in Gegenwart anderer, was unverzeihlich sei. Meine Entschuldigung bringt sie in höchste Verlegenheit, doch die ist mit Freude gepaart. Und in ihren Augen sehe ich, wie recht Nick hatte. Nancy ist erstaunt, daß irgend jemand auf ihre Gefühle Rücksicht nimmt.

Für diese öffentliche und demütige Entschuldigung werde ich den ganzen Nachmittag mit Tee überschwemmt, und von unten dringt das Knistern von Papier nach oben, als die Pralinenschachteln geöffnet werden. Es amüsiert mich immer wieder, wie leicht Frauen mit solch kleinen Gesten der Reue zu erfreuen sind.

Um halb sechs steckt Nick den Kopf zur Tür herein. »Komm, du kannst mir vor dem Nachhausegehen einen Drink spendieren, dann erzähle ich dir, wie es heute nachmittag gelaufen ist.«

Während ich meinen Schreibtisch aufräume, muß ich plötzlich an die Jagd denken, zu der ich vor langer Zeit mal eingeladen worden war. Am Abend, als wir alle mit Drinks vor dem Kaminfeuer saßen und die Wildhüter dampfende Pasteten ins Zimmer trugen, zeigte uns ein kleiner Junge ein Buch, in das er am Ende jeder Jagd schrieb. In Schönschrift stand da der Satz: »Und alle hatten einen guten Tag.«

Genauso fühle ich mich jetzt. Ich freue mich auf einen Drink, und ich freue mich, nach Hause zu fahren.

31

Hester

HUNDERTE VON LEUTEN steigen in Reading in den Zug. Der Zug ist voll. Es ist gut, daß ich schon am Bahnhof Paddington eingestiegen bin. Es gibt Leute, die tragen bunte Schuhe an den Füßen, andere haben sich den halben Schädel rasiert und überall Ohrringe. Wieder andere haben langes Haar, bis zur Taille, Männer wie Frauen.

Ich sitze da und beobachte sie. Ihre Kinder rennen den Gang auf und ab, und ein paar Leute sehen verärgert aus, aber ich finde die Kinder nett, sie sind wie fröhliche, plappernde Papageien. Nach einer Weile kramt eine junge Frau ein paar Fettstifte hervor. Sie nennt die Stifte Gesichtsfarben und malt die Gesichter der Kinder damit an. Sie macht sie zu Tiergesichtern mit Schnurrhaaren und Augenbrauen; verwandelt sie in kleine Pelztiere.

Sie ist sehr schlau, aber ich betrachte die Kinder, ich schaue in ihre großen Augen, die mich aus den Farben ansehen, und ich spüre ein seltsames Gefühl. Ich habe Angst, denn sie erinnern mich an Träume, die ich vor langer Zeit hatte. Ich stehe auf und gehe in den Speisewagen, um einen Kaffee zu trinken.

Ich brauche ewig, bis ich mich den Gang entlang kämpfe, und dann muß ich für den Kaffee anstehen, und als ich wieder zu meinem Platz komme, sitzt dort eines der Kinder mit einem gelben Katzengesicht. Sie starrt mich frech an und rührt sich nicht. Ich darf nicht wütend werden.

Plötzlich sieht ihre Mutter sie sitzen und lacht. »Steh auf, Poppy. Die Lady möchte sich wieder auf ihren Platz setzen, du freche Göre.« Das kleine Mädchen steht fröhlich auf und lächelt mich an. Ich lächle zurück.

»Sie fangen an, sich zu langweilen«, sagt ihre Mutter zu mir.

»Wie weit fahren Sie?« frage ich.

»Bis Totnes«, sagt sie. »Dort findet ein Festival des Lichts statt, es dauert eine ganze Woche. Es soll toll sein. Und wohin fahren Sie?«

Die Plastiktasse ist heiß, und der Deckel scheint daran festzukleben, und der Zug fährt so schnell, daß ich Angst habe, den Kaffee zu verschütten. Meine Hände fangen an zu zittern. Ich kann mich nicht erinnern, wohin ich fahre. Die Frau starrt mich an. Ich sage: »Oh, ich fahre auch dorthin. Nur für ein oder zwei Tage.«

»Prima«, sagt die Frau. »Hoffentlich bleibt das Wetter schön, dann können wir alle unter dem Sternenhimmel schlafen.« Sie lacht, dreht sich zu der Frau neben ihr um und gibt ihr ihre schmuddelig aussehende Zigarette.

»Ein letzter Zug«, sagt die andere Frau und fängt ebenfalls an zu lachen. Ich begreife den Witz nicht.

Ich schaue aus dem Fenster und betrachte die vorbeirasenden Felder. Die Sonne scheint ins Abteil und blendet mich. Ich fühle mich krank und schließe die Augen, und ich muß eingeschlafen sein.

Ich wache auf, alle sammeln ihr Zeug zusammen und rufen und schimpfen. Die Kinder machen so viel Lärm, daß ich nicht denken kann. Ich sitze da und versuche, mich zu erinnern, ob das wirklich die Station ist, wo ich aussteigen will. Ich kann das Bahnhofsschild nicht sehen. Ich kann nicht sehen, wo ich bin. Ist hier Totnes?

Das kleine Mädchen mit den gelben Schnurrhaaren beugt sich über den Tisch zu mir und starrt mir ins Gesicht. »Du mußt hier aussteigen. Du mußt aussteigen. Du mußt dich beeilen, oder du verpaßt die anderen.«

Ihr angemaltes Gesicht sieht wie das eines kleinen Teufels aus, wie ein kleiner gelber Katzenteufel; das gefällt mir nicht. Ihre Mutter beugt sich auch vor. »Sind Sie okay?«

»Ich habe Kopfweh. Warum schreien die Leute alle? Was ist los?« frage ich.

»Der Zug hat eine Panne. Er endet in Exeter. Dort müssen alle aussteigen.«

Mir fällt ein, daß ich Sachen habe. Wo sind sie, was habe ich mit ihnen gemacht? »Was habe ich mit meinen Camping-Sachen gemacht?« Ich will aufstehen, aber ich kann nicht raus in den Gang. Ich sitze in der Falle, und in meinem Kopf fängt das Summen an.

Die Frau berührt meinen Arm. »He, nur keine Panik«, sagt sie. »Wir haben viel Zeit. Alle Leute müssen aussteigen, das dauert eine Ewigkeit. Wir helfen Ihnen, Ihre Sachen zu suchen. Wahrscheinlich haben Sie sie im Gepäckabteil, neben der Tür, gelassen, oder?«

Genau das habe ich getan. Jetzt fällt es mir ein. Ich lächle sie an. Sie ist sehr nett. Ich betrachte ihre Hand auf meinem Arm. Ich weiß nicht, wann mich jemand, der nicht zur Klinik gehörte, zum letzten Mal berührt hat.

Der Zug hält, und die Leute steigen aus. »Dämliche Nora!« ruft jemand. Ich komme zur Tür und schnappe mir meinen Rucksack und Schlafsack, und die Frau hilft mir beim Aussteigen. »Sie sind gut ausgerüstet«, sagt sie, als wir von der Menge den Bahnsteig entlang zum Ausgang gedrängt werden.

Draußen hilft sie mir, den Rucksack umzuschnallen. Ich sehe mich um und fühle mich krank. So viele Leute eilen durcheinander. Niemand weiß, was zu tun ist. Ich weiß nicht, was ich jetzt tun soll. Wie soll ich jemals Jessie finden? Der Lautsprecher plärrt noch immer, und ich kann nicht verstehen, was er verkündet. Was soll ich tun?

Die Frau mustert mich wieder. »Möchten Sie vielleicht eine Weile bei uns bleiben, bis Sie sich wieder zurechtfinden?«

Ein plötzliches Gefühl der Liebe zu ihr überwältigt mich. Am liebsten würde ich sie umarmen. »Ja, gerne. Danke.«

Sie grinst. »Schön. Das ist Ed, und das ist Bill. Neben ihm steht Fee, und das sind Andrea und Paul. Ich bin Zoe, und das ist Poppy, wie du schon weißt.«

»Ich bin Hester.«

»Hi, Hester«, sagen alle, und wir marschieren im Pulk den Bahnsteig entlang, bis wir eine Mauer in der Sonne neben dem Bahnhofsbüfett finden. Dort stellen wir unser Gepäck ab und setzen uns darauf, und jemand fängt an zu singen, und die Sonne scheint auf meinen Rücken, und ich bin wieder glücklich.

Ich singe auch.

Es ist sehr dunkel, und irgendwo weit weg im Dunkeln spielt Musik. Wir sitzen wieder im Zug; wir mußten Ewigkeiten auf diesem Bahnhof warten, bis der Zug repariert war. Viele Leute fuhren mit Bussen weiter, aber meine Freunde nicht. Ich weiß nicht, wie lange ich geschlafen habe. Um mich herum schlafen alle Leute, die Kinder liegen ganz ruhig da. Es ist sehr still. Ich starre nach oben, hoch zu den Sternen. Noch nie habe ich in einem Zug geschlafen.

Ein starker süßer Geruch hängt in der Luft, es riecht nach Kräutern und nach Currypulver und Räucherstäbchen. Irgendwo im Zug höre ich leisen Gesang.

Als auf dem Bahnhof meine Kopfschmerzen schlimmer wurden, hat mir Zoe den Kopf massiert. Das war wundervoll. Ich schlief schnell ein, und als ich erwachte, fühlte ich mich leicht wie eine Feder. Ich habe meine Pillen mitgebracht, aber ich kann sie nicht finden. Als ich danach suchte, fragte mich Zoe, was ich verloren hätte, und ich erzählte ihr, daß ich in der Klinik gewesen sei und diese Pillen nehmen müsse.

»Antibiotika?«

»Nein, es sind nur Pillen, damit ich mich besser fühle.«

»He, das sind sicher Beruhigungstabletten. So was brauchst du nicht, Hester. Du willst doch nicht deinen Körper mit Chemikalien vergiften, oder? Ich massiere dich jetzt. Du wirst schon sehen, eine Massage ist besser als alle Tabletten.«

Das sind meine Freunde, richtige Freunde. Ich möchte immer bei ihnen bleiben. Hier fühlt man sich nicht einsam, alle sind immer zusammen. Ich bin in Sicherheit. Ich bin glücklich. Alle lachen und singen.

Ich schlafe und träume von meinem Dad. Ich träume, er lebt und ist hier bei mir, aber als ich die Augen öffne, bin ich allein. Ich setze mich auf, und überall liegen Leute um mich herum und schlafen. Aber mein Dad ist nicht dabei. Es ist kalt, die Musik spielt nicht mehr. Sogar die Kinder schlafen noch.

Ich schüttele die Person neben mir, aber sie stöhnt nur und wacht nicht auf. Ich stehe auf, aber ich kann niemanden wecken. Ich hole meinen Schlafsack und decke mich damit zu und liege fröstelnd da, bis die Sonne aufgeht. Es ist, als wären alle gestorben. Dann erinnere ich mich an meine Pillen. Wenn ich sie finden würde, könnte ich einige nehmen und wieder einschlafen. Ich stehe wieder auf und gehe zum Gepäckabteil und ziehe meinen Rucksack zu mir her und suche in den Taschen. Ich finde sie ganz unten und nehme zwei, mit einem Schluck Limonade, die ich am Bahnhof gekauft habe.

Nach einer Weile fühle ich mich seltsam und benommen, aber das ist besser, als allein zu sein. Und dann zischt es in meinem Kopf, und ich fühle, wie mein Herz laut in meiner Brust hämmert. Und nach einer Weile fühle ich, wie die Dunkelheit über mich kommt; ich falle hinein wie in einen Tunnel.

Als ich aufwache, schmerzt mein Kopf. Ich fühle mich schwindelig und habe keine Lust, mich zu bewegen. Der Zug steht wieder. Die Sonne scheint auf mich, und mir ist unter meinem Schlafsack heiß. Eine Menge Leute sind ausgestiegen, aber Zoe ist noch immer da. Sie bemalt wieder die Gesichter der Kinder und versucht, sie ruhig zu halten. Ich beobachte sie genau, wie sie die Wangen der Kinder mit dicker Farbe bedeckt. Sie malt sie so an, daß sie wie kleine Tiere aussehen.

Die Kinder sitzen überall und kichern und stupsen sich an. Sie starren mich an, und ein paar wiegen sich vor und zurück und lachen. Ich kann sie nicht leiden. Ich sollte Zoe sagen, daß sie sie nicht anmalen soll, aber sie würde nicht auf mich hören. Ich glaube nicht, daß sie mich versteht.

»Hallo, du da drüben.« Zoe lächelt mich an. »Du hast lange geschlafen, ich aber auch. Wir haben beide Totnes verschlafen, jetzt kommen wir nach Plymouth.« Sie lacht, sie wirft den Kopf in den Nacken und lacht. »Das ist die längste Zugfahrt in der Weltgeschichte. Seit London hat der Zug dreimal die Lokomotive oder den Lokomotivführer gewechselt. Wenn nicht beides. Hester, in etwa einer Minute müssen wir aussteigen. Wir müssen in Plymouth umsteigen.«

Alle Leute steigen aus. Niemand beeilt sich, denn der Zug fährt nicht weiter. Ich denke an Jessie. Ich muß zu Jessie. Ich will sie nicht verpassen. Ich will nicht, daß sie sich Sorgen macht.

»Ich muß telefonieren. Ich brauche ein Telefon«, sage ich zu Zoe.

Sie deutet. »Da drüben«, sagt sie. »Ich passe auf deine Sachen auf, Hester. Geh und ruf an.«

Ich vertraue ihr, deshalb lasse ich meine Sachen liegen. Als ich Geld in den Schlitz stecke und die Nummer wähle, läutet es nicht, deshalb rufe ich die Vermittlung an. »Da es sich um ein Ferngespräch handelt, müssen Sie mehr Geld reinstecken. Es handelt sich um eine Nummer in Truro.«

Genau, dahin wollte ich ja fahren, nicht nach Totnes. Ich sollte jetzt in Truro sein.

»Melden Sie ein R-Gespräch unter dieser Nummer an«, sage ich zu der Telefonistin.

Es läutet lange, dann höre ich die Stimme meines Mannes. Die Telefonistin fragt, ob er ein R-Gespräch aus einer Telefonzelle in Plymouth entgegennehme. Sie soll nicht fragen, sie soll nur die Verbindung herstellen.

»Nein«, sagt er. »Nein, ich nehme kein R-Gespräch aus einer Telefonzelle in Plymouth entgegen. Tut mir leid.« Und ich höre, wie er auflegt.

Das Summen in meinem Kopf übertönt alles. »Du dämliches, beschissenes Arschloch. Ich beschwere mich bei deinen Vorgesetzten. Du bist unfähig. Er hat mein kleines Mädchen.«

Aber die Leitung ist tot. Ich trete aus der Telefonzelle. Die Leute starren mich an, und ich beschimpfe sie ebenfalls. Ich muß zu Jessie.

Plötzlich steht Zoe neben mir und nimmt meinen Arm. »He, he, Hester, was ist denn los? Komm, bleib cool, erzähl mir alles. Komm, wir setzen uns da drüben hin.«

Also erzähle ich ihr alles. Ich zeige ihr die Narbe in meinem Gesicht, wo Ian mich geschlagen hat. Ich erzähle ihr von seiner Affäre mit dieser Frau. Wie sie jahrelang geplant haben, zusammen abzuhauen und Jessie mitzunehmen, daß sie Jessie schon wieder versteckt haben; aber daß ich sie immer finde. Das erzähle ich Zoe: daß ich sie alle immer finde.

Zoe hört mir zu. Sie schickt Poppy mit irgend jemandem weg. Ich bin froh. Ich mag nicht, wie sie mich anstarrt. Ich muß ihr bald die Farbe aus dem Gesicht waschen, damit Zoe begreift, was ich damit meine, wo sich Teufel verstekken. Ich muß sehr vorsichtig sein.

Als ich mit meiner Geschichte fertig bin, schaut sie mich lange an, dann sagt sie: »Hester, du hast nur ein Leben.

Kümmere dich jetzt um dich selbst. Männer sind meistens Scheißkerle. Laß ihn in Ruhe.«

»Ich habe eine Tochter. Es ist dumm, das zu sagen, wenn ich ein kleines Kind habe.«

»Wie klein ist sie?«

Mir ist heiß. Ich weiß nicht mehr, wie alt Jessie ist. Ich weiß es nicht.

Ich starre Zoe an. Sie ist schwarzweiß geworden wie das Bild im Fernseher, ehe die Farbe kommt. Ich fühle, wie Tränen in meine Augen steigen. Ich muß nach Truro. Ich muß unbedingt nach Truro.

Zoe berührt meinen Arm. »Nicht weinen, Hester. Komm, wir erkundigen uns, von welchem Bahnsteig der Zug nach Truro abfährt. Poppy und ich können genausogut dorthin fahren. Dort ist auch viel los. Ich habe da Bekannte. Ich komme mit dir.«

»Warum?« frage ich. Ich muß vorsichtig sein, schließlich malt sie alle diese Gesichter. Sie könnte eines davon sein.

»Weil«, sagt sie so leise, daß ich sie kaum verstehen kann, »weil ich auch dort gewesen bin, wo du jetzt bist.«

Ich weiß nicht, was sie damit meint.

Wir sitzen wieder im Zug, aber ich kann mich nicht wachhalten. Zoe sagt, daß sie aufpaßt, daß wir in Truro aussteigen, und selbst wenn wir Truro verpassen, kann die Reise nicht viel weiter als ans Meer gehen.

Als ich aufwache, stöbert Zoe in meinem Rucksack herum. So eine miese Kuh!

Ich bleibe ganz ruhig, weil ich sehen will, was sie mir stiehlt. Sie überprüft die Taschen, als suche sie etwas Bestimmtes, und dann hat sie meine Pillen in der Hand und betrachtet die Schachtel. Sie öffnet sie. Will sie eine nehmen? Aber sie legt die Pillen in die Schachtel zurück und liest, was darauf steht. Dann kramt sie in ihrer Handtasche und holt ein kleines Buch heraus und schaut darauf, während ihre Finger darin blättern. Dann hält ihr Finger inne, und sie seufzt und nickt, schließt das Buch und legt meine Pillen in meinen Rucksack zurück.

Sie sieht, daß ich wach bin. »Hi, Hester. Wie fühlst du dich?«

Ich setze mich auf. »Viel besser. In meinem Kopf summt und klopft es nicht mehr. Mir geht's gut.«

»Schön«, sagt sie und schiebt mir ihren Kaffee mit zwei kleinen weißen Tabletten hin. »Nimm sie, Hester. Ich will dich nicht vergiften. In einem anderen, fast vergessenen Leben war ich einmal Ärztin. Dann habe ich mich mit Homöopathie und Naturheilverfahren beschäftigt. Das funktioniert, wenn man verantwortlich damit umgeht.«

Ich betrachte ihre nackten Füße und ihre Nasenringe, und ich glaube ihr nicht. »Du Ärztin? Dafür bist du viel zu jung.«

»Das bin ich nicht, Hester. Als du schliefst, habe ich mir deine Tabletten angesehen, die du nimmst oder eigentlich nehmen solltest. Ich habe mir deinetwegen Sorgen gemacht. Wie viele hast du gestern abend genommen?«

»Ich weiß nicht genau. Zwei, vielleicht drei.«

»Das darfst du nicht tun, Hester. Das ist sehr gefährlich. Diese Tabletten haben Nebenwirkungen, und sie wirken einfach nicht, wenn du mehr als die vorgeschriebene Dosis nimmst.«

»Ich dachte, du würdest diese Pillen ablehnen.«

Sie schweigt und seufzt dann wieder. »Wenn du die Pillen nimmst, dann schaukelst du vor und zurück, Hester.«

»Ich schaukle?«

»Sieh mal, es war gestern abend verkehrt von mir, dir zu raten, deine Medikamente nicht einzunehmen. Du mußt sie einnehmen, aber genau nach Vorschrift. Wie es auf der Schachtel steht. Dann helfen sie dir, Hester. Fühlst du dich jetzt nicht besser als vorher?«

»Ja«, sage ich. Und es stimmt, ich fühle mich gut.

»Das ist so, weil du die richtige Dosis deines Medikaments genommen hast.«

Sie ödet mich an. Sie klingt wie Melanie und diese Wieheißt-sie-noch-mal, die zu mir in die Wohnung kommt. Ich schlucke die Pillen und sehe Zoe an. »Es ist schon komisch, wenn eine Ärztin Gesichter anmalt«, sage ich, damit sie weiß, daß ich weiß, was für ein Spiel sie spielt.

Sie lacht. »Ich bin ausgestiegen, ehe mich das System kaputtgemacht hat«, sagt sie. »Und ich habe aufgehört, mich um die ganze Menschheit zu kümmern.«

Poppy kommt den Gang entlanggerannt, und sie nimmt ihre Tochter hoch und umarmt sie und umarmt sie, als wollte sie sie nie wieder loslassen.

Vor Schmerz kann ich nicht atmen. Jessie. So klein und dick, aber sie hört nie zu weinen auf.

Zoe sieht mich über Poppys Kopf hinweg an und hört abrupt auf zu lachen. Sie streckt mir die Hand entgegen.

»Hester, he. Alles ist gut. In einer Stunde sind wir in Truro.«

Ich lache. Plötzlich bin ich glücklich. Wären da nicht die Gesichter, würde ich Zoe fragen, ob sie mit mir zum Camping gehen will.

32

Anna

Soleirolia. »Baby-Tränen«, »Kümmere-dich-um-deine-eigenen-Angelegenheiten«. Winterharte, wuchernde Pflanze. Ihre kleinen grünen Blätter bilden einen dichten Teppich, der alle anderen Pflanzen erstickt, wenn man ihr nicht Einhalt gebietet.

Ich arbeite im Sommerhaus, als Ian mir einen Gin Tonic bringt.

»Darf ich dich stören?« Er klopft an die offenstehende Tür, späht um die Ecke. Sein sonst so ernstes Gesicht strahlt vor unterdrückter Erregung.

Überrascht falte ich meine Farbskala zusammen, denn er kommt nur selten abends hierher. »Natürlich darfst du! Was ist passiert?« Ich nehme das angebotene Glas.

Er grinst und prostet mir mit seinem Glas zu. »Ich habe gerade erfahren, daß wir den Auftrag für die Supermarktkette ergattert haben, Anna.«

Ich stoße einen Schrei aus, stehe auf und umarme ihn. »Phantastisch! Ach, Ian, wie ich mich für dich und Nick freue.«

»Ja, es ist toll. Nick hat mich gerade angerufen, gleich nach der Besprechung. Natürlich muß der Vertrag noch schriftlich fixiert werden, aber jetzt geht's endlich aufwärts, Anna. Ich kann's noch gar nicht fassen!«

Ich sehe ihn an. Plötzlich ist er ein anderer Mensch. Er sieht um Jahre jünger aus. »Das müssen wir feiern«, sage ich. »Diese Neuigkeit verdient eine Feier.«

Er hockt sich auf meinen Schreibtisch. »Ich habe nachgedacht.« Eine Pause. »Ich weiß, daß du viel zu tun hast, aber wäre es nicht schön, wenn wir vor dem Sommerende eine Party veranstalten würden? Du hast deine Freunde vernachlässigt, und ich wünsche mir schon seit langem, daß Nick und Pud deinen Garten sehen. Außerdem gibt's da noch eine Reihe potentieller Klienten, die ich vielleicht einladen könnte ...« Er verstummt und sieht mich prüfend an.

»Warum nicht? Alice und Jake helfen mir sicher. Die beiden können immer etwas Geld gebrauchen.«

»Gut. Alice schwärmt ständig von Jakes Kochkünsten! Wir planen alles sorgfältig, damit du nicht zuviel Arbeit mit den Vorbereitungen hast. Jessie ist ganz begeistert von der Idee. Eine Party, ehe sie nächste Woche zurück zur Schule muß. Sie sitzt oben in ihrem Zimmer und macht Pläne.« Ian geht zur Tür.

Plötzlich will ich ihn schlagen. »Ach, ich verstehe. Du hast das alles bereits mit Jessie besprochen, oder?«

Er dreht sich in der Tür um und sagt vorsichtig: »Spielt das denn wirklich eine Rolle, Anna? Natürlich habe ich ihr gesagt, daß du einverstanden sein mußt.«

Durch seine Worte komme ich mir klein und unbeholfen vor. Natürlich ist es nicht wirklich wichtig. Ich drehe mich um und entfalte wieder meine Farbskala, ohne zu antworten. Ian geht zum Haus zurück, und ich starre seinen Rükken an, überrascht, weil ich so wütend bin.

Das ist nicht gut. Ich kann nicht mehr arbeiten. Ich schließe die Tür des Sommerhauses zu, und da es jetzt kühler geworden ist, wässere ich den Boden, was mich beruhigt. Hebe kommt und schaut nach mir. Ich beuge mich zu ihr hinunter, und als ich mit ihr schmuse, merke ich, daß ich gegen aufsteigende Tränen ankämpfe. Ich muß früher schlafengehen, ich bin müde, und meine Müdigkeit macht mich kindisch.

Nur, daß ... Den ganzen Sommer habe ich dafür gesorgt, daß alles seinen gewohnten Gang geht, und diese Hitze hat mich erschöpft. Ich will keine Leute um mich herum haben, ich bin nicht mehr daran gewöhnt. Ich will nur meinen Garten. Ich will nur schlafen.

Als ich zum Haus gehe, fällt mir auf, daß die Blätter an den Bäumen schon leicht herunterhängen. Wegen der Trockenheit werden sie in diesem Jahr früher abfallen.

Jessie sitzt vor dem Fernseher, und Ian redet am Telefon übers Geschäft. Ich schenke mir noch einen Gin ein und nehme ihn mit nach oben, wo ich allein sein kann. Ich gehe in mein kleines Schlafzimmer, setze mich auf das eiserne Bettgestell und schaue aus dem Fenster auf die hohe Fichte. Aus dem Fernseher unten erklingt Musik. Ich höre, wie Ian den Hörer auflegt.

Ich schließe die Augen und versuche, mich zu entspannen. Als ich mit Ben zusammenlebte, hatte ich gern Menschen um mich. Aber alles war damals anders, wir waren jung, unsere Kinder waren klein, die Männer waren oft weg, deshalb schlossen sich die Frauen enger aneinander an.

Ich weiß, daß ich einsam war, als die Jungen klein waren. Ich war auch allein, als wir nach Cornwall zogen; wir kannten hier niemanden. Aber ich habe mich noch nie so allein gefühlt wie jetzt.

Es ist mein Fehler. Ich habe keine Zeit für Menschen. Als June noch lebte, brauchte ich niemand anderen. Andere Freundschaften waren nicht so wichtig, weil June immer für mich da war.

Das Telefon fängt an zu läuten. Weder Jessie noch Ian gehen ran, und es läutet weiter und weiter.

Ich öffne die Augen und betrachte das alte Flügelfenster und das zarte Spinnwebenmuster in dem Mattglas der Tür und den altmodischen belüfteten Schrank, in dem ich ein altes Wäscheverzeichnis aus dem Jahr 1918 fand. Dieses Haus hat einen ganz eigenen Charakter, doch plötzlich – während das Telefon ständig weiterläutet – fühle ich überhaupt nichts mehr, so als würde mir die Freude darüber vollständig entgleiten und als wäre ich außerstande, sie festzuhalten.

Ich kann es nicht länger ertragen und rufe: »Bitte, bitte! Könnte nicht einer von euch endlich mal an dieses verdammte Telefon gehen?«

Nichts darf mir die Freude an diesem Haus, an diesem Grundstück nehmen. Nichts und niemand.

Ian muß die Treppe hochgegangen sein, um nach mir zu sehen. Ich höre ihn rufen: »Scheiße!«, als er wütend wieder die Stufen hinunterpoltert.

Ich nehme meinen Drink, ich muß dann wohl nach unten gehen.

»Ja?« bellt Ian in den Hörer. »Nein, verdammt noch mal, ich akzeptiere kein R-Gespräch von einer Mrs. Roberts in Plymouth! Nein, tut mir leid. Ich nehme das Gespräch nicht an.« Er knallt den Hörer auf die Gabel.

Ich gehe langsam die Treppe hinunter, als Jessie aus dem Wohnzimmer huscht. Ian schaut mich erbittert an. Wir alle schweigen. Dann sage ich überflüssigerweise: »Hester ist in Plymouth. Wahrscheinlich ist sie jetzt auf dem Weg hierher?«

»Vermutlich«, sagt Ian und dann zu Jessie: »Schau mal, sie kann uns nicht finden. Früher haben wir immer in der Stadt oder einem Dorf gelebt. Es ist unmöglich für sie, uns zu finden. Wir sind wie die berühmte Nadel in einem Heuhaufen.«

Jessies Gesicht ist schneeweiß; mit riesengroßen Augen sieht sie ihren Vater an. Ich gehe die Treppe hinunter zu ihr. »Komm, Jessie. Reg dich nicht auf.«

Sie starrt mich an. »Das begreifst du nicht, Anna. Das ist alles nur mein Fehler. Als wir hierherkamen, habe ich Großmutter geschrieben. Dad hat mir befohlen, nie eine Adresse auf meine Briefe zu schreiben, aber ich habe es getan. Ich wollte, daß Großmutter sieht, was wir für eine tolle Adresse haben, und stolz darauf sein kann.«

Jetzt weint sie wie ein kleines Kind, und ich nehme sie fest in die Arme. Ian starrt seine Tochter wütend an und greift wieder zum Telefonhörer.

»Komm«, sage ich. »Ich mache dir einen heißen Kakao. Komm, Jess, das ist nicht das Ende der Welt.«

Aber ich habe das Gefühl, es ist ein bißchen das Ende der Welt.

Ehe die Milch kocht, kommt Ian zurück, setzt sich neben Jessie und verstrubbelt ihr Haar. »Es ist nichts passiert, Jess. Deine Großmutter hat mir eben gesagt, daß Hester nie an unsere Adresse kommen konnte. Als Hester aus dem Krankenhaus kam, hat sie die Adresse vernichtet. Also keine Panik, okay?«

Jessie schnieft. Sie ist verwirrt und schaut ihren Vater schräg unter der Fülle ihres Haars hervor an. Sie will ihm nicht so schnell verzeihen, und ich weiß, wie sie sich fühlt, als ich ihr ein Stück von Alice' Kuchen abschneide.

»Wie ich erfahren habe«, sagt Ian, »tauchte deine Mutter vor ein paar Tagen bei deiner Großmutter auf und wollte einen Rucksack haben. Sie behauptete, sie würde mit einer Freundin in Urlaub zum Camping fahren.« Er lächelt Jessie an und versucht, ihr Mut zu machen. »Ich wette, deine Mutter hat einen interessanten Menschen in Plymouth kennengelernt. Du weißt schon: helle Lichter und die gesamte Besetzung aus dem Musical *Cats*.«

Es klappt. Jessie lacht mit dem Mund voller Krümel Ian mitten ins Gesicht. »Ja, Dad, das wäre gut möglich.«

»Also, mach dir keine Sorgen mehr.« Wieder lächelt Ian. »Komm, es ist schon spät. Ins Bett.«

Als Jessie oben verschwindet, sagt Ian: »Wie wär's mit einer Umarmung, Mrs. Roberts? Ich scheine heute abend alle Leute auf die Palme zu bringen. Dabei fing der Abend so schön an.«

Ich öffne meine Arme und lache. »Armer Ian! Komm her!«

Später, als wir uns geliebt haben, steht Ian aus dem Bett auf und holt zwei Brandy. »Ich wußte gar nicht, daß wir welchen im Haus haben«, sage ich überrascht.

»Geschenk eines dankbaren Klienten«, sagt Ian und hebt sein Glas. »Danke, Mr. Trevesko.« Er starrt auf eine Weise in sein Glas, die ich allmählich interpretieren kann.

»Spuck's aus!« sage ich. »Noch mehr Hester?«

»Ja. Hesters Mutter macht sich Sorgen, sollte Hester hier in der Nähe auftauchen. Sie hat mit der für Hester zuständigen Sozialarbeiterin telefoniert, die sie informiert hat, daß Hester nicht mehr in ihrer Wohnung lebt und verschwunden ist. Niemand hat sie seitdem gesehen, aber man nimmt an, sie ist allein, denn ihre einzige Freundin ist wieder in der Klinik.«

»Hester lebte doch bei ihrer Mutter, als du dich von ihr hast scheiden lassen, oder?«

Ian schwenkt den Brandy in seinem Glas. »Ja, aber die beiden kamen nicht miteinander aus. Hester hat nur ihren Vater geliebt. Sie behauptete immer, ihre Mutter könne sie nicht leiden. Mai sagte mir, die Sozialarbeiterin hätte es lieber gesehen, daß Hester die Wohnung mit jemandem teilt. Aber niemand hält es längere Zeit mit ihr aus, man kann nicht mit ihr leben.«

»Arme Hester«, sage ich, und ich meine es so. Ich trinke meinen Brandy aus und lege mich hin. »Es ist schade, daß Jessie zu ihrer Mutter keine Beziehung mehr entwickeln kann. Mai würde doch nicht lügen und sagen, sie habe den Brief mit unserer Adresse vernichtet, wenn sie es nicht getan hat, Ian?« frage ich.

»Das wäre sehr dumm«, antwortet Ian, »vor allem, wenn man bedenkt, was passiert ist.«

»Was willst du damit sagen?« frage ich und schaue ihn direkt an.

Er dreht sich um und knipst die Lampe aus. »Ich meine damit nur, daß Hester ihre Mutter auf so unflätige Art und Weise beschimpfte, daß sie schließlich in eine geschlossene Anstalt kam. Weder sie noch die Nachbarn konnten Hester länger ertragen. Schlaf jetzt, Liebling. Ich habe für heute abend von Hester die Nase voll.«

Ich schmiege mich an seinen warmen Körper und möchte so gerne glücklich sein und mich sicher fühlen. Aber ich glaube, daß Ian mich anlügt, was Hester und Mai betrifft. Viel wahrscheinlicher ist, daß ein ganz bestimmter Vorfall zu Hesters Einweisung in die Psychiatrie geführt hat.

33

Ian

Ich habe gelogen. Ich habe nicht die Wahrheit gesagt. Warum? Ich weiß es einfach nicht. Bisher habe ich mich immer bemüht, Anna die Wahrheit zu sagen.

Vor mir selbst erklärte ich mein Verhalten damit, daß ich Anna nicht nervös machen oder ihr Angst einjagen wollte, aber die Wahrheit ist, daß Hester an jenem Tag rein zufällig gewalttätig wurde; ein solcher Vorfall geschah nur ein einziges Mal. Es war der endgültige psychische Zusammenbruch, ehe die schizophrene Wesensveränderung voll bei ihr manifest wurde und sie in eine geschlossene Anstalt kam. Ich war nicht dabei, als es passierte. Ich sah Hester erst danach. Sie war blaß, sediert und hatte große Angst.

Ich will darüber nicht reden. Ich will darüber nicht nachdenken. Ich habe sogar Schwierigkeiten, zu akzeptieren, daß etwas Derartiges überhaupt geschehen konnte. Auch Mai war traumatisiert, und ich mußte durch meine Unterschrift mein Einverständnis geben, daß Hesters Leben zerstört wurde, daß sie eingesperrt wurde.

Jetzt bin ich theatralisch. Natürlich unterschrieben ihr behandelnder Arzt und ein Psychiater die Anordnung zur

Einweisung ebenfalls, aber diese Männer waren nicht mit ihr verheiratet, sie machten nur ihre Arbeit. Ich glaube, man hat dasselbe Gefühl, wenn man seinen Hund einschläfern lassen muß. Derselbe Ausdruck in den Augen: flehend. »Ich verspreche, daß ich belle, wenn ich raus muß. Ich will lieb sein. Gib mir noch eine Chance.«

Das verfolgt und quält mich.

Es war Verrat.

Es war verantwortungslos.

Sie war meine Frau. Sie war die Mutter meines Kindes. Sie war die Frau, die ich einmal geliebt und mit der ich Sex gehabt habe. Und ich habe ein Stück Papier unterschrieben, auf dem stand, daß man sie mit Medikamenten vollpumpen, einsperren, mit Elektroschocks behandeln kann – alles mit ihr tun kann, was die Ärzte für richtig halten.

Ich habe sie im Stich gelassen.

Selbst zu Anna kann ich über diese Dinge nicht sprechen, und wenn ich noch länger darüber nachdenke, werden diese schwarzen Wolken wiederkommen und mich verschlingen.

Anna fährt mit mir nach Truro. Sie hat dort geschäftlich zu tun, und ich kann ihr endlich mein neues Büro zeigen.

Es gefällt ihr. »Wie geschickt du den Raum genutzt hast! So einfach und so effektiv. Du bist genial. Es gefällt mir, Ian.«

Sie betrachtet die Pläne auf meinem Zeichentisch, und ich erkläre ihr, wie wir das alte Gebäude in das neue integrieren müssen, das Alte mit dem Neuen vermählen wollen, so daß es für die Bauherren sowie das Publikum gleichermaßen attraktiv wird. Sie interessiert sich sehr dafür.

Ich lächele über ihre Begeisterung, sie erinnert mich an unseren ersten Ausflug.

Ich lade sie zum Lunch ein. »Nein, du kannst heute nicht mitkommen«, sage ich zu Jessie, als wir sie in der Stadt treffen. »Geh mit Lily oder einer anderen Freundin irgendwohin.«

Ich schlage Jessie selten etwas ab, und sie stolziert schmollend davon. Ich sehe, wie Anna in sich hineinlächelt.

Wahrscheinlich sollte ich öfter nein sagen.

Wahrscheinlich bin nicht nur ich eifersüchtig. Wahrscheinlich hat Anna mich selten für sich allein.

34

Hester

Ich wusste nicht, daß Bäume flüstern können. Ich wußte nicht, daß die Nacht nicht wirklich dunkel ist, wenn man in ihr ist. Es ist so still, daß ich daliegen und dem Rascheln und Flüstern der Blätter lauschen kann, und die Stimmen sind aus meinem Kopf gekommen, deshalb habe ich keine Mühe, sie zu hören.

Ich habe ein Versteck gefunden, und mir wird nicht kalt, weil ich, wenn ich nachts in meinem Schlafsack liege, all die trockenen, zerknitterten Blätter über mich häufe. Zoe hat mir eine Schlafmatte geschenkt, damit die Feuchtigkeit des Bodens nicht in meinen Schlafsack dringt.

Sollten Leute kommen, verlasse ich tagsüber mein Versteck und gehe in die Stadt und trinke Tee und kaufe etwas zu essen. Dort gibt es einen ziemlich großen Markt, und ich stehle Schachteln mit Keksen und andere Dinge, ohne von jemandem gesehen zu werden. Die hebe ich mir fürs Abendessen auf, wenn ich in meinem Schlafsack sitze, und dazu gibt es Säfte aus einem Karton, an denen ein Strohhalm befestigt ist. Die sind sehr gut.

Wenn ich in der Dunkelheit liege, ist der Mond über den

Wipfeln manchmal riesig, und die Stimmen sprechen zu mir, und ich höre aufmerksam zu. Sie flüstern, daß Hester in einem Haus mit ihrem Mann leben sollte. Sie flüstern, daß diese Frau nicht bei Jessie sein sollte, weil es nicht richtig ist. Die Stimmen sagen: »Hester muß entschlossen sein.«

»Entschlossen gegenüber dieser Frau? Hart gegenüber dieser Frau?«

»Ja, Hester muß hart sein. Hester sollte in diesem Haus mit ihrem Kind leben. Die Frau weiß das, deshalb geht sie nie ans Telefon.«

Hart. Das pflegte meine Mutter zu meinem Dad zu sagen, als ich ein Kind war. »Du mußt hart zu ihr sein. Sie braucht eine feste Hand.«

Mein Dad. Könnte er mich jetzt sehen, wäre er bei mir. Mein Dad ist auf dem Land aufgewachsen. Er hat mir Geschichten erzählt. Er hätte aber seinen alten Sessel nicht hierherbringen können, den, in dem er immer saß, wenn ich auf seine Knie geklettert bin.

Ich bin gern auf sein Knie geklettert. Plötzlich, eines Tages, hat er mir gesagt, ich sei ein zu großes Mädchen, um auf seinen Knien zu sitzen. Ich wußte, was passiert war. Sie war eifersüchtig, obwohl sie wieder einen Liebhaber hatte. Denselben. Ich weiß es, weil ich die Briefe gelesen habe, die ich in dem Versteck gefunden habe, das sie für sicher hielt. Kuh. Schlampe.

Das Summen in meinem Kopf fängt wieder an, es sperrt die Stimmen aus, und sie gehen in meinen Kopf zurück. Als ich mich daran erinnere, werde ich wütend.

Mein Dad saß im Dunkeln, er rauchte, und ich glaubte, er würde weinen. Ich beobachtete ihn von der Tür her, und er hörte mich nicht. Ich ging zu ihm und kletterte auf seine Knie. Er schrak zusammen, aber er legte die Arme um mich und lehnte seinen Kopf an meinen. »Oh, Hester, Hester, Hester«, flüsterte er in mein Haar, und seine Stimme war dumpf und gurgelnd, als käme sie aus einem Tunnel.

Plötzlich fiel mir ein, wie ich ihn zum Lachen bringen und glücklich machen konnte. Ich schob meine Hand nach unten, als ich mich an ihn schmiegte, und berührte sein Ding, wie sie es getan hatte, und streichelte es durch den Pyjama.

Es war ganz weich. Ich hörte ihn keuchen, und ich war aufgeregt, dann bewegte sich das Ding unter meiner Hand, kam ein bißchen hoch und wurde härter, und ich wurde feucht zwischen den Beinen, und dann wurde ich plötzlich durchs Zimmer geschleudert, und mein Vater schrie mich an. »Geh in dein Zimmer, sofort! Hörst du mich? Verschwinde. Geh, geh.«

Er hatte mich noch nie in meinem ganzen Leben angeschrien. Er hob mich vom Boden auf und schob mich aus dem Zimmer, und ich lief in mein Zimmer und weinte und weinte, bis ich einschlief. Ich hatte nur getan, was sie tat. Mehr hatte ich nicht getan.

Er ließ mich nie wieder auf seinen Knien sitzen. Am nächsten Morgen kam er mit sehr ernstem Gesicht zu mir und sagte mir, so etwas täte man nur mit dem Ehemann und ob ich das verstünde?

Ich sagte, nein, und er erklärte es mir noch einmal, und daß ich groß genug sei, um zu verstehen, daß es falsch sei. Ich sagte, wenn sie es tun könnte, warum könnte ich es nicht tun? Mein Dad sah mich auf seltsame Weise an, als würde er mich zum ersten Mal sehen, und erwiderte sehr leise: »Oh, Hester« und ging.

Das Summen der Stimmen ist wie Bienen, laut, und es macht mich taub.

Natürlich steckte sie dahinter. Sie war eifersüchtig. Mich liebte er. Mich.

Er umarmte oder berührte mich nie wieder. Nie.

Eines Tages ging er fort, und er kam niemals zurück. Ein Blatt fällt auf mein Gesicht, und ich schiebe meine Hand aus dem Schlafsack und wische es weg. Mein Gesicht ist naß.

Hester weint. Die Bäume flüstern. Hester weint.

35

Anna

Yucca aloifolia. Spanisches Bajonett. Immergrüner Strauch oder kleiner Baum mit dornenartigen, schwertgleichen Blättern und großen, im Sommer und im Herbst blühenden Büscheln weißer, dunkelrot geränderter Blüten.

»Möchtest du mit mir nach Penzance fahren?« frage ich Alice. »Ich muß ein paar Palmen dorthin bringen.«

»Großartig«, sagt Alice. »In die Gegend lieferst du doch gewöhnlich nicht, oder?«

»Nein, aber Mrs. Penhilly ist eine alte Freundin und kauft gern bei mir. Außerdem ist es ein Vorwand für mich, dorthin zu fahren. Wir machen mit Hebe einen Spaziergang am Strand.«

»Wirst du mir zeigen, wo du früher gewohnt hast?« Alice lächelt mich an.

»Wenn du möchtest.«

Die Straßen sind mit Urlaubern und Wohnwagen verstopft. Da ich jetzt in einer so abgelegenen Gegend lebe, fallen mir die Touristen im Sommer kaum auf. Als wir über den Damm fahren, ist Flut, und Alice ist entzückt. »Anna, das ist zauberhaft. Deute in die Richtung, wo dein Haus war.«

Ich deute übers Wasser zur Kirche. »Das Haus kannst du nicht sehen, es steht hinter dieser Baumgruppe.« Ich nehme nicht die Abzweigung zum Dorf, sondern bleibe auf der Straße nach Penzance. Dann biege ich in den Weg ein, der zu Mrs. Penhillys Cottage führt. Sie ist jetzt über achtzig und auf einen Gärtner angewiesen, aber ich erinnere mich noch an die Zeiten, als sie die ganze Gartenarbeit selbst erledigte. Damals lud sie June und mich oft zu wundervollen Teenachmittagen ein, und wir saßen und redeten stundenlang in ihrem schönen subtropischen Garten.

Sie begrüßt uns am Tor. »Meine Liebe!« Sie umarmt mich. »Wie schön, Sie wiederzusehen.«

»Das ist Alice. Sie hilft mir im Garten. Ohne sie wäre ich aufgeschmissen.«

Mrs. Penhilly mustert mit ihren kleinen schwarzen Augen interessiert Alice' ausgefallene Erscheinung.

»Hallo, Alice. Kommt rein, kommt rein. Der Tee ist fertig.«

Sie hat den Tisch im Garten gedeckt, und Alice schlendert voll Freude umher, um sich die winterharten Exoten anzusehen.

Mrs. Penhilly mustert mich eindringlich. »Sie kommen mir ein bißchen schmal vor, Anna. Arbeiten Sie zu hart?«

Ich lache. »Ich werde nur älter, und in diesem Sommer haben wir viel zu tun. Außerdem verhandele ich wegen des Feldes, das an meinen Garten angrenzt. Ich möchte nächstes Jahr vergrößern und einen Direktverkauf für Kunden eröffnen.«

»Im Augenblick machen Sie und Alice die Arbeit ganz allein?«

»Ja.«

»Ein schönes Mädchen.«

»Ja, nicht wahr!«

»Alice besitzt übersinnliche Kräfte, nicht wahr?«

Ich starre sie an. »Wie kommen Sie darauf?«

Mrs. Penhilly lacht über mein Erstaunen. »Können Sie sich nicht erinnern, meine Liebe? Bei den Dorffesten war doch immer ich die Wahrsagerin!«

»Schon, aber ich habe geglaubt, Sie machten das nur zum Spaß.«

Sie gießt Tee ein, und anstatt mir zu antworten, ruft sie Alice. Zwischen den beiden scheint sofort eine persönliche Beziehung zu bestehen, was mich amüsiert, denn Mrs. Penhilly ist eine sehr vornehme alte Dame, und meine Alice ist eine schöne, hellseherische, potrauchende Möchtegern-Reisende.

June hat mir erzählt, daß Mrs. Penhilly damals wirklich eine Dame gewesen sei und vier Ehemänner verschlissen habe.

Nach dem Tee bringen wir die Pflanzen in Mrs. Penhillys Wintergarten, und sie zeigt mir ihren Garten. Er ist nicht mehr so prächtig wie früher, aber noch immer sehr schön. »Es ist einfach nicht dasselbe, wenn man die Arbeit anderen überlassen muß.«

Plötzlich berührt sie meinen Arm. »Bestimmt vermissen Sie June noch immer, meine Liebe. Ihr beide wart euch so nahe. Haben wir nicht wundervolle Nachmittage verplaudert?«

Ich lächle sie an. Sie ist achtzig, und wahrscheinlich sind

schon viele ihrer Freunde gestorben. Wenn man jung ist, hält man Freunde für etwas Selbstverständliches. Erst im Alter denkt man an die vielen Male, wo man hätte anrufen sollen und es nicht getan hat.

Wir verabschieden uns, und als ich gehe, um die Türen des Transporters zu schließen, beugt sie sich vor und sagt schnell und verstohlen etwas zu Alice. Ich lächele in mich hinein: zwei kornische Hexen.

Auf dem Rückweg fahre ich ins Dorf und weiter zum Strand hinunter. Hebe ist ganz versessen darauf loszurasen, und Alice läuft mit ihr über den goldenen Sand. Es ist später Nachmittag, und die Leute packen ihre Sachen zusammen und machen sich auf den Weg nach Hause. Es ist Ebbe, und ich stapfe durch die Tümpel in dem tiefen, zerfurchten Sand auf die sich in der Ferne brechenden Wellen zu.

Die Luft ist warm und feucht, und das Meer reflektiert die Hitze, bricht sich in kleinen anmutigen Wellen, umkräuselt meine Füße und bildet cremig-schäumende Wirbel. Es ist so anders als das Wintermeer, wo hereinbrechende Wellen eisige Kanten haben und das Geräusch der Brandung ohrenbetäubend ist und ein bitterer, beißender Wind weht.

Ich stehe – glücklicherweise allein – weit draußen auf dem ausgedehnten, leeren Strand. Unendlich erstreckt sich das tiefe Blau bis zum Horizont, wo sich in der Ferne Wellen brechen. Die auslaufenden Wogen umspülen meine nackten Füße, und ich denke: Hier ist unser Anfang und unser Ende. Hier, am Rand einer Kraft, die so gewaltig ist, daß sie uns um den Verstand bringt.

Das kommt mir natürlich und richtig vor. Ich könnte in

dieses weiche samtene Blau hinausgehen. Der Gedanke, in dieser unbekannten Tiefe zu versinken, von diesem unendlichen Wasser verschlungen zu werden, ist erregend und ungeheuer faszinierend.

Ich habe eine Vision von weit ausgebreiteten, blauen Armen, die sich mir vom Horizont entgegenstrecken – aus diesem nebligen Raum –, mich umschlingen und Teil des Meeres und des Himmels werden lassen, mich zu phantastischen blauen und gelben Farben formen, so daß ich zu einem Teil eines riesigen Gemäldes von John Miller werde. Es ist ein wundervolles, ätherisches Gefühl, als die beginnende Flut meine Waden umspült.

Ich höre Alice laut rufen, eindringlich wie eine Möwe, und ich drehe mich um, fühle mich wie aus einer Trance erwachend und beobachte, wie sie und Hebe zu mir laufen. Hinter mir erstreckt sich der Strand in einem weiten goldenen Bogen, der voller Schatten und sanfter Echos kindlicher Stimmen ist. Ben hebt mich hoch und läuft mit mir ins Meer. Er sitzt eng neben mir in den Dünen, in den Anblick des Sonnenuntergangs versunken.

»Oh, Anna«, keucht Alice. »Ich dachte, du wolltest ins Meer hinausgehen. Du warst so mit dem Wasser und dem Sand verschmolzen, daß ich dich nicht klar sehen konnte. Du bist einfach in der Landschaft aufgegangen und warst einen Augenblick verschwunden.«

Sie ist beunruhigt, ich höre die Angst in ihrer Stimme und lache ihr sanft zu. »Liebling, Ali, wie könnte ich verschwinden, wo ich dir doch noch einen Wochenlohn schulde!«

Aber Alice lacht nicht. Sie starrt mich an und erschaudert. »Zu viele Schatten, Anna, zu viele Erinnerungen. Du solltest nicht hierher zurückkommen. Das Leben, das du hier hattest, ist vorbei. Du hast jetzt ein anderes Leben und andere Menschen, die dich lieben.« Sie kommt näher, und ihre Augen leuchten, und mich beunruhigt ihre Vehemenz.

»Kannst du das nicht verstehen, Anna? Du mußt dich aus der Vergangenheit in das Heute durchkämpfen. Verstehst du das nicht? Die Gegenwart wird nie wichtig, wenn du ihr die ihr entsprechende Bedeutung verweigerst. Wenn dir nicht genug an ihr liegt.«

Sie legt die Hände auf meine Arme und schüttelt mich sanft. »Wenn du nicht kämpfst, wirst du nicht überleben. Hör auf, in deinen Garten zu fliehen, ihn zu deinem Leben zu machen, deine ganze Liebe in ihn zu stecken und die Menschen auf Distanz zu halten. Anna, bitte, hier und jetzt leben Menschen, die dich lieben, so wie dich jene geliebt haben, die gestorben sind.« Mit stockender Stimme fügt sie hinzu: »Kannst du denn nicht daran glauben?«

Ich starre sie an, und sie hält meinem Blick stand. Ihre Augen sind außergewöhnlich, haselnußbraun, mit grünen Sprenkeln; schön und beunruhigend und so vertraut wie das Atmen. Teil meiner selbst. Ich trete zurück, und sie sagt abrupt, als würde sie aufwachen: »Entschuldige, bitte.«

Wir gehen schweigend über den Strand zurück, und ich versuche in mich aufzunehmen, was sie gerade gesagt hat. Denke ich nur noch an meinen Garten? Halte ich Menschen auf Distanz? Ich habe meine Freunde vernachlässigt. Ich bin wie der Herd einer Entzündung. Alles, was mich jetzt umgibt, ist so wund und empfindlich, daß es nicht einmal von liebevollen Fingern berührt werden darf. In meinem jetzigen Leben gibt es eine Demarkationslinie. In der Vergangenheit lebte ich glücklich und geborgen in einem Zuhause, in einem warmen beleuchteten Raum mit geliebten Menschen.

In der Gegenwart werden meine Tage von Tönen des Unbehagens bestimmt wie von einem Klagelied. Der Garten ist mein wirkliches Leben, mehr als alles andere. Er ist ich. Planen und pflanzen, komplizierte Muster auf Millimeterpapier entwerfen – das ist zur größten Freude meines Lebens geworden. Das ist es, was mich am Leben erhält.

Mein Kopf ist immer voller Farben. Ständig sehe ich vor meinem geistigen Auge weite Flächen weißer Büsche vor einem wachsgrünen Hintergrund. Ich erfreue mich an meiner kleinen, frisch gepflanzten Blauen Zeder, die die Grenzen meines Besitzes vor dem Wasser dahinter markieren wird.

Ich stelle mir vor, wie sie in ein paar Jahren aussehen wird. Riesig, mit ausladenden, im Wind schwingenden Armen, die die Menschen begeistern wird, denen ich dann meinen Garten zeige.

Während ich auf der Erde kauere und meine Hände in die trockene Erde grabe oder Tausende kleiner Pflanzen pikiere, kann ich meine Ohren vor dem endlosen Telefonklingeln verschließen, das dunkle Schatten über unsere Tage wirft.

Ich kann so tun, als würde ich da draußen vor den beleuchteten Zimmern, die Nase an die Fensterscheibe gedrückt, nicht frieren, weil in den Zimmern ein Leben herrscht, das für mich zu kompliziert ist, um es zu verstehen.

»Ians Exfrau bringt euch in Schwierigkeiten, nicht wahr?« fragt Alice, als ich die Tür des Transporters öffne und Hebe reinschiebe.

»Wir wissen nicht, wie wir mit diesem Problem fertig werden sollen. Aber Hester hat nur einen Riß verbreitert, der schon vorher bestanden hat.«

Wir steigen in den Transporter, und ich starte den Motor. »Willst du sehen, wo ich gelebt habe, oder ist dir das zu morbide?«

Alice schneidet eine Grimasse. »Ich will natürlich sehen, wo du gelebt hast. Es tut mir leid, Anna. Ich hätte nicht sagen sollen, was ich gesagt habe. Wie soll ich denn wissen, was für dich richtig ist?«

Wir fahren langsam am Cottage vorbei, wenden, und ich zeige ihr Junes Haus und wo die Gewächshäuser in dem Feld mit den Pferden standen. Mehr kann ich nicht ertragen. Ich fahre in mein jetziges Leben zurück.

Nach einer Weile sage ich zu Alice: »Was hältst du davon, wenn wir unterwegs auf einen Drink einkehren?«

»Oder zwei.«

»Oder zwei und ein Abendessen.«

»Oder zwei Drinks, ein Abendessen und einen Spliff«

»Oder zwei Drinks, Abendessen, eine Prise und einer Festnahme wegen Fahrens im betrunkenen Zustand.«

Alice biegt sich vor Lachen. »Ein Spliff, kein Sniff!« Sie wird hysterisch. »O Gott, das muß ich Jake erzählen. Kein Snuff, kein Spliff, sondern Sniff!«

Ihr Lachen ist so ansteckend, daß ich auf dem Randstreifen halten muß. Wir umarmen uns und brüllen vor Lachen, während neugierige Gesichter auf der Schnellstraße vorbeirasen.

36

Ian

An meine letzte Party kann ich mich nicht einmal mehr erinnern. Jessie hat noch nie eine gegeben, denn das hätte unweigerlich zu einer Katastrophe mit Hester geführt.

Hester konnte gut kochen, sie konnte auch lebhaft und herzlich sein, doch die ganze Zeit über nahm sie dann jemanden aufs Korn und brütete in ihrem kaputten kleinen Hirn aus, welche Frau mir wohl gefallen könnte oder mit welcher ich eine Affäre hätte.

Als ich mich rasiere, kommt plötzlich Wind auf, und Regen klatscht gegen das Badezimmerfenster. Mein Mut sinkt. Anna hat alles für draußen arrangiert. Natürlich haben wir auch Regen in Betracht gezogen, aber ich möchte allen unseren Gästen Annas Garten zeigen.

Endlich habe ich das Gefühl, daß sich alles zum Guten wendet. Wir ergänzen einander, Anna und ich. Ich begreife vom Wesen ihres Gartens mehr, als sie ahnt. Ihre Raumaufteilung, die Anordnung von Licht und Farbe, das alles beeindruckt mich sehr. Es sieht zufällig aus, aber es wurde geplant, und es steckt verdammt viel Arbeit dahinter.

Als ich in die Küche komme, lehnt Anna am Herd und

liest einen Brief von ihren Söhnen. Sie ist in die Lektüre versunken, ein Lächeln umspielt ihre Lippen. Ich beobachte sie. Sie sieht so jung, glücklich und entspannt aus. Ich bin verärgert, aber nur kurz. Weder Jessie noch mir gelingt es, ein solches Lächeln auf ihr Gesicht zu zaubern. Dann erkenne ich, wie eifersüchtig ich bin. Ich fühle mich durch ihre Söhne bedroht und kann mich wegen dieses Gefühls selbst nicht leiden.

Anna faltet den Brief sorgfältig zusammen und lächelt mich an. »Hi, du.« Sie gießt mir eine Tasse Kaffee ein. »Hilfst du mir, den richtigen Platz für den Tisch zu finden?«

Als wir in den Garten gehen, sehe ich, daß meine Sorge umsonst war. Der Himmel ist klar und ohne Wolken. Als wir später den Tisch hingestellt und mit einem weißen Tischtuch bedeckt haben, ziehe ich Anna an mich. »Ich liebe dich«, sage ich zu ihr. »Und es tut mir leid, daß ich manche Dinge nicht ändern kann, das bringt mich in die Defensive ...«

»Ich weiß, Ian.« Sie umarmt mich. Ihr Scheitel paßt genau unter mein Kinn. »Ist dir schon aufgefallen«, sagt sie und geht zum Tisch und zupft an dem Tuch herum, »daß Hester schon seit Tagen nicht mehr angerufen hat?«

»Ja, das stimmt. Hat sie nicht. Deshalb sind wir auch so verdammt locker im Moment.«

Wir hören den Campingbus die Einfahrt herauffahren, Alice ruft, und Anna geht durch den Garten und ruft zurück.

Ich sitze zufrieden da und trinke meinen Kaffee und lausche dem Gezwitscher der Vögel. Später muß ich Jessie nach Truro fahren. Sie kauft sich ein neues Kleid, und wir holen Lily ab. Das ist sehr langweilig, aber Anna hat weder Zeit noch Lust dazu, deshalb muß ich den Chauffeur spielen. Wenigstens kann ich im Büro vorbeischauen, denn wie üblich wird Jessies Einkaufsbummel Stunden dauern.

In Truro gehe ich zum Geldautomaten. Ich gebe Jessie zuviel Geld, und sie quietscht vor Freude, umarmt mich aufgeregt und eilt zu ihrem Treffen mit Lily. Es ist ein gutes Gefühl, ihr das Geld geben zu können. Aber ich habe Schuldgefühle. Ich hätte Anna auch etwas kaufen oder schenken sollen.

Als ich über den Markt gehe, bekomme ich einen Schock. Ich glaube, Hester zu sehen, wie sie in der Markthalle verschwindet. Ich folge ihr, mein Herz klopft wie wild. Das ist lächerlich. Natürlich war das nicht Hester, und vor Erleichterung lache ich laut auf. Aber aus Angst vor der Vergangenheit fürchte ich mich vor dem Glück.

Denn immer dann taucht unvermutet Hester auf.

37

Anna

Dianthus. »Alice«. Eine wohlriechende Blume mit blassen elfenbeinfarbenen Blüten und karmesinrotem Kelch.

Am Tag, an dem unsere Party stattfinden soll, regnet es morgens kurz und heftig, aber der Boden ist wie Löschpapier. Minuten später hat er den Regen aufgesaugt, und der Garten sieht wie vorher aus. Zwar brauchen wir dringend Regen, doch nicht genau dann, wenn wir grillen wollen.

Um zehn Uhr brennt die Sonne wieder vom Himmel, ich hätte mir also keine Sorgen zu machen brauchen. Jake und Alice arbeiten fleißig in der Küche. Ian füllt die beiden Kühlschränke mit Getränken, und Jessie hüpft aufgeregt durch die Gegend, weil sie und Lily zwei Jungen zur Party eingeladen haben.

Noch nie habe ich Ian so glücklich gesehen. Noch nie habe ich ihn in diesem Haus summen hören. Wir haben eine glückliche Woche damit verbracht, die Party zu planen, alte Freunde einzuladen und zu entscheiden, was draußen gegrillt und was in der Küche gekocht werden soll.

Wenn die Zwillinge auch noch hier wären, wäre alles perfekt.

Aber dann kommt das Zweitbeste, ein Brief von den beiden. Mein Herz macht einen Freudensprung, als der blaue Luftpostumschlag durch den Schlitz in der Haustür fällt. Die beiden sind auf einer winzigen Insel vor der thailändischen Küste namens Phuket und leben in einer Hütte am Strand, zusammen mit einer Gruppe Amerikaner und Australier und amüsieren sich prächtig. Als ich den Brief wieder in den Umschlag stecke, sehe ich ihre Gesichter und höre ihre Stimmen so deutlich, als wären sie gerade aus dem Zimmer gegangen.

Jake ist eine Überraschung. Ich habe zwar schon einen Tag in seiner Gesellschaft verbracht, mich aber noch nie mit ihm unterhalten. Ich weiß nicht, was ich von ihm erwartet habe, vielleicht, daß er oberflächlich wäre. Aber er hat einen akademischen Grad in Anthropologie erworben und promoviert über im Wasser lebende Säugetiere. Er ist charmant und drückt sich präzise aus. Ich sehe, wie Alice über mein Erstaunen lächelt. Ich hätte meine Alice besser kennen müssen.

Kochen ist Jakes Hobby. Er gibt sich nicht mit Hausmannskost ab, sondern kocht exotische Gerichte, Speisen aus dem Orient. Wenn die beiden pleite sind, verdient er etwas, indem er für andere Leute kocht. »Sie sollten lieber in der Kochkunst promovieren«, sage ich zu ihm. »Ihre Künste an die im Wasser lebenden Säugetiere zu verschwenden ist die reinste Vergeudung, nach den Düften zu urteilen, die aus dieser Küche kommen. Die ernähren sich doch nur von Fisch und Plankton.«

Er grinst mich an. »Darüber habe ich schon nachgedacht. Als Hobby macht mir das Kochen Spaß, doch das könnte sich schnell ändern, wenn ich meinen Lebensunterhalt damit verdienen muß.«

Dann fahren Jake und Alice mit dem Lieferwagen zum Metzger und holen das Fleisch. Ach, wäre es schön, wenn ich genug Geld hätte und die beiden immer für mich kochen würden!

In der Zwischenzeit stelle ich mit Ian kleine Tische und Stühle in den Garten. Wir legen Tischdecken aus Papier darüber und stellen Blumentöpfe darauf, damit sie nicht wegwehen. Trotz der Dürre sieht der Garten noch schön aus. Ich stehe da und betrachte ihn liebevoll, wobei mir einfällt, wie er ausgesehen hat, ehe ich kam.

Große Geranien in Urnen, die prächtig bei der Trokkenheit gedeihen, hängen wie Efeu an den Seiten der Töpfe bis zur Erde hinunter. Die Luft ist voll mit dem Duft des Bauerntabaks und des Lavendels, und zwischen kornischen Hecken dehnen sich Blumenbeete aus.

Ian kommt mit einem Zeichentisch auf mich zu und lächelt mich an. »Wenn ich mir diesen Garten in Ruhe betrachte, wird mir erst bewußt, wie hart du gearbeitet hast, Anna, und wie schön du diesen Garten gestaltet hast.«

Ich drehe mich um und schaue die Palmen, die Bambusstauden und hohen Gräser, die um den Teich herum wachsen, an. Ich bewundere die zarten, wunderschönen verschiedenen Farne, mit deren Zucht ich begonnen habe, und dann lasse ich den Blick zu den Gewächshäusern und den Folientunneln schweifen, die vor Leben bersten. Zufriedenheit überkommt mich.

Meine Zukunft ist hier. Ich stehe da und mache eine Art

Bestandsaufnahme. Ich sehe alles, was ich in zwei Jahren geleistet habe – und diese Leistung ist beträchtlich. Ich habe so hart gearbeitet, daß ich nicht mehr gemerkt habe, was ich getan habe.

Jetzt kann ich mir auch nicht mehr vorstellen, früher etwas anderes getan zu haben. Pflanzen und Gärten sind mein Leben. Ich bin zu einer leidenschaftlichen und besessenen Gärtnerin geworden und sehne mich danach, zu expandieren und die Gärten anderer Menschen schöner zu gestalten, wie auch meinen eigenen. Das alles habe ich im Griff. Wie konnte ich diese Tatsache nur vergessen? Warum habe ich zugelassen, daß Hester in mein Leben eindringt und es zerstört, ein Leben, das so viele Möglichkeiten der Freude in sich birgt?

Ich gehe zu Ian, und er stellt den Tisch hin, und wir umarmen uns inmitten des Lebens, das wir uns erkämpfen wollen. »Ich liebe dich, Anna«, sagte er ruhig. »Und mir ist bewußt, wieviel du hast erdulden müssen. Ich bin frustriert, weil ich weiß, daß es Dinge gibt, die ich nicht ändern oder verhindern kann, dann fühle ich mich schuldig und gerate in die Defensive.«

»Ich weiß«, sage ich, als wir uns mitten in der Sonne wie zu einer Melodie wiegen. »Ist dir etwas aufgefallen?«

»Was?«

»Daß Hester seit Tagen schon nicht mehr angerufen hat.«

Ian grinst mich an. »Verdammt noch mal, du hast recht, Liebling. Oh, was für ein Segen, deshalb geht es uns jetzt so gut. Möge der Herr es fügen, daß sie sich irgendeiner Kommune angeschlossen hat und aus der Gegend verschwunden ist, oder etwas in der Richtung!«

»Amen!« Ich nehme das Gestell, und wir setzen den Tisch zusammen.

Ian sagt: »Ist dir eigentlich bewußt, daß wir bei der Planung dieser Party mehr Zeit zusammen verbracht haben als während unserer Ehe? Das müssen wir unbedingt ändern.«

»Ja, das müssen wir.« Ich höre Alice und Jake zurückkommen, und Alice ruft nach mir, und als ich den schattigen Flur betrete, frage ich mich kurz, ob das alles real ist oder ob wir nur glückliche Familie spielen.

Ich gehe in die Küche. »Soll ich ein Spitzenhäubchen, eine weiße Bluse und einen schwarzen Minirock anziehen und mein Goldkettchen um den Knöchel legen, wenn ich deine Gäste bediene?« fragt mich Alice und wirft Jake mit ihren schönen Augen einen provozierenden Blick zu, während er sie lüstern auf Französisch angrunzt. Auf seinen Dreadlocks sitzt schief eine Baskenmütze.

»Nein, auf keinen Fall!« sage ich und versuche, nicht zu lachen. »Ich möchte dich so, wie du leibst und lebst und wie ich dich mag. Was habt ihr beiden vor?« frage ich und rümpfe die Nase.

Beide tun so, als wären sie beleidigt. Sie ziehen ihre Schürzen aus und marschieren zur Hintertür.

»Kommt sofort zurück!« schimpfe ich. »Ich brauche euch.«

»Anna braucht uns«, sagt Alice zu Jake.

»Anna braucht uns?« sagt Jake zu Alice.

Dann bleiben sie in der Tür stehen und sehen sich liebevoll an. Plötzlich überfällt mich die Horrorvorstellung eines Hauses voller Gäste, denen ich nichts anzubieten habe. Wenn die beiden doch trinken würden, dann könnte ich ihnen wenigstens die Flasche wegnehmen.

Alice weiß, was ich denke, und lächelt mich an. »Mach dir keine Sorgen, wir albern nur rum, Anna. Es ist nur so, daß wir seit einer Ewigkeit mal ohne die Kinder sind.« Sie schaut auf ihre Armbanduhr. »Wir müssen die Jungs um halb sechs abholen. Das dauert nur eine halbe Stunde. Ich verspreche es.«

Oak und Elm sind zu einem Kindergeburtstag eingeladen, aber danach kommen sie hierher. Jessie und Lily haben uns fest versprochen, sich um die Jungen zu kümmern. Jake und Alice haben Angst, es könnte ein Feuer auf ihrem Campingplatz ausbrechen, deshalb wollen sie Oak und Elm nicht dort lassen.

Ian ist im Bad, Jessie und Lily kichern laut und machen sich in ihrem Zimmer fertig. Alice, Jake und ihre Jungen duschen in dem Anbau, den wir vor Liams und Dans Schlafzimmer angebaut haben. Ich wandere durch meinen Garten und gieße. Mir wurde Hilfe angeboten, aber ich will nicht, daß die Tischdecken naß werden, und außerdem liebe ich diese frühen Abendstunden und möchte mich vergewissern, ob auch alles in Ordnung ist.

Es ist so lange her, seit ich Gäste hatte, daß ich ein seltsames Gefühl habe. Wahrscheinlich geht es den meisten Leuten so, wenn sie noch einmal heiraten. Deine alten Freunde passen nicht immer zu deinem neuen Partner oder umgekehrt, und aus lauter Angst, es könnte so sein, lädt man manche Leute nicht ein.

Ich stehe eine Weile da und lausche auf die Geräusche, die vom Haus kommen. Vom Grill weht ein Geruch nach Paraffin und Holzkohle herüber, und plötzlich habe ich das schmerzliche Gefühl eines Déjà-vu-Erlebnisses. Ben und ich grillten oft, als die Jungen noch klein waren. Das Cottage lag nach Südwesten, deshalb hatten wir den Abend über immer Sonne.

Ian hat die kleinen Lampen eingeschaltet, und obwohl es noch nicht dunkel ist, strahlt das Licht aus dem Wohnzimmer Wärme aus.

Ian hat Musik gemacht, und ich lächele, als ich Neil Diamond durchs offene Fenster höre. Seine Songs wecken Erinnerungen an andere Zeiten und andere Orte, als unsere Kinder noch Babys waren und wir sie immer auf Parties zu Freunden mitschleppten, wo solche Musik gespielt wurde.

Ian sieht mich nicht. Er raucht eine Zigarette und tanzt mit geschlossenen Augen. Ich sehe, daß er in diesem Moment vollkommen glücklich ist, was mich mit einem Gefühl erfüllt, das ich nicht beschreiben kann, denn ich weiß, daß solche Augenblicke in seinem Leben zu selten waren, und ich bin glücklich. Ich lächele und schleiche davon. Ich muß noch baden und mich umziehen.

Der Garten ist voller Leute. Oak und Elm tragen kleine Tabletts mit Wurstscheiben, Knabberzeug und Nüssen und bieten sie den Gästen an. Jessie und Lily tun dasselbe, aber viel gehemmter. Ihre beiden Freunde sind noch nicht gekommen, und die Mädchen sitzen wie auf glühenden Kohlen.

Ich stelle Ian meinen Freunden vor, die er noch nicht kennt, und er stellt mich seinen Klienten und potentiellen Klienten vor. Ich freue mich, Pud und Nick wiederzusehen, und ich freue mich besonders über die Freundschaft, die sie Ian entgegenbringen. Außerdem beobachte ich mit Interesse, wie Ian mit seinen Klienten umgeht. Alles scheint bestens zu klappen, trotz der so verschiedenen Menschen. Der Geräuschpegel ist ziemlich hoch, und es wird viel gelacht. Es ist einfacher, draußen eine Party zu geben. Beim Grillen sind die Leute entspannter.

Alice stellt Schüsseln mit Salaten auf die Tische und auch das köstliche Curry, das Jake heute früh in der Küche gekocht hat. Jake und Ian bedienen den Grill, Jessie und Lily helfen den beiden.

Es tut gut, die Menschen wiederzusehen, die ich früher einmal gut kannte, obwohl wir uns mittlerweile entfremdet haben. Ich fühle mich ihnen gegenüber nicht unwohl, aber ich habe keine Beziehung zu ihrem Leben mehr. Das ist vorbei.

Mit den Freunden, die June und ich gemeinsam hatten, fällt mir der Umgang nicht so schwer, doch nach wie vor ist das Hauptthema Gärten. Da befinde ich mich auf sicherem Terrain. Und ich merke, daß ich mich von Freunden, die ich gemeinsam mit Ben hatte, entfernt habe. Vielleicht will ich auch nicht an jene Zeiten erinnert werden, obwohl ich auch nicht vollständig den Kontakt zu ihren verlieren möchte.

Ich bin wirklich gerührt, als Mrs. Penhilly mit einem Chauffeur kommt. Als ich ihr den Garten zeige, folgt uns eine kleine Schar Gäste – vielleicht gewinne auch ich ein paar neue Kunden.

Jessie sitzt mit geröteten Wangen und ziemlich gehemmt neben einem schlaksigen Jungen im Gras, der viel zu jung aussieht, als daß er schon öffentlich rauchen dürfte. »Das ist Darren«, sagt sie. Ich lächele ihn an und denke, daß Ian und ich uns bald an einen Garten voller junger Leute gewöhnen müssen. Jessie hat Make-up aufgelegt; sie sieht gut vier Jahre älter aus, als sie ist, stelle ich erschrocken fest.

Lily tanzt mit einem pickeligen jungen Mann – der aber ein bezauberndes Lächeln hat – zu lauter Musik im Wohnzimmer. Oak und Elm tanzen miteinander.

Aus heiterem Himmel überkommt mich das Gefühl, daß ich in ein anderes Leben getreten bin, jemand anders geworden bin. Ich fliehe durch die Küche und die Hintertür ins kühle Dunkel draußen. Musik- und Geräuschfetzen, Lachen schwellen an und werden leiser, und ich stehe eine Weile da und atme den schweren Duft der Rosen ein, ehe ich wieder ins Haus gehe.

Plötzlich sehne ich mich nach den Jungen, die mich sicher in meiner Vergangenheit verankern.

Der Moment vergeht, und als ich zur Tür gehen will, dringt mir wieder dieser seltsame Duft in die Nase. Die Rosen riechen anders, aber ich kann den Geruch nicht identifizieren.

In der Küche stapelt Pud Teller aufeinander. Spontan umarmt sie mich, als hätte etwas in meinem Gesicht mich verraten. Sofort fühle ich mich besser.

Als die letzten Gäste gehen, sind wir alle sehr müde. Lily und Jessie haben Oak und Elm ins Bett gebracht. Die Jungen schlafen entweder in Liams oder in Dans Zimmer, und die beiden Mädchen sind schwatzend die Treppe hoch in ihr Zimmer gegangen.

»Ich glaube, man kann sagen, daß alles prächtig geklappt hat«, sagt Ian glücklich. »Jake, Ihr Essen hat überirdisch gut geschmeckt. Und, Alice, du warst, wie immer, phantastisch.«

Alice und Jake grinsen, heben die Hände und verschwinden im Bett.

»Du auch«, sage ich zu Ian. »Aber du kannst kaum noch stehen.«

»Ich kann es nicht zulassen, daß du allein aufräumst.«

»Ich tue jetzt nichts mehr. Im Garten ist nichts Wertvolles. Ich koche mir nur eine Tasse Tee und entspanne mich eine halbe Stunde, sonst kann ich nicht schlafen.«

»Okay.« Er küßt mich auf die Stirn. »Danke für alles.«

Hebe und ich sitzen auf dem Sofa, und ich rauche eine von Ians Zigaretten. Nur eine kleine Lampe brennt, es ist still und das Zimmer voller Schatten. Plötzlich läuft mir ein Schauder über den Rücken; ich bin müde und friere. Als das Wasser im Kessel kocht, stehe ich auf und mache Tee und nehme ihn mit zum Sofa.

Ich lausche dem Ächzen und Stöhnen des Hauses.

Die Stille breitet sich aus und dringt aus den Winkeln des Zimmers in mich ein, als würde sie flüstern, versuchen, mir etwas zu erzählen. Und ich denke an alle die Menschen, die ihr Leben in diesem Räumen gelebt haben.

Eine Tür wird leise geöffnet und geschlossen, und Alice kommt barfuß ins Zimmer. Sie trägt einen langen Kimono, und ihr Haar fällt ihr offen über die Schultern, und eine schreckliche Sekunde halte ich sie im Halbdunkel für eine Indianerin.

»Störe ich dich?« flüstert sie.

Ich schüttele den Kopf. »Kannst du nicht schlafen?«

»Ich habe geschlafen, aber plötzlich wachte ich auf. Geht es dir gut, Anna?«

»Ja. Ich sitze hier und entspanne mich. Ich mußte an die Geister der Vergangenheit denken, an die Menschen, die hier früher gelebt haben.« Alice schweigt. »Was ist mit dir los, Ali? Bist du in Ordnung? Möchtest du Tee?«

Sie schüttelt den Kopf, und ich versuche, sie zum Lächeln zu bringen. »Als du ins Zimmer kamst, dachte ich, du wärst eine Indianerin!«

Alice nickt nur, sie scheint weder überrascht noch amüsiert. »Wußtest du, daß in der Geisterwelt Schutzengel oft wie Indianer aussehen?«

Das wußte ich nicht. »Bist du mein Schutzengel, Liebling?« Ich lächele.

»Ja, das bin ich.« Sie kommt näher, und ich sehe, daß sie weint. Sie kommt zu mir, kniet hin und umschlingt mich mit den Armen und fängt herzzerreißend zu schluchzen an.

»Alice, Alice.«

Zutiefst erschüttert streichele ich ihr Haar. Das ist ein ungewöhnliches Verhalten für sie. »Was ist los?«

Sie hebt den Kopf. »Ich weiß es nicht ... Ich weiß es nicht ... Ich wachte auf und spürte plötzlich eine überwältigende, entsetzliche Traurigkeit in diesem Haus.«

Daran war wohl der Pot schuld. Ich stehe auf und gebe ihr etwas Tee zu trinken. »Du bist erschöpft, Ali. Geh jetzt zu Bett. Du brauchst deinen Schlaf.«

»Gehst du auch ins Bett?«

»Ja, gleich.« Sie sieht mich mit seltsamen Blicken an, die Pupillen riesengroß.

»Dieses Haus ... wartet«, sagt sie.

»Worauf?« frage ich irritiert, und die vertraute Angst streckt ihre Hand aus und fährt mit ihren eiskalten Fingern über meine Wirbelsäule.

Alice antwortet nicht. »Alice, Schatten werden zu bedrohlichen Wesen, wenn du Substanzen zu dir nimmst, die du nicht nehmen solltest. Ich wünschte, du würdest das nicht tun. Gute Nacht.«

Ich puste einen Kuß in ihre Richtung und steige mit schweren Schritten die Treppe hoch. Morgen ist Sonntag, da kann ich ausschlafen.

Auf dem Treppenabsatz drehe ich mich um und schaue hinunter. Alice schaut hoch, ihre dunkle Haut spannt sich über ihren zarten Wangenknochen, sie steht sehr ruhig im Halbschatten und beobachtet mich.

38

Hester

Musik und Stimmen. Scheinwerferlicht fällt in einem Bogen durch die Bäume. Autos biegen vom Weg zum Haus unten ab. Was ist da los?

Mein Kopf schmerzt. Ich will mich nicht bewegen. Es ist zu heiß, um in der Stadt herumzulaufen. Die Bäume sind kühl. Ich mag die Bäume jetzt. Ich liege und schaue zu den Blättern hoch, die Zweige bewegen sich hin und her, hin und her.

Sie flüstern mir etwas zu, flüstern. Aber heute abend kann ich ihre Stimmen wegen meiner Kopfschmerzen nicht hören.

Autotüren werden zugeschlagen. Ich setze mich auf, krieche aus meinem Schlafsack und sehe, daß das Haus unter mir beleuchtet ist. In jedem Fenster ist Licht. Durch die Bäume sieht das beleuchtete Haus hübsch aus. Ich kann an der Vorderseite Leute, die ich nicht sehen kann, laut lachen und reden hören.

Ich sollte mir besser das Haar bürsten und etwas Parfüm auftragen, die Marke, die mein Dad mochte.

Ich zwinge meine Beine, sich zu bewegen. Ich bin heute

etwas steif und benommen. Ich gehe zu dem Zaun, der den Wald umgibt. Ich verharre unter den Bäumen und gehe zum Haus hinunter. Ich spähe durch die riesigen Rosen an dem brüchigen Spalier und kann ein Fenster sehen. Es ist das Küchenfenster. Ich sehe Weinflaschen auf dem Tisch und Teller mit Folie darüber. Sie geben eine Party. Ich hatte recht, sie geben eine beschissene Party ohne mich.

Ich kauere mich hin und lausche. Ich bin mir sicher, das ist Jessies Lachen. Zwei Mädchen lachen. Ich bin einsam. Ich bin einsam. Mehr und mehr Autos kommen, und die Stimmen und das Gelächter sind wie Wogen, die in Explosionen zu mir durchdringen. Ich möchte sehen, ich möchte sehen, was da vor sich geht.

Ich bin wütend. Das ist mein Haus. Das sind mein Mann und mein Kind. Ich leide, und die Stimmen unter den Bäumen sind laut. Ich wiege mich vor und zurück, bis ich mich besser fühle. Ich kann nicht nahe genug ran. Ich kann nicht erkennen, was da vor sich geht. Ich kann nur Bewegungen sehen, bunte Kleider durch die Bäume.

Ich könnte da runtergehen, ich könnte sagen: »Hallo, ich bin Hester Roberts, Ians Frau. Danke, daß Sie gekommen sind.« Ich hätte mir ein Kleid kaufen können, hätte ich es gewußt.

Der Essensgeruch macht mich hungrig. Ich schleiche zum Küchenfenster. Ich frage mich, ob die Hintertür offen ist. Ich könnte es probieren. Ich könnte mir Essen holen. Ich habe jedes Recht dazu.

Eine Stimme ganz in der Nähe läßt mich zusammenfahren, und ich kehre schnell in den Schatten zurück und zerkratze mir den Arm an einer herunterhängenden Rose. Der Geruch ist so stark, daß mir übel wird.

Ich fange an zu frieren. Ich gehe unter die Bäume zurück und krieche in meinen Schlafsack. Ich krieche rein und esse eine Packung verdauungsfördernde Kekse und trinke eine Dose Bier. Sehr gut.

Ich lege mich wieder hin, und mein Herz hämmert vor Haß auf die Hure, die mir die Menschen gestohlen hat, die mich lieben. Bei den Klängen der Musik und dem Stimmengemurmel in der Ferne schlafe ich wieder ein.

Als ich wach werde, ist alles still und dunkel, aber im Haus brennen noch Lichter.

Ich bin wieder hungrig. Ich schleiche vorsichtig in den Garten hinunter. Die Tische sind abgeräumt, aber auf dem Grill finde ich ein Würstchen und esse es. Ich gehe durch den Garten, am Haus vorbei zu den flüsternden Bäumen zurück, wo ich in Sicherheit bin.

Ich lache. Sie wissen nicht, daß ich hier bin.

Als ich bei meinem Schlafsack ankomme, gehen im Haus alle Lichter aus.

39

Anna

Erigeron. Scharfes Berufskraut. Ein Korbblütler, reich beblättert, mit dunkelroten Blüten und gelben Blumenkronen, wie Gänseblümchen.

Es ist Sonntag mittag, und wir faulenzen – noch immer leicht verkatert – im Gras im Schatten und essen die Reste vom Abend auf. Alice und Jake sind noch da, und Oak und Elm spielen mit alten Fahrrädern, die wir in der Garage gefunden und geputzt haben. Eines hat Jessie gehört und das andere entweder Liam oder Dan.

Es ist schön, Kinder im Haus und im Garten zu haben, und ich bin glücklich, daß Alice und Jake es nicht eilig hatten, nach Hause zu kommen. Lily und Jess lungern entweder im Haus oder im Garten herum und überlegen, ob sie die Energie aufbringen, zum Schwimmen an den Strand zu gehen.

Ian sitzt in einem alten Liegestuhl, der aussieht, als würde er jeden Augenblick zusammenkrachen, und liest die Sonntagszeitungen.

Jake schläft, und Alice und ich sind von Samenkatalogen

umgeben, wir schmieden träge Pläne für den nächsten Sommer und den Direktverkauf an Kunden.

»Wie hat der Garten den Ansturm der Gäste überlebt?« fragt Alice.

»Ganz gut«, sage ich ihr. »Jemand hat sich im kleinen Gewächshaus rumgetrieben, ein paar Blüten gepflückt und in kleinen Reihen hingelegt.«

Alice schneidet eine Grimasse. »Hoffentlich waren das nicht die Jungs. Mir ist aufgefallen, daß am Teich Geranientöpfe woanders hingestellt wurden. Oder warst du das?«

»Nein.« Ich lächele sie an. »Was spielt das für eine Rolle? Hauptsache, sie fallen nicht rein, Liebling.«

Jake setzt sich plötzlich auf und sagt: »Anna, darf ich mal Ihr Telefon benutzen?«

»Nur zu, Jake.«

Alice sieht überrascht aus. »Wenn willst du denn auf einmal anrufen?«

»Meine Mum. Es wird höchste Zeit, daß ich es tue, Ali.«

Alice schaut ihm interessiert hinterher. »Ich frage mich, was ihn darauf gebracht hat. Er hat seit einer Ewigkeit keinen Kontakt mehr zu seiner Mutter. Sie hält weder was von seinem Lebensstil ... noch von mir.«

»Wie schade.«

»Ja. Vor allem, weil er ein Einzelkind ist. Aber seine Eltern sind, na ja, engstirnig und spießig. Sie haben große Hoffnungen in ihn gesetzt, und dann heiratet er mich, die ledige Mutter zweier Kinder, deren Eltern in einer Sozialwohnung leben. Eine Herumtreiberin. Man kann es ihnen nicht verdenken, oder?«

Ich lächele sie an. »Wenn sie dich nur kennen würden.«

Plötzlich setzt sie sich auf. »Du bist es. Genau! Hier wird er an zu Hause und faule Sonntage auf dem Rasen mit Röstkartoffeln und Gin Tonic erinnert. An all die Dinge, die er vermißt, was er aber nie zugeben würde.«

Ich lache. »Danke, Alice. Wir sind also engstirnig und spießig, wie?«

»Nein! Nein, Anna! Du weißt doch, was ich meine.«

»Natürlich!« Ich stehe auf und stapele die Teller auf das Tablett. »Ich gehe ins Haus und mache Tee.«

»Oh, gut«, sagt Ian hinter der Zeitung.

»Ich komme mit und helfe dir«, schlägt Alice vor.

»Nein, bleib lieber hier und paß auf die Jungs auf. Ich will nicht, daß sie ins Wasser fallen.«

Jake hat schon aufgelegt und sieht sehr zufrieden aus. »Alles okay?« frage ich.

»Ja. Danke, daß ich Ihr Telefon benutzen durfte, Anna. Meine Eltern kommen mit meinem Lebensstil nicht zurecht, und Ali ist ein Teil davon. Aber meine Mutter hat mich gebeten, sie zu besuchen, mit Ali und den Jungs. Sie versucht ... Sie hat sich sehr gefreut, von mir zu hören.«

»Müttern fällt es schwer, loszulassen, ihre Meinung zu ändern und in den Hintergrund zu treten.« Ich grinse ihn an. »Warum, glauben Sie wohl, sind meine beiden Söhne bis ans andere Ende der Welt abgehauen?«

Jake nimmt mir den Wasserkessel aus der Hand und stellt ihn auf den Herd. »Sie sind in Ordnung, Anna. Ich bewundere Sie sehr. Wenn Sie sich je an Ihre Söhne geklammert haben, dann hatten Sie bestimmt einen Grund dafür. Ali sagt, Sie und die Jungs stehen sich sehr nahe.«

»Das hoffe ich. Aber ich hatte Schwierigkeiten, sie gehen zu lassen, Jake. Sie waren und sind mein einziger Lebensinhalt. Und das ist für jeden von uns und für alle anderen eine verdammte Belastung und schwer zu ertragen. Ich bin froh, daß sich die beiden für eine Weile davon befreit haben. Sollte ihnen jedoch etwas passieren, möchte ich nicht mehr weiterleben. Das ist falsch, aber so ist es nun mal.«

Mich schaudert plötzlich. Nach der Sonne draußen ist es in der Küche kühl. Jake schaut mich an. Er will etwas sagen, als das Telefon läutet.

Ich gehe ran. »Hallo«, sagt die Stimme. »Hier ist Hester. Kann ich mit Jessie sprechen, bitte?«

»Ja, Hester. Ich hole sie an den Apparat«, sage ich höflich, aber schweren Herzens, denn sie klingt entsetzlich nahe.

Ich rufe Jessie, die – Lily im Schlepptau – angelaufen kommt und offensichtlich hofft, einer der pickligen Jünglinge vom gestrigen Abend sei am Apparat. »Deine Mutter«, sage ich.

Sie macht ein langes Gesicht. Arme Jess. »Oh, Scheiße, oh, verdammt, verdammt. Scheiße!«

»Jess!« sage ich automatisch und gehe in die Küche zurück, wo Jake die Teekanne füllt. Wir lauschen beide schweigend dem Gespräch.

»Hallo!« sagt Jess kurz und dann nach einer langen Pause: »Mum ... Was? Natürlich kann ich mit dir nicht in die Ferien fahren. Morgen fängt die Schule wieder an. Nein, ich kann nicht ... Ich bin bei zwei Prüfungen durchgefallen ... Ich lerne jede Stunde, die Gott geschaffen hat, für die Wiederholungsprüfung.«

Jake und ich verziehen das Gesicht und hoffen, daß sie nicht zur Salzsäule erstarrt.

»Ja ... Okay. Ich sag's ihm. Was für eine Nachricht? Ich weiß nicht ... Vielleicht ... Irgendwann. Mum. Dad ist nicht hier. Was? Du wartest worauf? Ich verstehe nicht ... Oh, Gott sei Dank, ihr ist das Geld ausgegangen.«

Jess kommt in die Küche und beäugt den Kuchen, den ich für Oak und Elm aus dem Schrank nehme. »Bekloppt wie immer, aber diesmal hat sie ganz fröhlich geklungen. Reicht der Kuchen auch noch für Lily und mich?«

Alice und ich spazieren mit Hebe den Weg zu dem ausgebrannten Herrenhaus hinauf.

Es ist später Nachmittag, und Ian und Jake haben Lily nach Hause gebracht und sind mit Oak und Elm zum Schwimmen gefahren. Es ist noch zu früh, um mit dem Bewässern anzufangen.

Alice war noch nie hier oben, und der riesige verwilderte Garten entzückt sie. Stumm schaut sie zu dem verfallenen Haus hinauf. Wieder rieche ich diesen Kräuterduft und habe das Gefühl, die Zeit stünde still.

Eine Amsel singt in den unteren Zweigen einer riesigen Tanne, als würde ihr das Herz brechen.

Sonst ist es hier sehr still, und nach einer Weile wird die Stille bedrückend und erstickend.

Das Haus scheint uns – in der Zeit erstarrt – mit seinen leeren Fenstern, die wie traurige Augen aussehen, anzustarren. Es strahlt ein beinahe greifbares Gefühl des Wartens auf die Errettung aus über fünfzigjähriger Vernachlässigung aus. Doch irgend jemand kümmert sich darum, denn von Zeit zu Zeit wird das Gestrüpp radikal gestutzt, damit das Haus nicht total von der Natur zurückerobert wird.

Alice sagt langsam: »Es ist ein so schönes Haus. Steht da, als würde es um etwas trauern. Noch nie habe ich so riesige Rhododendren und Kamelienbäume gesehen. Ich wußte gar nicht, daß die so groß werden. Jemand sollte das Haus wieder aufbauen und zum Leben erwecken.«

»Vielleicht kann sich das der Besitzer nicht leisten. Niemand weiß, ob es noch den Trevillians gehört.«

Alice kann ihren Blick nicht davon losreißen. »Ich kenne die Gerüchte. Auf dem Besitz liegt angeblich ein Fluch, weil die Trevillians vom Unglück verfolgt wurden. Ein Kind ist unter mysteriösen Umständen im See ertrunken, und dann ist Feuer ausgebrochen, und niemand kennt die Ursache. Danach – das hat mein Vater mir erzählt – hat die Familie den Mut verloren und ist auf eines ihrer anderen Besitztümer gezogen.«

»Das wußte ich nicht. Angeblich spukt es in dem Haus. Die Jungs haben sich hier gern gegruselt. Ich finde diesen Ort nicht unheimlich. Das Haus sieht nur traurig und vernachlässigt aus.«

Alice wirft mir einen Blick zu, sieht mich aber nicht. »Zurückweisung. Ablehnung, Anna. Auch Geister können ihre Ruhe finden. Früher, vor langer Zeit, lebte in diesem Haus eine glückliche Familie, Kinder liefen über den Rasen und zum See hinunter. Früher wurde dieser Ort sehr geliebt ...«

Ich beobachte sie und muß an ihre quälende Sorge gestern abend denken. Manchmal sieht sie so müde wie eine kleine alte Dame aus. »Alice, was siehst oder fühlst du«, frage ich, »wozu wir anderen nicht fähig sind?«

Sie dreht sich um, sieht mich an und lehnt sich gegen den Granitpfeiler. Sie trägt einen knöchellangen weinfarbenen

Baumwollrock und ein abgeschnittenes schwarzes T-Shirt, das ihre braune Taille frei läßt. Ihr seitlich geflochtener Zopf fällt ihr bis auf die Hüfte. Sie sieht wie eine schöne Illustration von Arthur Rackham aus einem alten Märchen aus.

»Meine Großmutter hatte die Gabe. Meine Mutter nicht. Ich hatte sie schon als Kind. Manchmal kann ich die Stimmen nicht zum Verstummen bringen, sie flüstern, flüstern, flüstern. Es ist, als wäre ich ein Löschpapier, das Dinge aufsaugt ... Am schlimmsten ist es in alten Häusern oder an Orten, wo etwas passiert ist. Ich lege Karten, doch das können viele Leute. Aber dieses Gefühl des Wissens, etwas zu spüren, ohne es wirklich zu verstehen ... Ich wünschte, ich hätte diese Gabe nicht ... Ich werde krank davon ...«

Sie stößt sich vom Pfosten ab und versucht zu lächeln. »Komm, gehen wir weg, diese Traurigkeit ist ansteckend. Normalerweise kann ich damit umgehen, nur dann nicht, wenn ich müde bin. Gehen wir zum See mit den Reihern, von denen du mir erzählt hast.«

»Wir müssen dem Pfad links von dir in den Wald folgen und kommen an der Rückseite des Hauses wieder heraus.«

Wir gehen in den Wald. Hebe springt im Unterholz vor uns her. Plötzlich jault sie vor Angst auf, rast zu uns zurück und weigert sich mit gesträubten Nackenhaaren weiterzugehen. Alice berührt meinen Arm. »Anna, es tut mir leid, aber ich gehe auf keinen Fall da rein. Es erstaunt mich, daß du dich traust.«

Ich lache nervös, denn ihr blasses Gesicht erschreckt mich. »Du hast recht, der Wald ist gespenstisch, aber der

See und die Reiher sind wundervoll. Hebe macht das oft. Sie erschreckt sich selbst im Unterholz.«

Während wir den Pfad zum Haus zurückgehen, frage ich mich, wo meine reizende, gelassene Alice geblieben ist. Als könnte sie meine Gedanken lesen, sagt sie zögernd: »Anna? Darf ich dich um etwas bitten? Ich weiß, ich verlange viel von dir, aber ich werde irgendwie träge. Das Reisen fehlt mir. Jake fährt für ein paar Tage zu den Baum-Aktivisten nach Newbury. Ich möchte ihn so gerne begleiten. Schaffst du es ohne mich, wenn ich vorher eine Menge Überstunden mache?«

Ich betrachte ihr schönes Gesicht und kann ihr den Urlaub nicht verwehren. Mich verläßt der Mut, aber ich werde es schon schaffen. »Geh, Liebling. Aber komm als fröhliche Alice wieder. Versprochen?«

Sie lacht. »Auch du merkst, daß ich anders bin! Jake sagt es ebenfalls.«

Als wir zum Haus zurückkommen, ist Hebe noch immer nervös und kläfft. Das ist ungewöhnlich. Als ich die Vordertür aufschließe, rennt sie plötzlich wütend bellend um die Hausecke und die Böschung hinauf zum Wald. Ich bekomme eine Gänsehaut auf den Armen. »Vielleicht treibt sich da oben auf dem Land des Richters jemand herum.«

Alice geht und nimmt Hebe auf den Arm. Auch ihre Nackenhaare sträuben sich, während sie zu den dunklen Bäumen hinaufstarrt. Sie dreht sich um und sieht mich an. »Ich glaube, Jake und Ian sollten sich da oben mal umsehen, sobald sie zurückgekommen sind. Jake sagt, der alte Wildhüter kümmert sich nur noch um seine Fasane, die er in einem Gehege auf der anderen Seite des Waldes aufzieht. Und der Richter ist nie da.«

»Brauchen wir jetzt ein Glas Wein?« frage ich, als wir reingehen.

»Aber ja doch«, sagt Alice.

Ich muß Vorhänge für die Küchenfenster nähen. Das wollte ich schon den ganzen Sommer über tun.

40

Ian

Hester ruft jetzt wieder jeden Abend zwei- oder dreimal an. Die Gespräche unterscheiden sich kaum voneinander. Immer sagt sie, daß sie mit Jessie sprechen will, aber ich habe das Gefühl, sie ruft mehrmals an, damit sie entweder Anna beschimpfen oder die Wut in meiner Stimme hören kann.

Ich habe das Sozialamt angerufen und mit der für sie zuständigen und geplagten Sozialarbeiterin gesprochen und auch mit Hesters Mutter telefoniert, doch beide Frauen haben keine Ahnung, wo sie ist. Wir vermuten, daß sie sich jetzt in Cornwall aufhält, sind uns dessen aber nicht sicher. Wenn Jessie versucht, den Aufenthaltsort ihrer Mutter herauszufinden, gibt Hester konfuse und ausweichende Antworten.

Das einzig Gute daran ist, daß Hester offensichtlich unsere Adresse nicht herausgefunden hat und uns deshalb nur mit ihren Anrufen belästigt. Ich bin stolz auf Jessie. Sie wird allmählich erwachsen und fängt an, fabelhaft mit den Anrufen fertig zu werden. Sie wimmelt Hester fast wie eine lästige Fliege ab.

Jeden Abend schalten wir den Anrufbeantworter ein, doch das mindert nicht die nervliche Anspannung, bis das Telefon läutet und wir ihre Stimme hören, es erspart uns nur, mit ihr sprechen zu müssen. Der Anrufbeantworter macht sie wütend, und sie läßt einen Schwall Beschimpfungen los, bis ich aufspringe und den Apparat abschalte. Doch oft geben wir einfach auf und legen den Hörer neben die Gabel.

Heute beim Abendessen läutet wie gewöhnlich das Telefon, aber nicht Hester ist am Apparat, sondern meine Mutter. Ich stehe schnell auf und schalte den Anrufbeantworter ab. Für ihren Anruf muß es einen wichtigen Grund geben. Sie schreibt zwar regelmäßig, telefoniert aber selten.

Sie ist gestürzt und hat sich den Oberschenkelhalsknochen gebrochen. Ihr Anruf ist also ein Hilferuf. Ein verdammt schlechter Zeitpunkt. Ich stecke bis zum Hals in Arbeit, aber ich muß sie natürlich besuchen. Ich spreche ein paar Minuten mit der Schwester im Krankenhaus. Anscheinend hat sie bisher allen Leuten verboten, mich zu verständigen, weil ich immer so beschäftigt bin.

Plötzlich mache ich mir Sorgen. Meine Mutter ist eine sehr alte Dame und eine Hüftoperation in ihrem Alter ein großes Risiko. Ich erkläre Anna die Situation.

»Ich muß zu ihr fahren, Anna. Die arme alte Frau.«

»Selbstverständlich, und zwar so bald wie möglich, Ian.«

»Dad, ich will mitkommen. Ich möchte auch Oma besuchen. Bitte. Komm schon, Dad. Diese Woche haben wir nur Vorbereitungskurse, da kann ich meine Bücher mitnehmen. Oma könnte sterben, und dann werde ich sie nie wieder sehen.«

»Darüber reden wir später, Jess. Bist du fertig? Wir sind spät dran.«

Wir gehen zu einer Elternversammlung, auf die ich verzichten könnte. In Gedanken bin ich schon unterwegs nach Durham.

»Wann kommt Alice zurück, Liebling?«

»Am Mittwoch, also morgen.«

»Gut. Bitte sie doch, am Donnerstag hier zu übernachten. Morgen muß ich ins Büro zu einer wichtigen Besprechung. Aber am Donnerstag fahre ich ganz früh nach Durham und komme Freitag abend zurück. Ich möchte nicht, daß du allein im Haus bist. Wir wohnen zu abgelegen.«

»Ian, ich komme schon zurecht«, sagt Anna. »Und du mußt länger bei deiner Mutter bleiben, sonst lohnt sich die weite Fahrt doch kaum.«

»Das geht im Augenblick nicht, Anna. Ich habe zuviel Arbeit. Später fahre ich noch einmal zu ihr und bleibe länger.«

Jessie kommt wieder rein und schnappt sich ein paar Bücher. »Fahren wir, Dad, sonst kommen wir zu spät.«

Ich grinse Anna an und greife nach den Autoschlüsseln. »Bestimmt ist sie über ihren verdammten Kater gestolpert, der immer auf der Treppe sitzt.«

Anna lächelt zurück. »Ihr seid vermutlich in ungefähr einer Stunde wieder zurück. Hoffentlich verläuft der Abend gut für dich, Jess.«

Anna steht an der Tür. Ich habe das Gefühl, sie möchte zur Abwechslung mal einen Abend für sich allein haben, und wünsche mir, ich hätte daran gedacht, den Hörer von der Gabel zu nehmen.

41

ANNA

Digitalis purpurea f. alba. Fingerhut. Ein winterharter Rachenblütler mit nickenden, trompetenförmigen weißen Blüten in langen Trauben im Juli/August. Liebt den Schatten und muß gestützt werden. Gift- und Arzneipflanze.

DER SOMMER IST PLÖTZLICH ZU ENDE; wegen der langen Dürre fallen die Blätter früher ab. Die Hitzewelle ist vorbei; die Temperaturen sind für September normal, und jede Nacht bläst der Wind kleine gelbe Blätter auf den Rasen.

Früher liebte ich den Herbst, doch Ben, meine Mutter und June, sie alle starben, als der Sommer endete. Gegen den Winter habe ich nichts, dann ziehe ich um vier Uhr nachmittags die Vorhänge zu und sitze mit Saatkatalogen und Gartenbüchern vor dem Kamin, aber ich hasse diese Zwischenzeit, wenn es im Sommerhaus kalt wird, sobald die Sonne nicht mehr scheint, und der Garten verwahrlost aussieht, weil alles verblüht.

Ich fürchte mich davor, ans Haus gebunden zu sein und ständig das Telefon schrillen zu hören oder den Anrufbeantworter abzuhören, bis nach dem Pfeifton dann wieder Hesters nasale Stimme nervt.

Wir benutzen den Anrufbeantworter als Schutzschild. Zwar sind wir gezwungen, noch immer ihre Stimme zu hören, aber wir müssen nicht mehr den Hörer abnehmen und ihr antworten. Wenigstens haben wir jetzt das Gefühl, uns den Ärger, den sie macht, ein wenig vom Hals halten zu können.

Wenn der Anrufbeantworter eingeschaltet ist, redet sie manchmal überhaupt nicht, manchmal läßt sie einen Schwall Beschimpfungen los, dann steht Ian müde auf und schaltet ihn aus. Dann geben wir resigniert auf und legen den Hörer neben die Gabel, aber wenn wir das tun, haben wir das Gefühl, daß sie gewonnen hat und uns von der Außenwelt abschneidet.

Ich war gerührt, wie Jessie mit den ständigen Anrufen ihrer Mutter fertig wurde und wie sie mich zu beruhigen versuchte.

»Laß dich nicht von ihr fertigmachen, Anna. Dad hat recht, vielleicht hört sie auf, weil sie uns nicht finden kann. Dann wird sie etwas völlig Verrücktes tun und wird aufgegriffen und wieder eingesperrt.«

Vielleicht. Aber Hester ist nicht dumm. Als sie aus Telefonzellen in London anrief, konnten wir ihre Telefonate zurückverfolgen. Doch jetzt blockiert sie ihre Anrufe. Wir wissen nicht, wie nah oder wie weit entfernt sie von uns ist.

Jessie klingt cool, aber mir ist aufgefallen, daß sie sich nicht mehr mit Lily in Truro trifft, und wenn wir einkaufen, schaut sie im Laden dauernd über die Schulter, sie ist nervös, kaut auf ihrer Unterlippe, und ihr Blick huscht ständig hin und her, als fürchte sie, Hester könnte jeden Moment auftauchen. Das ist kein Leben.

Doch als die Abende länger werden, rücken wir drei näher zusammen. Äußerlich hat sich nichts verändert, doch es herrschen mehr Liebe und Frieden zwischen uns – auch ohne Worte. Zum ersten Mal fühlen und benehmen wir uns wie eine Familie.

Heute abend bin ich allein, weil die beiden zum Elternabend in Jessies Schule gehen, und ich finde es herrlich, einen ganzen Abend für mich zu haben.

Jessie möchte ihren Vater begleiten, wenn er zu seiner Mutter fährt, und ich halte das für eine sehr gute Idee, daß Jessie ihre Großmutter wieder einmal sieht. Ian möchte, daß ich Alice bitte, bei mir zu übernachten, während er verreist ist. Sie kommt morgen zurück, und ich freue mich schon auf das Wiedersehen mit ihr.

Ich spüle das Geschirr vom Abendbrot und gieße mir noch ein Glas Wein ein, da läutet das Telefon wieder. Ian hat vergessen, den Anrufbeantworter einzuschalten, und ich weiß nicht, ob ich es läuten lassen soll, falls Hester anruft, oder ob ich abnehmen soll, falls sich die Zwillinge melden. Zögernd nehme ich den Hörer ab. Meine Schwester Jane ist am Apparat.

»Ist das eine Überraschung!«

»Ich weiß. Plötzlich hatte ich Sehnsucht, deine Stimme zu hören. Wahrscheinlich macht das die Menopause!«

Eine Welle der Zuneigung überkommt mich. Jane versteckt ihre Gefühle immer hinter flotten Sprüchen.

»Ist alles in Ordnung?« frage ich.

»Ach, Annie, ich habe solche Angst gehabt. Du weißt doch, daß Rob plötzlich beschloß, zur Army zu gehen? Jedenfalls, nachdem er seine Ausbildung in Sandhurst beendet hatte, ging er direkt nach Bosnien ...«

Ich schäme mich, denn ich hatte ganz vergessen, daß Rob nicht mehr zu Hause lebte.

»Hast du am Sonntag die Abendnachrichten gesehen? Ein Panzer fuhr über eine Mine, und dabei wurden drei junge Soldaten getötet. Ich war überzeugt, einer davon wäre Rob, denn er ist genau an dem Ort bei einer Panzereinheit. Ich wußte das, weil er kurz zuvor geschrieben hatte. Ich war völlig außer mir, bis wir herausfinden konnten, zu welchem Regiment die Jungs gehörten. Ich habe wirklich geglaubt, daß Rob der junge Leutnant in dem Panzer war. Und ich dachte, mein Herz würde zerbrechen.«

»Ach, Jane, das tut mir sehr leid. Ich wußte gar nicht, daß er da unten ist.«

»Die Jungs leben dort unter scheußlichen Bedingungen. Sie müssen sich widerliche Dinge ansehen. Überall liegen verwesende Körper rum, die Dörfer sind bis auf die Grundmauern niedergebrannt, und das Land ist mit Minen überzogen.«

Jane kann nicht aufhören, ihre Worte sprudeln nur so hervor. So habe ich sie noch nie erlebt.

Als sie kurz Atem schöpft, sage ich vorsichtig: »Ich glaube, man kann junge Männer in keiner Weise darauf vorbereiten, was sie in Ländern wie Bosnien erwartet.«

Das erinnert mich an herzzerreißende Unterhaltungen in einem anderen Leben, an andere schmutzige kleine Kriege.

»Entschuldige. Ich weiß, ich weiß, ich rühre an alte Wunden. Aber ich wußte, daß du mich verstehen würdest.

Ich wußte, daß ich mit dir reden kann. Tom hält mich für verrückt. Er sagt, ich spinne ...«

»So ein Quatsch!« explodiere ich.

»Tom hat recht. Ich habe es im Leben zu leicht gehabt, Annie. Ich lebte immer in aller Ruhe und Sicherheit mit Mann und Söhnen zusammen. Zum ersten Mal wurde mir bewußt, wie du gelitten haben mußt, als Ben auf den Falkland-Inseln war oder in Nordirland ... und im Golfkrieg. Und ich wollte mich nur bei dir entschuldigen. Entschuldige, altes Mädchen, daß ich all die Jahre so selbstgefällig war und nie oder selten geschrieben oder angerufen habe, und noch immer ...«

»Jane, was für ein Unsinn. Du hast dir überhaupt nichts vorzuwerfen. Ich wußte immer, daß du da bist, und das ist genug.«

»Nein, das ist eben nicht genug. Und ich wollte dir nur sagen, daß ich dich jetzt wirklich verstehe, weil ein Mensch, den ich liebe, an einem gefährlichen Ort ist. Und ich wollte dir sagen, daß ich dich für alle diese Jahre bewundere. Ich denke an dich, Annie, und mache mir Sorgen, ob du glücklich bist. Du hast doch Ben so sehr geliebt.«

»Mir geht's gut, Jane. Also mach dir keine Sorgen mehr um mich, und versuche, dir etwas weniger Sorgen um Rob zu machen. Kommst du mich bald mal besuchen?« frage ich, von ihren Worten gerührt und weil ich mich plötzlich danach sehne, sie zu sehen.

Es herrscht Schweigen, während sie überlegt, ob sie ihre Farm verlassen kann. »Ja, Annie. Ja, ich komme. Himmel, wenn wir uns jetzt nicht anstrengen, uns zu sehen, werden wir kleine alte Mütterchen, die nicht mehr reisen können.«

Ich lache. »Okay. Schließen wir einen Pakt. Ab sofort sehen wir uns regelmäßig.«

»Abgemacht!« sagt Jane. »Mir geht es jetzt viel besser, Anna. Danke.«

Wir verabschieden uns, und ich lege den Hörer auf. Jane und ich haben noch nie zusammen etwas unternommen, es wird Spaß machen, damit anzufangen. Seltsam, daß sich Geschwister im Alter näherkommen. Weil sie dann nicht mehr konkurrieren, vermute ich.

Ich nehme ein Bad und gehe dann ins obere Wohnzimmer, um Papierkram zu erledigen. Ich schalte Radio Three ein und entspanne mich. Ich genieße das Alleinsein im Haus. Draußen ist es sehr ruhig, nur die alte Tanne rauscht im Wind. Schon seit geraumer Zeit habe ich die Eule weder gesehen, noch gehört.

Plötzlich höre ich ein Geräusch, das wie ein Schritt auf dem Kies klingt. Ich lege den Füller hin und lausche angestrengt. Wieder höre ich das Geräusch. Hebe hebt den Kopf und bellt leise, auch sie lauscht. Als sie nichts hört, läßt sie den Kopf wieder sinken.

Mich überläuft eine Gänsehaut. Ich bin sicher, daß da draußen jemand ist, der wartet und auch lauscht. Leise gehe ich aus dem Wohnzimmer über den Treppenabsatz in unser Schlafzimmer, schleiche zum Fenster und schiele nach unten. Ich kann nichts sehen. Aber würde jemand auf der Veranda stehen, könnte ich ihn auch nicht sehen.

Irrationale Angst schnürt mir die Kehle zu, als ich mir vorstelle, wer auch immer da unten steht, wartet genauso unbeweglich wie ich. Ich bin wie versteinert, unfähig, mich vom Fleck zu rühren, auch bei dem Gedanken, daß die Haustür nicht abgeschlossen sein könnte.

Gleich werde ich das Klicken hören, wenn die Klinke heruntergedrückt wird und die Person ins Haus schleicht. Ich sollte jetzt die Treppe hinunterstürzen und die Tür abschließen, wenn sie nicht bereits abgeschlossen ist. Aber mein Körper will sich nicht bewegen. Eine überwältigende Furcht hat mich gepackt.

Plötzlich höre ich Lärm auf der Veranda. Ich höre, wie die Töpfe mit Pflanzen umgestoßen werden, und dann rennt ein Fuchs nach rechts und verschwindet unter den Bäumen. Erleichtert atme ich wimmernd aus. Doch schnell wird mir bewußt, wie absurd meine Vorstellungskraft ist, und ich schäme mich.

Ich glaube, das liegt daran, daß ich erwartet habe, daß Hester uns findet, und daß ich jetzt nicht mehr glauben kann, daß sie uns nicht gefunden hat. Wie oft haben Ian und Jess behauptet: »Sie wird uns finden.« Doch das scheinen die beiden vergessen zu haben, aber ich nicht.

Das Telefon läutet wieder, als ich mit zitternden Knien zurück ins Wohnzimmer gehe. Dieses Mal ist es sicher Hester. Aber sie ist es nicht. Alice ist am Telefon.

»Anna? Es tut mir schrecklich leid, aber der Campingbus ist kaputtgegangen. Wir sitzen hier fest, bis wir das Ersatzteil bekommen. Ich glaube, das kann bis zum Ende der Woche dauern. Mir ist das richtig peinlich, Anna. Wirst du es allein schaffen?«

Aller Mut verläßt mich. »Natürlich schaffe ich es. Mach dir keine Sorgen, schließlich kannst du ja nichts dazu.«

»Anna, du klingst so atemlos. Geht es dir auch wirklich gut?«

Ich höre Ian und Jessie in der Auffahrt und den tröstlichen Klang zuschlagender Autotüren.

»Mir geht's gut, Liebling. Grüß die Jungs und Jake. Also dann bis zum Wochenende.«

Alice macht eine Pause; sie scheint nicht auflegen zu können. »Anna, ich komme so schnell wie möglich zurück«, sagt sie hastig und legt dann auf.

Als Ian ins Zimmer kommt, drehe ich mich um, und er sieht, wie ich den Hörer auflege. »Nicht Hester?« fragt er ängstlich.

»Nein. Alice.«

»Ach, gut«, sagt er. »Also habt ihr alles für Donnerstag abend organisiert?«

»Alles ist in Ordnung.« Wenn ich Ian sage, daß Alice nicht kommt, fährt er nicht zu seiner Mutter.

Ich gehe zu ihm, ich brauche den Trost seines Körpers. »Ich bin so froh, daß du wieder da bist.«

Er hält mich fest und lächelt. »Dann muß ich öfter ausgehen.« Er sieht mich prüfend an. »Geht's dir auch wirklich gut, Liebling?«

»Ach, ich bin dumm. Ich hatte furchtbare Angst, weil ein Fuchs auf der Veranda alle Pflanzen umgestoßen hat.«

»Oh,« sagt Ian. »Deshalb herrscht da unten dieses Durcheinander und Hebes Knochen liegt auf der Treppe.«

Jessie kommt ins Zimmer. »Ich wette, das war der Fuchs, den Tim Penberthy aufgepäppelt hat. Sein Vater hat ihm befohlen, das Tier wieder in den Wald zu bringen, als es gesund war, aber er hat mir erzählt, daß der Fuchs immer wieder zurückkommt.«

»Ich wünschte, das täte er nicht«, sage ich verärgert.

»Geh zu Bett, Liebling. Du siehst müde aus. Ich bringe dir was zu trinken.«

Ich klettere ins Bett und versuche zu lesen, aber ich kann

mich nicht konzentrieren. Ian kommt mit einer Tasse Tee und setzt sich aufs Bett. »Ich habe Zucker reingetan«, sagt er. »Weil du so erschrocken bist.«

Er beobachtet mich. Er hat eine Taschenlampe in der Hand, die er jetzt auf den Boden legt. »Anna, du hast geglaubt, Hester würde heute abend ums Haus streichen, nicht wahr?«

»Ja.«

»Anna, ich kenne Hester sehr gut. Hätte sie uns gefunden, würde sie uns nicht mit Anrufen bombardieren. Sie würde das größtmögliche Theater machen.«

Er nimmt meine Hand. »Hester verhält sich nach einem ganz bestimmten Muster, selbst wenn sie ohne Logik oder Überlegung handelt. Mein Gott, wenn sie uns gefunden hätte, würden wir das wissen. Sie stünde vor der Tür und würde einen Höllenlärm machen und verlangen, mich oder Jessie zu sehen. Wenn sie uns gefunden hätte, warum würde sie dann noch anrufen?«

»Ich frage mich nur, wie jemand einfach so verschwinden kann. Warum weiß niemand, wo sie ist?«

Ian lacht kurz und steht auf. »Na ja, es vermißt sie doch niemand, oder? Niemanden interessiert es, wo sie ist. Um Leute wie Hester kümmern sich andere nur, wenn diese Leute Ärger machen.«

Das ist ein schrecklicher Gedanke: Niemanden zu haben, den es kümmert, ob du lebst oder tot bist.

»Ich gehe mit Hebe noch mal raus.« Ian nimmt die Taschenlampe vom Boden auf. »Tröstet es dich etwas, wenn ich dir sage, daß ich nicht nur im Garten jeden Abend die Runde mache, sondern auch bis zum Waldrand gehe? Und bisher habe ich nur zwei kleine Orangensaftpackungen für

Kinder gefunden. Und du weißt sehr gut, daß sich dort öfter Kinder rumtreiben.«

Ich lächele ihn an. »Ja, das ist ein Trost. Entschuldige, daß ich so ängstlich bin. Das ist dumm von mir.«

»Das ist es nicht. Aber deshalb möchte ich, daß Alice während meiner Abwesenheit hier im Haus schläft. Du fühlst dich doch in Alices Gesellschaft wohl, nicht?«

»Natürlich tue ich das. Geh jetzt und dreh deine Runde.«

»Und du solltest schlafen.«

Ich knipse das Licht aus und zwinge mich, an etwas Tröstliches zu denken. An Liam und Dan, die Weihnachten nach Hause kommen und das Haus mit ihrer Unordnung, ihrem Lärm und ihrem Lachen füllen. Herrlich. Ich mache Pläne und schlafe darüber ein.

42

Hester

Die Sonne weckt mich. Sie steht tiefer am Himmel. Morgens ist es jetzt kälter, und mir tut alles weh. Blutrot steht die Sonne am Himmel und scheint durch eine Lücke zwischen den Bäumen auf meinen Schlafsack. Ein komischer Nebel umgibt sie.

Wenn ich aufstehe, verstecke ich meine Sachen sorgfältig tief im Graben unter den Blättern, wo niemand sie finden kann. Wenn ich aus dem Wald gehe, dann jedes Mal an einer anderen Stelle. Man kann nicht vorsichtig genug sein. Überall sind Augen, lauern, lauern.

Mein Dad hat mich damals zum Camping mitgenommen. Wir sind mit dem Bus gefahren. Nur er und ich, nicht sie. Wir haben Verstecken gespielt; und er war sehr gut darin. Wir haben in riesigen Sanddünen gespielt. Ich weiß nicht mehr, wo das war.

Du mußt dich verstecken, Hester. Du mußt dir eine Stelle suchen, wo du sehen kannst, aber nicht gesehen wirst. In großen Höhlen oder Hügeln. Leicht zu finden. Leicht, sich darin zu verstecken. Es hängt nur vom Zufall ab, Hester, ob du gefunden wirst oder nicht.

Wenn er mich zu leicht fand, wurde er böse. »Das war kein gutes Versteck, Schätzchen«, sagte er dann. »Überhaupt kein gutes Versteck. Jetzt wärst du schon in den Händen des Feindes.«

Manchmal brauchte ich ewig, um ihn zu finden, und manchmal konnte ich ihn überhaupt nicht finden. Dann weinte ich.

Einmal entdeckte ich ihn im Strandhafer halb im Sand vergraben am Rand einer Düne. Er hörte mich nicht. Er hatte die Hände vors Gesicht geschlagen. Ich wußte, daß er weinte. Plötzlich nahm er die Hände weg und fing an, sich vor und zurück zu wiegen, vor und zurück und sang in einer fremden komischen Sprache, die ich nie zuvor gehört hatte. Ein Sprechgesang, ein bißchen wie eine Hymne. Ich verstand nichts. Mir war sehr kalt, und ich hatte Angst.

Er sah mich plötzlich und streckte die Hand aus. »Ist schon gut, Schätzchen.«

Ich nahm seine Hand und hielt sie an meine Wange. Ich konnte seine Traurigkeit nicht ertragen.

»Warum bist du traurig?« fragte ich.

»Wegen des Kriegs. Weil manchmal die schlimmen Dinge, die wir sehen, in uns weiterleben, Hester. Ich konnte entkommen. Ich habe es auf die andere Seite dieser geschlossenen Tore geschafft. Meine Familie nicht.«

Mein Dad rollte seinen Ärmel hoch und zeigte mir seinen Arm, auf dem eine Nummer stand.

»Ich habe mich zwei Monate versteckt. War immer unterwegs. Ich habe in den Wäldern gelebt, bis die Amerikaner kamen. Aber der Geruch des Todes hat mich nie verlassen. Ich habe überlebt. Das ist meine Schuld.«

Er zog sich aus dem Sand. »Komm. Das war vor langer Zeit.«

Als wir zurückgingen, fragte ich ihn: »Was war das für eine Sprache, in der du gesungen hast?«

»Polnisch«, sagte er. Er schaute auf mich hinunter, sah mich aber nicht. »Ich sprach ein Gebet für eine Frau und ein Kind, die ich zurückgelassen habe.«

Ich mag diese Tageszeit, wenn alle noch schlafen. Die Augen des Hauses sind geschlossen und können mich nicht sehen. Ich mache mich auf den Weg nach unten und gehe um das Haus herum. Ich muß vorsichtig sein, weil der Kies knirscht und der kleine Hund knurrt.

Ich gehe durch den Garten bis zum unteren Ende. Das ist ein geheimer Ort. Manchmal drehe ich den Wasserschlauch ein bißchen auf und wasche mich. Mir gefällt es hier.

Ich hinterlasse eine Nachricht für Jessie, damit sie weiß, daß alles gut wird, damit sie weiß, daß ich sie retten und von hier wegbringen werde.

Da stehen Geranien, wie mein Dad sie in seinem Gewächshaus hatte. Manche Töpfe sind zu schwer, aber zwei kleinere neben der Bank verrücke ich, damit zwei rosafarbene Blumen an der einen Seite stehen und drehe die weiße, hängende Geranie zum Teich. So sieht es besser aus. Ich muß vorsichtig sein, damit sie nichts merkt. Dann wäre das Spiel verdorben. Eines Morgens habe ich einen Fuchs gesehen. Er hat mich mit seinen kleinen glänzenden Augen fürchterlich erschreckt, hatte aber keine Angst vor mir. Ich habe ihm einen Keks hingeworfen, und er hat ihn gegessen. Darüber mußte ich lachen.

Ich probiere die Tür zum Schuppen, aber sie ist verschlossen. Das wäre ein sehr guter Platz zum Schlafen, jetzt, wo es kälter ist. Es wäre schön, wenn Jessie oder Ian die Tür für mich offenlassen würden. Doch wahrscheinlich haben die beiden Angst, daß sie begreift, daß sich die Dinge ändern müssen, weil ich wieder gesund und zu Hause bin.

Tagsüber muß ich mich vom Grundstück fernhalten. Da kommen und gehen zu viele Leute. Es ist zu gefährlich. Ich kann sie nicht richtig sehen. Ich kann kein Zeichen geben. Ich komme nicht nahe genug ran.

Ich beschließe umzuziehen. Ich gehe am Waldrand entlang und finde eine neue Stelle, oberhalb eines Sees, in einer kleinen Baumgruppe gegenüber der Zufahrt und dem Haus. Ich kann in beleuchtete Fenster sehen. Hier ist es trockener wegen der riesigen Tanne. Ich bin glücklich. Ich mache mir in einem Graben auf Tannennadeln ein Bett. Es ist schön.

Eines Abends hörte ich das Auto wegfahren. Ich habe aufgepaßt, konnte aber nicht sehen, wer drin saß. Ich habe gewartet und gewartet. Als oben eine Lampe aufleuchtete, dachte ich, mein Mann und meine Tochter gäben mir ein Zeichen. Ich wußte, daß das eine List sein konnte. Es war sehr still. Ich schlich ums Haus herum über den Kies zur Vordertür und stand lauschend da. Ich könnte nichts hören, keine Stimmen, keinen Fernseher, nichts.

Gerade, als ich die Hand nach dem Türgriff ausstreckte, kam der Fuchs unter der Veranda hervorgeschossen, stieß eine Pflanze um und machte einen Höllenlärm.

Verdammter Scheißfuchs. Ich machte kehrt und lief davon. Ich hatte plötzlich Angst. In der Nähe der Rosen kauerte ich mich im Dunkeln hin, um wieder zu Atem zu kommen, und da kam ein Auto die Zufahrt herauf, aber ich konnte nicht sehen, wer es war. Die Haustür ging auf, und Licht fiel in die Nacht, dann war da ein dumpfer Knall und wieder Dunkelheit.

Ich bin im Dunkeln. Ausgesperrt. Ich sitze sehr still. Die Stimmen werden sehr laut, sie sind der Wind in den Bäumen. Ich gehe zur Tanne zurück und vergrabe mich unter Blättern und Tannennadeln. Ich bedecke meinen Schlafsack, bis ich völlig unter den Blättern verborgen bin. Hester ist verschwunden. Hester ist unsichtbar. Hester existiert nicht mehr. Hester ist Wurzeln und trockene Blätter. Hester ist Wind und Geflüster. Hester zittert.

Ich zittere. Ich bin wütend. Die Bäume zischen und flüstern, zischen und flüstern so laut, daß mir der Kopf platzen wird. Ich krieche tiefer in meinen Schlafsack. Tiefer, tiefer. Ich muß warm werden. Ich bin müde. Ich muß schlafen. Ich muß warten. Kann nicht warten.

Sie kann mich mal am Arsch lecken. Ich hab's fast geschafft. Sie warten auf mich. Ich bin's, die Ian liebt. Ich bin's, die Ian haben will. Es gefällt ihm, hat er mir gesagt. Es hat ihm immer gefallen. Er hat vor Verlangen nach mir gezittert. Verdammtes Scheißweib.

Dad auch. Er liebte nicht sie, mich. Mich.

Dad hat Hester geliebt.

Morgen muß ich richtiges Essen kaufen. Muß stark sein. Habe die Blätter satt. Meine Knochen schmerzen. Habe die Pillen tief, tief im Boden vergraben. Die halten mich für dumm. Ich weiß, was da drin ist. Ich höre die Eule. Sie ist ein Signal. Ich flüstere: »Ich komme. Ich komme.«

43

Anna

Myosotis scorpioides. »Nixe«. Wasser-Vergißmeinnicht. Myosotis bedeutet »Mäuseohren«, wegen Form und Behaarung der Blätter. Diese Pflanze gehört zu den Rauhblättrigen Gewächsen und gedeiht in Teichen und Flachgewässern und entwickelt im Sommer kleine, hellblaue Blüten.

Die Flut steigt, und über dem Wasser hängt ein seltsamer Dunst, dessen Gestalt sich mit dem Wind ändert. Als ich abbiege, bin ich von fallendem Nebel umgeben. St. Ives vor mir ist nur sekundenlang sichtbar; die blassen Farben in der Ferne wirken wie ein Bühnenbild.

Zuerst wähne ich mich am weiten Strand allein, doch dann tauchen winzige Gestalten wie Menschen in alten Aquarellen auf – verblassende Bilder, die man auf alten Speichern findet. Sie führen ihre Hunde spazieren, stehen mit aufgerollten Hosenbeinen da und schürzen ihre Röcke vor den Wellen. Aber sie sind nicht wirklich, sie sind ein Teil dieses Traums, in dem ich bin. Teil eines Bildes, das an der Wand des Hauses eines Unbekannten hängt.

Ich weiß, daß ich träume, aber noch immer bin ich aufgeregt, weil ich wieder zu Hause bin. Wieder einmal. Nur noch einmal an diesem Ort, in diesem Leben, als das Glück in meinem Herzen wie eine Lerche jubelte.

Ich marschiere die Küste entlang und warte, ein Lachen in der Kehle, denn ich weiß genau, worauf ich warte. Als ich warte, senkt sich der Nebel tiefer und tiefer, bis auf einen Kreis Licht am Strand, dort, wo ich stehe. Das geschieht so schnell, daß sogar die ansteigende See verschwindet; die Flut trägt den Nebel näher und näher an mich heran.

Jetzt kann ich niemanden mehr sehen, und plötzlich habe ich Angst. Alles ist so geisterhaft und vollkommen, es geschieht so schnell und isoliert mich. Alle Geräusche außer der Brandung werden von endlosem Schweigen erstickt. Die Sonne ist verdunkelt und ihre Wärme nicht mehr fühlbar. Allein der Nebel rollt unablässig auf mich zu, verschluckt mich, und in plötzlichem Entsetzen schreie ich laut. Ich will aufwachen. Ich kann nicht schreien, der Schrei bleibt stumm.

Ich stehe weinend da, blicke auf die See hinaus, die ohne Horizont ist. In diesem Moment sehe ich Ben. Er tritt aus dem Nebel, läuft in Shorts mit Sascha, unserem Golden Retriever, an den Tümpeln vorbei. Er sieht mich nicht. Ich glaube nicht, daß er mich sieht.

Ich stehe ganz still und beobachte ihn. Darauf habe ich gewartet. Er ist wieder schön und unverletzt. Noch immer lacht er über das Leben, der Tod ist noch immer ein großes, künftiges Abenteuer. Im Kopf höre ich deutlich seine Stimme, als er das letzte Mal im Urlaub war: »Verzeih mir, Annie, daß ich dich verletzt habe. Vielleicht glaubst du mir nicht, aber es ist schrecklich lange her, seit ich dir untreu war. Das Leben hier mit dir und den Jungs ist so schön. Du bist immer die einzige gewesen, was auch immer du denken magst. Ich habe Fehler gemacht, nicht du, meine liebste Annie.«

Er dreht sich um, mein Geliebter, seine fröhliche Stimme wird vom Nebel getragen, und er starrt mich an, und sein Gesicht ist trauriger, als ich es jemals gesehen habe. Ich schreie laut und will zu ihm laufen, aber er ist verschwunden, hat sich im Nebel und der See aufgelöst, und ich bleibe zurück, allein mit dem Klang seiner Stimme in meinem Herzen, wie ein sanftes Seufzen: »Annie.«

Ich drehe mich um, und als sich der Nebel lichtet, tauchen daraus wieder kleine Gestalten auf. Der Augenblick ist vorbei. Ben ist fort. Ich will nicht aufwachen. Ich fürchte das Erwachen, als ob der Schlaf, dieser Traum, mein Leben wäre und mein Leben ein Alptraum.

Ich wache auf, und Ian schläft neben mir. Ich weine und kann nicht aufhören. Meine Tränen sind unbarmherzig, sie durchtränken mein Kopfkissen wie ein heftiger Monsunregen.

Ich stehe auf und taumele im Dunkeln die Treppe hinunter. Als ich unten bin, läutet das Telefon im Flur so laut, daß ich erschrecke. Ich nehme ab, noch wirr im Kopf wegen meines Traums. Liam spricht, seine Stimme ist sehr fern.

»Liam! Wo bist du? Was ist passiert?«

»Mum, nichts ist passiert. Mach dir keine Sorgen. Wir sind jetzt auf Borneo, und es geht uns beiden gut. Ich weiß, es ist sehr früh bei euch, aber wir waren in der Nähe eines Telefons und wollten mit dir reden. Ich gebe dir Dan.«

»Mum? Hi! Geht's dir gut? Dein letzter Brief wirkte irgendwie etwas deprimiert. Wir haben uns Sorgen gemacht und deshalb angerufen. Nur um zu wissen, ob es dir gutgeht.«

»Dan, mir geht's gut. Ihr braucht euch keine Sorgen zu machen.«

»Klappt alles mit Ian und Jessie? Bist du glücklich, Mum?«

Ich darf nicht zögern. »Alles ist in Ordnung, Liebling. Ich bin glücklich.«

Ich höre, wie er erleichtert ausatmet. »Ich gebe dir noch mal Liam.«

»Mum? Du würdest uns doch sagen, wenn etwas nicht stimmt, oder?«

»Natürlich.«

»Weil wir nämlich jederzeit mit unserem Ticket zurückfliegen können. Wir könnten sofort kommen, falls du Hilfe brauchst. Ist Ian nett zu dir?«

»Darling, was soll das alles so plötzlich? Mir geht's gut, und es gibt überhaupt keinen Grund für euch, früher nach Hause zu kommen. Ist bei euch irgend etwas schiefgelaufen?«

»Nein, wir amüsieren uns noch immer. Wir machten uns nur plötzlich Sorgen um dich. In ein paar Tagen wollen wir nach Australien fliegen, und Weihnachten sind wir dann zu Hause.«

»Phantastisch, Liebling! Liam, ihr beide seid doch vorsichtig ... ich meine, in jeder Beziehung?«

»Natürlich, Mum.« An seiner Stimme höre ich, daß er lächelt. Er weiß, ich meine Sex und Drogen. Sollte ich zu präzise werden, wird er mir ausweichen. Die jungen Leute halten sich immer für unbesiegbar.

»Liam, ich schicke euch Geld für das Telefonat. Paßt auf euch auf. Ich liebe euch beide. Wir werden ein wundervolles Weihnachtsfest zusammen verbringen.«

»Wir freuen uns schon, dich wiederzusehen, Mum. Wir lieben dich. Hier ist noch mal Dan.«

»Wie kommt es«, fragt Dan, »daß du beim ersten Läuten um vier Uhr früh ans Telefon gehst?«

Ich lächele, als ich an sein kleines ängstliches Kindergesicht denke. »Ich ging gerade in die Küche, um mir eine Tasse Tee zu machen. Du weißt doch, daß ich schlecht schlafe.«

»Hm«, sagt er zweifelnd. Es ist sonderbar. Als hätte mein seltsamer Traum auch meine Söhne erreicht, als wäre die latente Trauer um unseren gemeinsamen Verlust plötzlich und heftig im selben Moment aufgebrochen.

»Mum, also dann bis Weihnachten. Wir lieben dich.« Ich muß als erste den Hörer auflegen.

Ian sitzt auf der Treppe und wartet. »Ist alles in Ordnung, Anna?«

Ich berichte, und er lächelt. »Ja, die berühmte Nabelschnur«, neckt er mich voller Eifersucht und zieht mich am Haar.

Ich gehe zu ihm, und er nimmt mich in die Arme. Ich bin versucht, ihm meinen Traum zu erzählen. Meinen verräterischen Traum, aber das kann ich nicht.

Als würde er meine Verwirrung spüren, bringt er mich ins Bett zurück und liebt mich so zärtlich, als wäre ich ein Kind. Liebe und Dankbarkeit wallen in mir auf. Plötzlich glaube ich, daß die Dinge sich für uns drei zum Guten wenden werden. Ian und ich haben aus den absolut falschen Gründen geheiratet. Aber jetzt glaube ich, daß wir einander verstehen können. Wir lieben und verstehen einander immer mehr; dieses Gefühl wächst in uns.

Trotz Hester sind wir noch immer zusammen, Jessie wächst zu einem glücklichen und hübschen Mädchen heran, und mit dem Erwachsenwerden läßt sie die Vergangenheit hinter sich.

Ich muß dasselbe tun und meine Vergangenheit hinter mir lassen.

Ian und ich werden es schaffen.

Ich lächele, und Ian hebt den Kopf. »Warum lächelst du?«

»Weil ich mich für einen glücklichen Menschen halte.«

Er küßt mich auf die Stirn. »Das bin ich auch, Anna. Ich auch.«

Er dreht sich um und wirft einen Blick auf seine Uhr. »Mein Gott! Es ist schon halb sechs. Ich muß Jessie wekken. Wir müssen fahren. Aber du, meine Liebste, kannst schön warm im Bett bleiben und noch mal schlafen.«

Ich rolle mich zusammen, vergrabe mich in der warmen Kuhle, wo er gelegen hat, mache das Radio leise an und schlafe ein, als ich seinen Wagen die Auffahrt hinunterfahren höre, der ihn und Jessie nach Durham bringen wird.

44

Ian

Ich fahre mit einem Gefühl tiefer Zufriedenheit los. Ausnahmsweise ist einmal die Sonne von Wolken verdeckt, es ist kühler, und das wird die Fahrt angenehmer machen. Vielleicht geht dieser seltsame tropische Sommer allmählich zu Ende.

Jessie schläft für etwa eine Stunde sofort wieder ein, und während ich so dahinfahre, lächele ich in mich hinein und denke an Anna, die eingekuschelt in dem Bett schläft, das ich gerade verlassen habe. Dann denke ich an meine Mutter, und wie ich sie wohl vorfinden werde. Vielleicht kann sie in Zukunft nicht mehr allein leben. Sollte das der Fall sein, steht mir ein harter Kampf bevor, ihr dieses Eingeständnis abzuringen.

Als Jessie aufwacht, legen wir eine Frühstückspause ein. Plötzlich wird sie putzmunter und verschlingt enorme Portionen. Wo bleiben bei ihrem dünnen, linkischen Körper nur diese Mengen an Lebensmitteln?

Als wir weiterfahren, schiebt sie eine ihrer weniger scheußlichen Kassetten in den Rekorder, und ich ertrage diesen Lärm eine halbe Stunde lang, dann wechsle ich zu

Radio Four, und sie setzt fröhlich den Kopfhörer ihres Walkmans auf und hört Disco-Musik.

Plötzlich nimmt sie den Hörer ab und sagt ganz beiläufig, aber ziemlich verlegen: »Ich bin froh, daß du Anna geheiratet hast, Dad.« Ich drehe das Radio leiser, schalte es aber nicht aus, damit das Gespräch nicht abrupt endet.

Ich lächele sie an. »Darüber bin ich auch froh. Wie kommst du plötzlich darauf, Jess?«

»Weiß nicht. Ich habe nur gedacht ... Wenn wir zurückfahren, ist es schön, jemanden zu haben, der auf uns wartet.«

Ich bin gerührt. Irgendwie wirken ihre Worte befreiend. Ich habe es richtig gemacht. Dieses Mal habe ich die richtige Frau geheiratet. Eine Frau, die für Jessies Sicherheit und Zukunft wichtig ist.

»Vor allem jemand, der so warmherzig ist wie Anna.«

»Ja«, bestätigt Jess mit Nachdruck. »Und, Dad, du bist warmherziger und netter, seit du mit Anna zusammen bist. Du hast dich geändert«, fügt sie hastig hinzu und wirft mir einen Blick zu, um zu sehen, ob ich böse oder beleidigt bin.

Ich lache. »Wie war ich denn vorher?«

»Na ja, weißt du, irgendwie distanziert, die ganze Zeit weit weg. Immer beschäftigt. Ich habe mich einsam gefühlt.«

»Das tut mir leid«, sage ich. »Es tut mir leid, daß du dich einsam gefühlt hast.«

»Ist schon okay. Du hast dein Bestes getan. Weißt du, Dad, manchmal kommt mir die Zeit, wo wir mit Mum gelebt haben, wie ein Alptraum vor, als hätte ich alles nur geträumt und als wäre es nicht wirklich geschehen ...«

»Bis auf ihre ständigen Anrufe, die an die Realität erinnern.«

»Ja. Die nerven fürchterlich. Ich hoffe nur, daß sie bald wieder verschwindet und jemand anderen findet, den sie verfolgen und quälen kann.«

Ich lächele wieder. Meine Tochter wird erwachsen.

Als wir uns Durham nähern, versuche ich Anna über das Autotelefon zu erreichen, aber niemand meldet sich. Wahrscheinlich bereitet sie ihren geliebten Garten auf den kommenden Winter vor.

45

Hester

Vom Waldrand aus beobachte ich das Haus. Ich sehe bewegliche Schatten in hellen Zimmern mit offenen Vorhängen. Bald werde ich den Schutz der Bäume verlieren, der Herbst ist gekommen, und die Blätter fallen, vom Wind getragen, hinunter wie Tränen. Große und kleine Blätter fallen in mein Haar, bedecken mich, während ich da kauere und das Haus im Morgengrauen und in der Abenddämmerung beobachte, die Leute in diesem Haus beobachte. Blätter sind mein Deckmantel und mein Schutz.

Ich weiß jetzt, wann sie aufstehen, zur Arbeit fahren, sich zum Abendessen niedersetzen und zu Bett gehen. Jetzt, da es kälter ist, ziehen sie manchmal bei Einbruch der Dunkelheit die Vorhänge zu, schließen sich ein, schließen mich aus.

Dann werde ich wütend.

Ich krieche aus meinem Schlafsack, bewege meine steifen Glieder und gehe zu der Telefonzelle, die in dieser abgelegenen Gegend niemand zu benutzen scheint. Ich wähle 141. Das hat mir Wendy beigebracht. Ich wähle ihre Nummer. Die Frau geht nie ans Telefon. Immer meldet sich mein Mann oder mein Kind. Oder dieser verdammte Anrufbeantworter. Wenn Jessie abnimmt, sage ich sanft: »Hallo, Schatz. Wann treffen wir uns? Ich habe Geschenke für dich.«

Kurzes Schweigen. Dann sagt sie: »Oh, Mum, bitte laß uns in Ruhe. Ich will mich nicht mit dir treffen. Ich will deine Geschenke nicht haben. Wo immer du auch bist, geh nach Hause, geh fort.«

Ich verstehe. Ich flüstere: »Ist schon gut, meine Blume. Ich weiß, du mußt dich verstellen. Um elf Uhr bin ich auf dem Marktplatz.«

Der Hörer wird auf die Gabel geknallt. Natürlich steckt diese Frau dahinter. Jessie darf mich nicht treffen. Wenn mein Mann ans Telefon geht, sage ich ihm, was ich von dieser Frau halte, die mir meinen Mann und mein Baby gestohlen hat.

Wenn er auflegt, rufe ich wieder und wieder an. Ich rufe an, bis er ins Telefon brüllt: »Laß uns in Ruhe! Hast du nicht schon genug Schaden angerichtet, noch nicht genug Leben zerstört?«

Der Hörer wird von der Gabel genommen. Ich werfe den Kopf in den Nacken und lache. Er ist so schuldig, wie man nur schuldig sein kann, und jetzt bezahlt er.

Um acht fährt er zur Arbeit. Jessie ist immer bei ihm. Die beiden wissen nicht, daß ich ihr Haus gefunden habe. Bald werde ich herausfinden, wo Jessie zur Schule geht, wo mein Mann arbeitet, und ich werde sie überraschen. Ich komme ihnen immer auf die Schliche. Ich finde sie immer.

Heute sehe ich von meinem Beobachtungsposten unter

der Tanne, daß die Lichter früh angehen. Ich sehe meinen Mann und Jessie aus dem Haus kommen. Es ist erst sechs Uhr morgens. Er legt Koffer ins Auto, er fährt weg.

Ich lächele.

Das Auto fährt davon, und ich umkreise das schlafende Haus. Kein Licht brennt mehr. Ich probiere die Haustür. Ich probiere die Fenster, alles fest verschlossen. Ich gehe zur Rückseite. Alles ist verriegelt. Ich bin ausgesperrt.

Ich fühle, wie die Wut gleich einem Fluß in meinem Kopf anschwillt.

Ich bin die Ehefrau, ich sollte in diesem Haus sein. Ich gehe zur Vorderseite zurück, sehe etwas funkeln. Im Garagentor steckt der Schlüssel. Er muß es eilig gehabt haben. Ich hebe das Tor an und krieche darunter durch. In dem schwachen Licht sehe ich, daß die Tür zum Haus einen Spalt offen steht.

Ich habe lange auf diesen Augenblick gewartet.

Ich stoße die Tür auf und trete ein. Ich setze meine Füße vorsichtig auf die mit beigem Teppich belegten Stufen. Oben bleibe ich stehen. Drei Türen sind offen. Ich schaue. Ein Raum ist das Bad, einer ist das große obere Wohnzimmer. Das dritte ist ein kleiner dunkler Raum im rückwärtigen Teil des Hauses mit einem Birnbaum, der fast ins Fenster wächst.

Jessies Zimmer. Es riecht nach ihr. Jessies dunkles kleines Gefängnis. Ich nehme ihr Nachthemd und presse es an mein Gesicht. Jessie. Etwas sickert durch das Spinnennetz meines Gedächtnisses. Ein Baby weint, und mein Körper will sich nicht bewegen, mein Geist will auf Wolken davonschweben, weg von den Stimmen in meinem Kopf und den riesigen, aufgedunsenen Gesichtern, die sich über mich beugen, mit dem Mund Worte formen, die ich nicht verstehen kann, mir schaden wollen.

Ich schleudere das Nachthemd weg und drehe mich um. Jetzt zu ihr. Die Tür, die geschlossen ist. Das Schlafzimmer, in dem sie Ehebruch begehen.

Das Getöse in meinem Kopf fängt wieder an, unaufhörlich wie ein Wasserfall. Ich tue, was mir gesagt wird. Ich nehme, was ich brauche, aus meiner Tasche und drehe den Knauf und trete ins Zimmer.

Die Frau schläft. Ihre Haare sind lang und bräunlichgolden. Sie sieht selbstgefällig, katzenartig aus. Ich betrachte sie und weiß plötzlich, daß mein Mann diese Frau gerade geliebt hat. Deshalb war er sorglos. Das Radio auf dem Nachttisch spielt Musik. Deshalb hat sie mich nicht gehört. Ich beobachte, wie sie aufwacht. Anna ...

Ihr Körper spannt sich an, erstarrt, als sie spürt, daß jemand im Zimmer ist. Sie hat Angst, sich zu bewegen. Sie hat Angst, sich umzudrehen. Langsam, langsam wendet sie sich mir zu, und ihre Augen weiten sich in panischer Angst, als sie mich sieht und das, was ich in der Hand habe. Sie setzt sich auf, stößt einen Schrei wie ein erschreckter Seevogel aus, und dieser Laut umfängt mich wie etwas Vertrautes, auf das ich gewartet habe.

Anna kann sich nicht bewegen, ihre Hände zittern, als sie die Decken über sich zieht, als ob die sie beschützen würden.

Ich beobachte sie. Ich sage nichts.

Anna zittert so sehr, daß sie kaum sprechen kann. »Wie ... wie sind Sie reingekommen?«

Ich ignoriere sie und frage: »Wohin sind mein Mann und meine Tochter gefahren?«

»Sie müssen jeden Augenblick zurückkommen.«

Ich lächele. Das werden sie nicht.

»Jessie ist nicht hier«, sagt Anna. Ihre Stimme ist ein Krächzen. Ihre Zähne klappern. Ihr Blick klebt an meinem Gesicht. Sie hat Schatten unter den Augen. Sie ist nicht so hübsch, wie ich gedacht habe.« Bitte, gehen Sie weg. Hören Sie, ich habe Jessie nie daran gehindert, sich mit Ihnen zu treffen. Sie hat allein entschieden. Tatsächlich habe ich versucht ...«

»Lügnerin«, flüstere ich. Ich ziehe die Messerklinge über meine Finger, um ihr Angst zu machen. Sie holt zitternd Luft, ihre Oberlippe ist schweißbedeckt. Ich kann ihren Körpergeruch riechen. Ich kann ihre Angst riechen.

Plötzlich versucht sie zu lächeln und sagt: »Hören Sie, ich mache uns Tee. Ich brauche dringend eine Tasse, und Sie bestimmt auch.«

Ihr sanfter, schmeichlerischer Ton macht mich wütend. Diesen Ton schlägt Melanie an, diesen Ton benutzen alle, um mir zu sagen, daß ich wieder gesund bin und in eine Welt hinausgehen kann, wo jeder versucht, mir das zu nehmen, was mir gehört. Sie hat mir alles genommen, was mir gehörte. Alles.

Ich stoße mit dem Messer nach ihr und treffe ihren Arm. Sie schreit, als Blut auf die hübschen Laken spritzt. Ich setze mich aufs Bett und sehe zu, wie sie blutet. »Du hast mir meinen Mann und mein Kind gestohlen.«

Verzweifelt versucht sie, das Blut mit dem Laken zu stillen. Ihr Gesicht ist aschfahl, aber sie zittert nicht mehr. In ihren Augen liegt Hoffnungslosigkeit. Sie spricht sanft zu mir, als wäre ich ein Kind.

»Hester, ich habe Ian und Jesse erst lange nach Ihrer

Scheidung kennengelernt. Das vergessen Sie. Sie waren krank. Ian ist nicht mehr Ihr Mann, aber Jessie wird immer Ihre Tochter sein. Wenn sie älter ist, wird sie verstehen ...« Sie verstummt und starrt mich an. Ich sehe Mitleid in ihren Augen. Ich schaue in den Spiegel, um zu sehen, was sie sieht.

Erschreckt sehe ich eine Frau mit wirrem, grauem Haar, in dem sich Blätter verfangen haben. Ich sehe eine formlose Gestalt in einem Mantel, der mit einem nicht dazupassenden Gürtel zusammengehalten wird. Bin das ich? Ich starre mein Spiegelbild an. Ich bin nicht mehr schön. Ich bin nicht mehr schlank und jung.

Wann ist das passiert? In meiner Erinnerung schwenkt mich ein Mann herum, als wäre ich so leicht wie eine Feder. Er küßt mich. »Wunderschön«, schreit er. »Wunderschön ...«

Hinter mir höre ich Annas Stimme. »Hester, bitte, lassen Sie mich Ihnen helfen.« Ich schaue sie an. Die Frau ist schön und jung, und sie verspottet mich. Der Spiegel verspottet mich. Ich möchte sie sein. Ich möchte Anna sein. Ich möchte wie sie aussehen, damit mich mein Mann und mein Kind wieder lieben.

Ich sehe, wie sie ihre Hand langsam zum Telefon auf dem Nachttisch schiebt. Ihre Fingernägel sind abgebrochen, und die Hand ist so klein wie die eines Kindes. Sie greift nach dem Hörer, aber ich bin schneller. Ich hebe meinen Arm. Anna hebt ihren Arm – so dünn wie ein Schwanenhals –, um ihren Körper zu schützen. Ich steche wieder mit dem Messer auf sie ein, und noch mal. Anna stößt einen langen zitternden Schrei aus. Er hallt von der Decke wider und schwebt zum Fenster hinaus in die Bäume.

Schweigen. Sie hat sich kaum gewehrt.

Ich wickele sie in Laken, packe sie wie eine ägyptische Mumie ein. Überall ist Blut. Ich säubere das Messer und stecke es weg.

Ich gehe in die Küche hinunter. Ich bin hungrig. Ich öffne den Kühlschrank, kauere mich davor und stecke Sachen in meinen Mund. Der kleine Hund hockt unterm Tisch. Er will nicht kommen und mit mir reden, er knurrt, also lasse ich ihn in Ruhe und gehe wieder nach oben ins Badezimmer, um ein Bad zu nehmen.

Ich gieße ihr Badeöl ins Wasser. Ich wasche mir die Haare, und kleine Blätter fallen in das rote Wasser. Ich werde wie sie riechen. Ich werde Anna sein. Ich ziehe ihre hübsche Unterwäsche an. Sie ist mir zu eng, aber ich brauche ja nicht in den Spiegel zu schauen, um zu wissen, wie schön ich aussehe.

Ich werde schlafen. Ich bin müde, sehr müde. Wenn ich aufwache, wenn es dunkel ist, werde ich aufstehen und Anna in der Bettwäsche über den Boden zerren. Ich werde sie die Treppe hinunter- und zur Vordertür hinausziehen. Ich werde sie über den Rasen zum Waldrand ziehen.

Ich werde sie die Böschung hinunter in die Dunkelheit stoßen und sie mit Tannennadeln und trockenen raschelnden Blätter bedecken. Ich lache und lache. Anna wird jetzt diejenige sein, die unter Blättern liegt. Und ich bin daheim in dem Haus mit den hellen Fenstern.

Ich muß jetzt schlafen.

Habe ich Anna schon unter die Blätter gelegt? Ich muß es wohl getan haben. Das Bett ist leer. Anna ist fort, das ist gut. Deshalb bin ich so müde, Anna war schwer. Ich ziehe die Bettdecke über das Blut.

Das Telefon läutet und läutet, aber ich ignoriere es. Ich strecke mich in einem aprikosenfarbenen Nachthemd auf dem weichen Bett aus, fühle meine schlanke erotische Schönheit auf den kühlen Laken. Mein langes goldenes Haar bedeckt das Kissen wie Distelwolle.

Morgen früh werde ich lächelnd aufwachen und bunte Schals in mein Haar flechten. Ich werde mein bestes Make-up und Lippenstift auftragen. Ich werde warten. Ich werde auf meinen Mann warten, der zu mir nach Hause kommt. Ich sehe eine Spur auf dem Holzfußboden wie eine Schnekke, die zu der kleinen Tür gekrochen ist, eine rote Spur. Ich muß schlafen. Mein Körper ist so schwer.

Ich wache auf und höre ein Auto klappernd schnell in die Zufahrt einbiegen. Es macht eine Menge Lärm und hält mit quietschenden Bremsen. Eine Autotür wird zugeschlagen. Ein Schlüssel im Schloß umgedreht und dann hastige Schritte.

Ich setze mich auf und tätschele mein goldenes Haar. »Anna?« wird Ian gleich rufen. »Anna, meine Liebste.«

Ich lächele mein bezauberndstes Lächeln. Wie er sich freuen wird, endlich wieder bei mir zu sein, bei seiner schönen jungen Frau. So froh, zu Hause zu sein. Ich warte mit ausgestreckten Armen, um ihn zu begrüßen.

Eine junge Frau mit wehendem dunklen Haar platzt herein. Wo ist Ian? Wo ist mein Liebster?

Sie schreit. Warum schreit sie? Sie ruft: »Anna?« Sie ruft meinen Namen, aber ich kenne sie nicht.

»Anna? Oh, mein Gott. Anna? Anna?«

Sie starrt und starrt mich an. Sie hat Angst. Sie schaut sich im Zimmer um. Sie sieht das Blut, folgt mit den Augen der Spur zu der kleinen Tür. »Anna«, flüstert sie, »oh, mein Gott. Anna?« Sie kommt auf mich zu. »Bitte. Lassen Sie mich Hilfe holen. Anna braucht Hilfe.«

Ich lache. »Anna ist tot. Ich bin jetzt Anna.«

Sie geht zum Telefon. Ich ziehe mein Messer unter dem Kissen hervor. Wie gut, daß ich vorsichtig bin. Ihre Augen weiten sich, und sie geht rückwärts zu der kleinen Tür. Sie weint. Sie lehnt sich dagegen. Sie ruft: »Anna? Anna? Halt durch, hörst du mich? Ich komme. Ich komme. Stirb nicht. Bitte ... Gütiger Gott, stirb nicht.«

Ich kann die Wut fühlen. Die Stimmen fangen an. »Anna ist tot!« schreie ich. »Du blödes Miststück, wer immer du auch bist. Anna ist tot. Ich bin Ians junge Frau.«

»Nein«, schreit sie. »Anna ist nicht tot. Du bist nicht Anna, du bist Hester. Du bist nicht mehr Ians Frau.«

Hure! Noch eine Hure! Ich hebe mein Messer und stürze mich auf sie. Aber sie hat sich gewappnet, sie ist stark und jung. Sie wirft sich mir entgegen, packt meinen Arm, verpaßt mir einen Stoß, und wir fallen auf den Boden.

Ich habe noch immer das Messer.

Sie versucht, an das Messer zu kommen, dieses Miststück versucht, mir mein Messer wegzunehmen. Ich richte es auf sie ...

Hure ... Ians Hure ... Sie ist stark ... stärker als Anna. Sie kämpft. Plötzlich ein stechender Schmerz. Ich schreie auf. Ich rolle mich von dem Schmerz weg, ich sehe ihr weißes Gesicht, weiß wie ein Geist, den offenen Mund, aus dem kein Schrei kommt.

Sie weicht zurück und öffnet die kleine Tür. Ich höre sie stöhnen. Sie hastet an mir vorbei, und ich höre sie telefonieren. Es wird jetzt dunkel, und mir ist schwindelig. Es muß Nacht sein.

Durch die offene Tür sehe ich einen Körper auf dem Boden liegen. Er liegt ganz starr. Die dunkle junge Frau sitzt auf dem Boden, und sie nimmt die Person in ihre Arme, und sie drückt ein Handtuch auf den Magen der Person, und das Handtuch wird hellrot.

Sie wiegt, wiegt den Körper, und sie singt, summt eine seltsame Melodie. Immer wieder. Immer wieder. Die Melodie macht mich traurig. Es ist ein Klagelied, wie eine andere Sprache.

Es klingt friedlich. Es klingt besänftigend. Ich hebe den Kopf. Ein stechender Schmerz. Langsam richte ich mich mit einem Arm auf. Ich möchte in den Spiegel schauen. Ich muß für Ian und Jessie hübsch aussehen. Ich recke mich und schaue in den unteren Teil des Spiegels am Schrank.

Ich bin nicht da. Das ist eine alte, blutverschmierte Frau.

Wo ist die hübsche junge Hester?

Ich weiß nicht ... Bin müde.

Ich rolle zurück in die Blätter, in die Dunkelheit. In trokkene raschelnde Blätter. Tiefer, tiefer.

Hester hat sich sicher versteckt. Hester stirbt.

Hester hatte recht. Sie hatte Angst vor dem dunklen Ding, und es hat sie geholt. Sie hätten auf Hester aufpassen, sie von diesem dunklen Ding fernhalten sollen. Leute ... Alle ... nehmen alles, alles, was Hester je gehabt hat.

Hester versteckt sich mit ihrem Vater unter den Wurzeln der Bäume, unter den Tannennadeln. Sie sind in Sicherheit, sie sind zusammen unter den feuchtriechenden Blättern.

46

Anna

Cyclamen mirabile. Blaßrosa Blüten mit ausgezackten Blättern, die wie Spuren kleiner Zähne aussehen. Die Blumenkrone ist tiefrot.

Stille. Irgendwo läuft Wasser. Ich tauche aus einem dunklen Ort auf. Stechende Schmerzen wie fliegende Vögel mit schlagenden Flügeln in meinem Kopf. Unter mir harter gebohnerter Boden. Ich erinnere mich, und das Entsetzen kehrt zurück. Ich krieche langsam, Zentimeter für Zentimeter zur Tür meines Zimmers. Jemand stöhnt. Muß ... muß ... mein Zimmer ... erreichen. Schmerzen wie Feuer, und ich falle, falle zurück in die Schwärze ...

Heute ist der Sonnenaufgang über der Bucht herrlich. Orangefarbenes Glühen kriecht durch dunkle Wolkenfinger und füllt den Himmel, beleuchtet das Wasser darunter, als sollte es Feuer fangen, um die ganze Welt zu entflammen, bis zu mir in dieses stille Zimmer.

Ich friere so, aber ich kann mich wegen dieser Traurigkeit, dieses überwältigenden Gefühls des Verlustes nicht bewegen und meinen Morgenmantel anziehen. Als wäre dies der erste und letzte Sonnenaufgang, den ich erlebe. Bin ich so traurig, weil ich um meine Bedeutungslosigkeit in diesem unermeßlichen Universum weiß?

Ich kann zwischen Sonnenaufgang und Sonnenuntergang oder dem Wechsel der Jahreszeiten nicht mehr unterscheiden. Ich kümmere mich nur um meinen Garten, ich liebe meine Pflanzen, als wären sie meine Kinder, aber ich kann sie weder vor Frost oder Hitze, Krankheit oder Fraß bewahren. Meine Macht und mein Können bewirken gegen die Launen der Natur nichts. Ich stehe hier, neige mich dem glühenden Himmel zu und bin mir schaudernd meiner Winzigkeit in einem erschreckenden und unerklärlichem System bewußt.

Irgendwo da draußen in dieser Unendlichkeit ist mein Geliebter. Sein Geist ist Teil der aufgehenden Sonne und des Gezeitenwechsels. Die Schmerzen seines gebrochenen und mit Narben bedeckten Körpers, diese schrecklichen Brandwunden sind verschwunden. Sein Geist schwingt sich in einen neuen Tag empor. Ich muß das glauben. Es muß wahr sein.

Wenn ich Alice wäre, wüßte ich es. Sie würde die Wahrheit wie einen Herzschlag fühlen. In ihrer Arglosigkeit würde sie keine Fragen stellen, sondern sich mit ihrer erschreckenden Ehrlichkeit vorantasten, und auch sie würde beim Anblick der schimmernden Schönheit dieses Morgens weinen.

Der Herbst kommt. Bin ich wegen des plötzlichen Sommerendes so traurig? Dieser Morgen ist wie ein Abschied. Als ob ich die Hand zu einem letzten Abschiedsgruß an eine Welt, die ich liebe, heben könnte. Eine Welt, in der mein Garten ein Teil meines Selbst geworden ist, so daß auch ich Randbeet und Gras, Pflanze und Baum bin.

Würde ich in meinem Schlafzimmer frierend meine Arme reiben und die durch die Wolken brechende Sonne beobachten, die wie ein Schmetterling aus seinem Kokon bricht und den Tag erhellt und die Schatten aus dem Zimmer vertreibt, wäre dieses Reiben nicht mehr als ein sich im Wind wiegender Baum, ein verblassendes Muster in einem unermeßlichen und unbekannten Gewebe. Wenn ich aufhöre zu existieren, werde ich ein Teil all dessen sein, was es draußen gibt. Meine Wurzeln in der süß-duftenden Erde verankert, werde ich wie meine Pflanzen dem Wechsel der Jahreszeiten unterliegen.

Ich gehe vom Fenster weg und krieche wieder in mein schmales Schulmädchenbett unter dem Spiegel mit den vielen Fotos. Ich werde nicht warm. Diese schreckliche Angst verläßt mich nicht.

Jemand liegt sehr still auf dem Boden im anderen Zimmer ...

Ich schließe die Augen. Diese Kälte ist wie der Winter, wenn das Gras schon hart vom ersten Frost ist, und meine zuvor noch blühenden Geranien erfroren sind und wie verletzte Hände herabhängen.

Nebel verschlingt mich. Dunkelheit wird zu Nebel. Nebel teilt sich wie Finger und wird zum Geräusch. Der Schmerz kehrt zurück. Jemand drückt etwas in mich. Mir tut alles weh. Mir tut alles weh. Das Geräusch schwillt an und ebbt ab. Wie Wellen. Immer wieder ... ein spiralförmiger Rhythmus, ein bebendes, zitterndes, zärtliches Klagen ... Laß mich davonschweben ... Bitte, laß mich davonschweben.

»Nein, Anna, nein. O Gott, bitte. Bitte stirb nicht, Anna. Anna. O Gott.«

Alice ... Alice hält mich, zieht mich zu unerträglichen Schmerzen zurück ... Nein, nein, Liebling, laß mich einfach davonschweben ... Es ist vorbei. Es ist vorbei.

So viel Lärm und Unruhe. Herumrennen und Geschrei. Sirenen. Sirenen wie die langen endlosen Töne von Walen. Ich falle. Ich falle in meine neblige Dunkelheit.

Meine Finger ließen nicht los. Meine Finger umklammerten warme Hände. Ich öffne für eine Sekunde die Augen. Liam und Dan sind da. Wie gut, daß sie bei mir sind.

Aller Schmerz weicht von mir. Freude erfüllt mein Herz, denn plötzlich laufe ich über einen Strand aus goldenem Sand ins Blaue, wo der Nebel mit dem Meer verschmilzt.

Jetzt bin ich in Sicherheit. Ich gehe nach Hause, wo ich das Kräuseln einer Welle und der Schrei eines Brachvogels sein werde. Wo ich im Widerhall der Stimmen meiner Söhne, im Duft der Blumen und in ihrer Erinnerung an meine rissigen Hände und der Erde unter meinen Fingernägeln und in meinen verblaßten Postkarten an der Wand leben werde.

Im Geräusch der sich im Wind bewegenden Bäume und im Schrei eines ersten Enkelkindes.

Ich werde in einer vertrauten Kopfbewegung anwesend sein und in einem Lied, das sie zum Weinen bringt.

In einem Duft bei Einbruch der Nacht und in meiner Liebe zu ihnen, die so unendlich ist wie der Raum, in den ich hineinlaufe ...

»Mum, bitte. Mum, komm schon. Du kannst es schaffen. Du kannst. Komm schon, Mum. Du hast dich bisher so gut gehalten.«

»Oh, Mum. Herrgott. Bitte, stirb nicht.«

Ich schaue auf sie hinunter. Ich möchte nicht, daß diese Freude schwindet. Ich kehre in die Wellen zurück, und Ben ist da. Er hält seine Hände abwehrend hoch, wie um mich am Weitergehen zu hindern. »Liebste Annie, noch nicht. Noch nicht.«

Ich strecke die Hand aus und berühre meine Jungen, und sie zittern. Alice dreht leicht den Kopf, als würde sie das Fallen meines Schattens auffangen. »Anna?« flüstert sie. »Anna?«

Ich liege in einem weißen Bett. Meine beiden schlaksigen Bohnenstangen berühren mich ständig, wärmen meine Hände mit den ihren. Alice weint. Ich bin so froh, daß sie hier sind. So froh, daß sie zu Hause sind.

So froh, daß sie hier sind. So froh, daß sie zu Hause sind.

47

Anna

Rosa. »Denk an mich«. Buschrose. Goldfarben blühender Strauch mit üppig wachsenden, glänzenden Blättern. Wildwachsend. Blüht im Sommer, bis in den Herbst hinein.

Ian hilft mir aus dem Wagen und hüllt mich in meinen Mantel, als wäre ich ein Kind. Sein Gesicht drückt Besorgnis aus. Er wollte nicht, daß ich hierherkomme, aber ich muß auf Gespensterjagd gehen – ich muß Geister töten.

Wir lassen das Auto vor den Pfosten aus Granit stehen, unter der hohen Tanne.

Weil ich noch schwach bin, gehe ich mit einem Stock, aber ich befehle mir, jeden Tag stärker zu werden.

Zwischen den Pfosten ist jetzt ein Tor aus Maschendraht mit einem großen Schild, auf dem »Privatbesitz« steht, aber das Tor ist nicht verschlossen. Hierher kommt niemand.

Ich gehe durch das Tor und versuche, emotionslos das mit Brettern vernagelte Haus anzuschauen, das wie gebückt zwischen den Bäumen steht.

Noch einmal möchte ich meinen Garten sehen und mich von ihm verabschieden. Ian nimmt meinen Arm. Ian ist dünn geworden und sieht abgespannt aus. Er gibt sich an dem Geschehenen die Schuld, obwohl man niemandem die Schuld geben kann. Er glaubt, es war sein Fehler, mich hier allein gelassen zu haben. Weil er glaubte, die seltsame Funktionsweise von Hesters Gehirn begriffen zu haben.

Wir kehren dem Haus den Rücken zu und gehen langsam in den Garten hinunter. Ein kalter Wind weht und trägt den Geruch der kleinen Bucht zu uns.

Ein Sturm hat die Wasser-Schwertlilien niedergedrückt, und moosgrünes Laichkraut bedeckt die Oberfläche des Teichs. Meine großen Urnen und Blumentöpfe stehen auf der Treppe und der Sitzbank; sie sehen wie verlassene Freunde aus. Die vertrockneten Geranien davor sehen aus wie braune, mumifizierte Finger.

Die Türen der Folientunnel schlagen monoton im Wind auf und zu; Unkraut, große Disteln und Löwenzahn sprießen triumphierend überall und überwuchern Reihen vertrockneter Pflanzen in kleinen Plastikblumentöpfen. Die Gewächshäuser sind leer wie die Regale eines Supermarkts nach einer Plünderung.

Mein Sommerhaus ist nicht verschlossen. Ian öffnet die Tür und holt mir einen Stuhl, damit ich den Garten betrachten kann. Er läßt mich allein, damit ich Abschied nehmen kann. In Gedanken versunken wandert er zu der Bucht hinunter.

Ich sehe, wie er unter den Bäumen verschwindet. Es ist schlimm, ihn so leiden zu sehen. Er hat einen Alptraum erlebt. Hester ist tot. Ich wäre fast gestorben. Und Jessie lebt noch in einem Schockzustand. Das alles geschah so plötzlich.

Ich bin erleichtert, daß die beiden bei Nick und seiner warmherzigen Familie gelebt haben, wo Pud ihre Tage behutsam mit einer erträglichen Routine ausfüllte. Die beiden haben eine Menge verwirrender und oft gegensätzlicher Emotionen zu verarbeiten. Hester hat beider Leben viel zu lange dominiert.

Es ist sehr still. Plötzlich sehe ich, daß der große Kamelienbaum abgestorben ist.

Blätter wehen und rascheln über den ungepflegten Rasen, und ich warte, daß das Schweigen einen Rhythmus annimmt, in den ich hineinpasse.

Wenn ich ganz allein mit beiden Händen in der Erde grabe, steigt der Puls des Gartens ruhig und friedlich durch meine Finger in mich auf. Die Zeit hat keine Bedeutung mehr. Einfache Freuden sind vollkommene Freuden.

Die vielen kleinen Dinge machen den Menschen glücklich, ein Duft, ein Gefühl, ein Anblick, ein Klang – die man mit seinem Wesen verbindet. Unten, durch die Fingerspitzen in der süßduftenden Erde ... Es ist schwer zu sagen, wo das Wunder der Natur endet und der Mensch beginnt.

Schon fordert die Natur langsam, aber unerbittlich meinen Garten zurück. Der Wald dringt ein, Sträucher und Pflanzen werden bald von Gras und Brombeeren überwuchert. Große Brombeersträucher und Wilde Rosen strecken bereits ihre langen, dornenbewehrten Arme über meine Tunnel und ersticken meine Jahre hier.

So muß es sein.

Die Trevillians haben uns Haus und Grund abgekauft. Hätten sie das nicht getan, wir hätten alles verloren, denn wer kauft schon ein Haus und Land, auf dem angeblich ein Fluch liegt?

Mein Blut und Hesters Blut tränkt für immer den Holzfußboden des Hauses. Unauslöschlich. Eine Erinnerung an das Böse, das an diesem Ort zu hausen scheint.

Die Jungen haben Junes verblaßte Ansichtskarten aus meinem Sommerhaus liebevoll eingesammelt und verwahrt. Ich stehe auf und gehe noch einmal nach draußen. Es ist unglaublich, daß Hester wie ein wildes Tier wochenlang im Wald gelebt und uns unbemerkt beobachtet hat.

Als wir uns dieses Haus aussuchten, gab es da etwas Dunkles und Unfertiges in Ian und mir? Eine Vorahnung des Bösen, die uns an diesen Ort zog?

Trotzdem war und ist es so schön. Ich liebte es und machte es mir zu eigen. Ein Haus kann nur das Böse widerspiegeln, das von Menschen getan wurde. In sich ist es niemals böse.

Ian hat mir endlich gestanden, daß Hester jahrelang in einer geschlossenen Anstalt lebte, weil sie ihre Mutter angegriffen hatte. Doch er glaubte, was ihm die Ärzte sagten: daß dieser Akt einmalig gewesen sei und der Grund dafür Hesters gestörte Beziehung zu ihrer Mutter sei. Er hat sie nie für gefährlich gehalten, deshalb wollte er mich nicht unnötig beunruhigen.

Jetzt hat er das Gefühl, einen gravierenden Irrtum begangen zu haben, weil er nicht aufrichtig gewesen ist und mich gewarnt hat und weil er nicht vorsichtig genug gewesen ist.

Aber niemand, absolut niemand hätte voraussehen können, wozu Hester fähig war.

Ich schaue zu dem mit Brettern vernagelten Haus, und

mir läuft ein Schauder über den Rücken. Ich versuche, der Erinnerung direkt ins Gesicht zu sehen, den Geist reinen Entsetzens – ein Alptraum, der Wirklichkeit wurde – zu bannen.

Mein Blut, mein Lebenssaft floß aus mir, um für immer das Holz in diesem Haus zu beflecken.

Hesters Leben ging dort zu Ende.

Eine Frau, die Ian früher einmal liebte, die seine Frau gewesen war, Jessies Mutter.

Die Trevillians lassen es abreißen, obwohl sie dafür von der Baubehörde eine Genehmigung einholen mußten. Auch die Geister des Herrenhauses werden gebannt. Bald wird es hier keine Villa und kein Pförtnerhaus mehr geben. Alles wird dem Erdboden gleichgemacht. Nur die Fundamente werden unter dem Gestrüpp weiter existieren, aber für immer verborgen.

All das, was mir gehört hat, was ich Feld und Wald abgerungen habe, wird für immer verschwinden. Keine Spur wird mehr davon zu sehen sein, daß ich eine lange Zeit damit verbracht habe, etwas Vernachlässigtem Leben einzuhauchen.

Es muß so sein. Jetzt bin ich froh, loslassen zu können. Ich will frei sein. Frei von diesem ständigen Unbehagen und der nebulösen Furcht, die meine Tage verdunkelten.

Ich wende mich zur Bucht, wo Brachvögel im Wind schreien, und schweigend sage ich mich von Hester und ihrem Geist los. Ihre Macht über Ian und Jessie überantworte ich der Erde, vergrabe sie für immer tief darin.

Es ist vorbei.

Wir lassen die Stimmen aus unserer Vergangenheit auf

ewig zwischen den Rhododendren und Kamelien zurück, die in der Wildnis wachsen werden.

Ich weigere mich, die Traurigkeit, die an diesem Ort zu Hause ist, mitzunehmen.

Ich lasse sie hier. Zu lange habe ich den Stimmen aus meiner Vergangenheit gelauscht. Ben ist gestorben, aber er lebt in seinen Söhnen und tief in mir weiter. Bedauern und Verlust lasse ich in der harten, kalten Erde; dort passen sie zu dem endlosen Klagelied, das dieser Ort singt.

Ich lebe, und die Freude darüber ist unbeschreiblich. Nie wieder will oder kann ich auch nur einen Augenblick meines Lebens als selbstverständlich betrachten. Ich bin am Leben. Ich habe Liam und Dan. Ich habe Ian und Jessie. Ich habe meine sanfte, liebenswürdige Alice, die mir das Leben wiedergeschenkt hat. Sie alle, auch Jake und die kleinen Jungen, Elm und Oak, haben gewollt, daß ich lebe, und sie lieben mich jeden Tag mehr.

Wir haben eine große, von Feldern umgebene Farm gekauft, wo die Sonne in jedes Fenster scheint, wo die See blau leuchtet, blau glitzert, bis zum Horizont. Alice und Jake werden eines der Cottages renovieren und darin leben. Wir werden über vier Hektar Grund haben. Nur wir.

Liam und Dan werden den Winter in meiner Nähe verbringen und mir und Alice helfen, die Gärtnerei wieder aufzubauen. Ihre Wut und ihr Mißtrauen Ian gegenüber werden sich legen, wenn der Sommer kommt. Das wird so sein. Und Alice wird wieder lachen.

Allmählich werden wir alle wieder gesunden, uns langsam vorwärtsbewegen und die Schatten unserer Vergangenheit hinter uns lassen. Das wird lange dauern, Jahre. Niemand von uns kann jemals vergessen, was hier geschehen ist. Deshalb schmieden wir die ganze Zeit Pläne. Um das Entsetzen auszusperren.

Das Entsetzen über Hesters Tod ist bei jedem von uns verschieden. Trotzdem ist es ein seltsam gemeinsamer Schmerz, der uns im Moment von der anderen Welt isoliert.

Ian kommt unter den Bäumen auf mich zu. Er schaut auf mich hinunter, als sähe er mich zum ersten Mal. »Du wärst hier fast gestorben. Du hättest meinetwegen sterben können.«

»Nicht deinetwegen. Wegen Hester.«

Wir umarmen uns und wiegen uns unter den kalten blattlosen Bäumen.

»Es ist vorbei, Ian.«

»Ja. Es ist vorbei.« Seine Stimme hallt über den Garten, übertönt das Rauschen des Windes.

Wir haken uns unter und gehen langsam durch den Garten. Eine Amsel singt plötzlich hinter mir.

An dieses Lied will ich mich erinnern und nicht an das Läuten des Telefons.

Wir fahren fort, und wir schauen nicht zurück.